나는 왜
　나를
사랑하지
않았을까

나는 왜 나를 사랑하지 않았을까

고울연 장편소설

엄마, 열 밤만 자고 올게….

누구나 결함은 가지고 있다.
보이는 결함과 보이지 않는 결함의 차이일 뿐.

바른북스

머리말

  누구나 결함은 가지고 있다.
  보이는 결함과 보이지 않는 결함의 차이일 뿐.
  사람들은 보이는 결함 대신 보이지 않는 결함을 선택했을 뿐이고 보이는 결함을 이해하지 못하거나 않을 뿐이다.
  우리가 타인의 결함을 인정하고 차별하지 않으며 받아들이는 순간, 모두 보이는 결함을 지니게 된다.

  누군가는 말한다. 신은 공평하다고. 지금의 힘듦은 아무것도 아니라며, 누구나 겪는 것이라고. 신은 인간이 이겨낼 만큼의 고난을 준다고. 그러니 참으라고.

  아니, 신은 공평하지 않다. 현재의 힘듦을 이해하는 건, 자신뿐이고 이겨낼 고난 따위, 신이 정하는 것이 아니라 스스로가 정해야 하지 않을까? 아프면 아프다고, 힘들면 힘들다고 지쳤다고 말하지 못하고 누구나 그렇게 살아간다고 말하는 세상에서 나는 단지, 보이는 결함을 선택했을 뿐이다.

※ 글의 내용은 실화와 허구를 바탕으로 써 내려간 것으로 오해는 금물입니다.

차례

머리말

10 나는 왜 나를 사랑하지 않았을까

222 나의 자존감에게

396 그렇게 어른이 되었다

글을 마치며

나는 왜 나를
사랑하지 않았을까

1.

어느 늦은 밤, 철장이 쳐진 문 앞에 택시 한 대가 멈춰 섰다. 엄마가 먼저 내리고 곧이어 쌍둥이인 고운과 아람, 2살 터울인 언니 미소가 내렸다. 택시가 떠나고 어둠 속에서 서로의 눈을 찾으며 손을 잡은 그들은 철장 앞에 섰다.

*엄마, **열 밤**만 자고 올게….*

엄마가 어렵게 마른입으로 꺼낸 말이었다. 순간 세 자매는 이별을 짐작할 수 있었다. 속에서 일렁이는 눈물이 차올랐다. 순식간에 눈물이 맺혔고 한 방울 두 방울 이따금 후두둑 떨어졌다. 고운과 아람은 싫다며 웅얼거렸고 언니 미소는 고개만 숙였다. 어두운 밤, 두 아이가 계속해서 고집을 부리자 엄마는 단호하게 말했다.

*하고운, 하아람. 계속 울면 **열 밤**, 뒤에 안 온다? 그렇게 울면 엄마가 편하게 갈 수 있겠어? …잘 지내야 엄마가 오지.*

그 소리에 아람은 더 크게 울었다. 떼를 써가며 가지 말라고 매달렸다. 엄마가 계속해서 고운과 아람의 눈을 마주 보며 타일렀다. 미소는 맺힌 눈물을 흘리지 않으려 고개를 들지 않았다. 엄만, 이제야 미소가 보였다. 가늘게 떨리는 엄마의 목소리. 엄마가 미소를 불렀다.

미소야….

미소는 고개를 들지 않았다.

아가…. 엄마 좀 보자…. 응?

눈물에 젖어 떨리는 목소리. 미소의 시선은 여전히 바닥이었다.

우리 예쁜 큰딸…. 엄마 마지막으로 보자….

엄마가 미소의 양팔을 잡으며 애원했다. 미소는 자신을 잡은 엄마의 손을 보았다.

미소야….

간절한 엄마의 목소리였다. 오랫동안 보지 못할, 그런 목소리였다. 미소는 천천히 고개를 들어 엄마를 마주 보았다. 조금 패인 엄마의 눈 속엔 커다란 눈물이 맺혀 있었고 미소의 얼굴은 이미 눈물로 젖어 있었다. **장녀**라는 이유로 눈물을 보이지 않았던 미소의 모습에 엄마는 그만 눈물을 떨어뜨렸다. 서로의 모습을 보자, 그들은 긴 밤 동안 조용히 울었다.

그날은 세 자매와 고작 26일 된 **핏덩이**도 함께 보육원을 마주했다.

2.

 이혼 전, 엄마와 아빠는 자주 다투었다. 아빠와 한번 크게 다툰 후, 아빠는 집으로 돌아오지 않았고 그렇게 엄마는 세 자매를 자신의 곁에서 떠나보냈다. 마음 한 칸엔 불안함이 있었지만, 한편으로는 안심되기도 했다. 그녀는 경제적으로 세 자매를 돌볼 수도, 사랑을 줄 수도 없었다. 지금 당장 자신조차도 살아갈 방도를 몰라 방황하고 있었다. 그렇게 엄마의 기억은 6살과 8살의 어린 세 자매로 멈췄다.

3.

 눈을 떠보니 여기는 보육원이었다. 세 자매는 서로를 보며 짐작할 수 있었다. 새벽 사이에 모든 것들이 이뤄졌음을. 세 자매가 있던 곳은 유치부 방이었다. 넓은 큰 방에 2층으로 이루어진 8개의 나무 침대와 아기용 변기 한 대, 성인용 변기 한 대가 갖춰진 화장실을 세 자매는 유심히 둘러보았다. 고운과 아람 또래의 아이들뿐만 아니라 더 어린아이들이 새근새근 소리를 내며, 엄지손가락을 빨며, 인형을 안으며 곤히 자고 있었다. 세 자매는 큰 방을 두고 가장 구석 자리에 나란히 앉아 넋을 놓았다. 눈에는 생기가 사라지고 얼굴에 혈색이 돌지 않았다. 페인처럼 넋이 나가 있었다.

30여 분의 시간이 흐르자, 문을 통해 빛이 내리쬐었고, 저 멀리서 큰 종소리가 들려왔다.

댕~~~
댕~~~
댕~~~

세 자매는 그 소리에 놀라 허둥지둥거렸고 익숙한 듯 꼼지락거리며 일어나는 어린아이들을 보며 아무 일이 없다는 것을 알았다. 세 자매가 멀뚱히 서 있는 채로 아이들을 바라보자 4살로 보이는 한 여자아이가 말했다.

밥 먹으러 가야 해. 밥때 되면 아까처럼 종 세 번 울려!

아이들은 신발을 신고 식당으로 향했다. 세 자매는 여자아이를 따라 나갔다. 식당은 유치부 방 바로 앞이었다. 여자아이는 자연스럽게 세 자매에게 차근히 일러주었다. 식당 문을 열면 바로 옆에 문이 없는 갈색의 신발장이 보였다. 아무런 신발이 없는데도 발냄새가 폴폴 풍겨 세 자매는 얼굴을 찡그렸다. 여자아이는 아무렇지 않은 듯했다. 그 아이는 신발을 신은 채로 제일 아래쪽 칸에 던지듯 벗었다.

이렇게 벗으면 더 편하다? 아무 데나 넣어~

여자아이가 개구지게 웃으며 말했다. 세 자매는 그 아이의 말에 신발을 벗고 역시나 제일 아래쪽 안쪽에 가지런히 놓았다. 아이는 계속해서 말을 이었다.

저기에 줄 서면 **엄마**들이 밥 퍼줘. 근데 우리는 유치부여서 **엄마**들이 미리 그릇에 담아서 여기다가 놔둬줘.

여자아이는 배식대와 미리 차려진 밥상을 가리키며 설명했다. 아이는 제 자리가 있는 듯 자리에 앉아, 밥을 먹었고 곧이어 우르르 남녀가 몰려왔다. 그들은 아이의 말처럼 줄을 섰고 지나가면서 보육교사들이 배식해 주는 밥과 반찬, 국을 받으며 편한 자리로 이동했다. 세 자매가 또 어쩔 줄 몰라 하자 여자아이가 다시 입을 열었다.

연희 **엄마~** 새로 온 언니들 밥 없어요~

그 순간, 모든 이들의 시선이 세 자매로 향했다. 한꺼번에 몰려든 시선에 세 자매는 시선을 아래로 거두었고 연희라는 보육교사는 서둘러 3개의 식판에 밥과 반찬을 담았다.

새들이다!
어디어디??
오~ 3명?
다 유치부야?

아니. 한 명은 나중에 여자부로 올라간대. 몇 살이야?
새들이라고? 언제 왔는데? 어디서 왔는데? 여자? 남자?

'새들'이라는 말에 모두가 누군지 궁금한 듯 웅성거렸고 세 자매를 힐긋 쳐다보고는 고개를 돌렸다. 세 자매에 대한 소란스러움이 조용해지자 보육교사는 능숙하게 3개의 식판을 들어 세 자매에게 가져다주었다.

근데. 언니는 이름이 뭐야?

여자아이가 물었다. 세 자매는 대답하지 않았다. 어떤 대답을 해야 할지 입이 쉽사리 떨어지지 않았다. 그 아이는 끊임없이 입을 열었다.

나는 유별이야. 4살! 자음 유치원 다녀. 언니들은?

세 자매는 서로 눈치 보더니 미소가 먼저 입을 열었다. 큰언니 미소가 입을 열자, 두 동생도 처음 말을 꺼냈다.

나는 미소고 8살….
나는 6살…. 아람이야.
나도 6살 고운이야….

8살인데 왜 유치부에 있어? 여자부도 있는데 ㅎㅎ 근데 언니 둘은 왜 나이가 같아? 쌍둥이야?

미소는 할 말이 없었다. 눈을 떠, 지내다 보니 유치부였는데 말 거리가 생각나지 않았다. 미소가 그 질문에 침묵하고 있을 때였다. 건너편에서 **대학생**으로 보이는 한 남자의 목소리가 들렸다.

야, 한유별. 입 닥치고 밥이나 처먹어라.

그 순간, 아이는 입을 삐죽 내밀고 남은 밥을 마저 먹었다. 슬프게도 그런 광경이 모두가 익숙한 듯 아무도 유별을 위한 따뜻한 말을 건네지 않았다. 대신에 나댄다는 말이, 설친다는 말이 들려올 뿐이었다.

4.

이 주의 시간이 흘렀을까. 어느 정도 적응할 즈음이었다. 안타깝게도 엄마는 약속한 10일이 지나도 오지 않았다. 세 자매는 그런 엄마를 받아들였다. 이해할 수밖에 없는 세 자매였다.

미소는 작은 짐을 챙겨 여자부로 이동했다. 아쉬움을 가득 안고 고운과 아람은 미소를 보냈지만, 미소의 눈과 코, 입엔 긴장과 두려움이 묻어났다. 고운과 아람도 마냥 편한 건 아니었다. 의지하던 미소가 없으니 괜히 옆자리가 차가웠다. 미소가 여자부로 올라가는 길은 여자부를 담당하는 규희 보육교사와 함께였다. 유치부를 빠져나와 쭉 걸으면 사무실과 마당이 보였다. 그곳을 지나면 남자부가 1층에, 그 옆엔 작지만 높은 계단으로 이어진 여자부가 자리하고 있었다. 규희 교사가 동그란 문고리를 오른쪽으로 돌리자 문이 열렸고 바로 앞에 좁지만 긴 복도가 보였다. 문 바로 옆에는 각자 이름이 적힌 문 없는 신발장이, 그 옆으로 화장실과 이어서 방 3개가 있었다. 미소는 규희 교사를 따랐다. 그 교사는 길을 가다 첫 번째 방에서 발길을 멈췄다. 그러곤 하나 달린 창문을 열고 얼굴을 들이밀었다. 방 안에는 침대 4개와 함께 미소 또래와 1~2살 터울인 언니, 동생이 각자 편하게 쉬고 있었다.

저번 주에 새들 온 아, 기억하나.

규희 교사가 쉬고 있는 그들에게 물었다.

또 들어와요?
저번 주요? 그 3명?
아니다. 그 한 달 된 알라[01]도 들어왔잖아.

떠드는 그들을 향해 규희 교사가 입을 열었다.

---
01   어린아이

저번 주에 쌍둥이 2명이랑 그 위에 언니 한 명 들어왔잖아. 미소가 오늘부터 여자부에서 지내기로 했으니까 잘 대해주라고. 나쁜 거 가르치지 마라. 알았나.

규희 교사가 당부하듯 그들에게 전했다. 그들은 설렘 반 긴장 반으로 미소가 오길 기다린 듯했다. 하지만 미소는 당장 첫 번째 방에 들어가지 않았다. 미소는 규희 교사와 함께 두 번째 방에 들어갔다. 그 방에는 규희 교사와 저학년 아동들이 지내는 곳인지 정리가 된 느낌이었다.

한동안 적응될 때까지는 중간 방에서 지내고 어느 정도 시간 지나면 아까 봤던 앞방에서 지내면 되니까 천천히 적응해.

빠르면서도 약간은 거친, 그러면서도 조금의 정이 담긴 말에 미소는 기분이 이상했다.

뭐지…? 화난 건가…?

미소는 그렇게 생각했다.

아. 여기가 **니**가 잘 침대고 쓰레기 박아두지 마. 아우…. 치울 때마다 부스러기가 장난 아니다…. 진짜….

규희 교사가 깨끗이 정리된 침대를 가리켰다. 미소는 조심스레 침대에 앉았다. 얇은 매트리스 위에 올려진 얇은 이불. 그리고 신장이 컸다면 침대에 머리를 박을 듯해 미소는 계속 신경이 쓰였다. 긴장한 탓인지, 어색한 탓인지 공기가 상당히 무거웠다. 이내 어디선가 웅성거림과 사부작거리는 발소리가 들렸다. 미소의 시선이 그곳으로 향했다. 문 앞에 있는 듯한, 사람 형체의 실루엣이 어렴풋이 보였다. 서로 속닥거리며 옥신거리는데 미소는 괜히 시선을 돌렸다.

얘들아, 쑥스러워하지 말고 들어온나.

침대에서 쉬고 있던 규희 교사가 그들을 향해 외쳤다. 그 말에 속닥거림이 멈추고 긴장과 설렘이 묻어나는 몸을 배배 꼬며 웃음을 띤 채, 문을 열었다. 이전에 앞방에서 쉬고 있던 그들이었다. 키가 작아 서로를 제대로 보지 못한 미소였다. 미소는 그들을 보고 몸이 굳어버렸다. 어떤 말을 꺼내야 할지 몰라 미소는 그들을 바라보다 이내 시선을 다른 곳으로 두었다.

그러고 보니 모란인 미소랑 동갑이네.

부끄러워하는 그들을 보더니 규희 교사가 먼저 입을 열었다. 분위기를 풀어주려는 동시에 그들의 모습을 보며 귀여움이 묻어나는 목소리였다.

내가 모란이고 얘가 유정, 얘는 정설이야.

하얀 치아를 보이며 설레어 하는 모란을 보며 미소는 조금의 걱정이 덜어졌다. 모란도 없었던 동갑내기가 있어 기쁜 모양이었다.

잘됐네~ 모란인 동갑이 없어서 유정이랑 정설이랑 지냈는데….

규희 교사는 흐뭇한 미소를 지었다.

이름이 뭐예요?

모란 옆에서 주저하듯 망설이던 정설이 용기 내어 물었다. 처음 듣는 **'해요체'**에 미소는 어색했지만 그러려니 했다.

미소라잖아. 뭐 들었냐. 귀 막혔냐.

모란이 거칠게 대신 답했다. 정설은 익숙한 듯 아무렇지 않게 다시 물었다.

아니, 성은 모르잖아요. 성.

미소 자신이 먼저 말하지 않으면 더 싸울 기세였다.

하미소….

미소는 눈도 제대로 못 마주치며 답했다.

중간 방 말고 바로 앞방으로 오면 안 돼요?

모란이 규희 교사께 물었다.

적응한다고 잠깐만 중간 방에서 지내려 했는데 미소는 어때? 친구들이랑 같은 방 쓸래?

규희 교사의 물음에 일제히 미소에게 몸을 돌렸다. 모란도 거들었다. 들떠 있는 모란의 모습에 미소는 차마 싫다고 말할 수 없었다. 아니, 거절할 수 없었다. 먼저 내밀어 준 모란의 손길을 외면하기에는 고마웠다. 미소는 잠시 망설이다 답했다.

네.

그럴래? 그럼, 모란이가 동갑이니까 잘 알려줘. 동생들이 유치부에 있어서 아직 적응이 필요할 거니까.

대답을 끄는 미소를 대신해 빠른 해결책을 제시한 규희 교사였다. 미소는 겉과 다르게 속으론 내심 실룩샐룩 웃고 있었다. 어딜

가든 불편하겠지만 그래도 동갑내기 친구와 함께라면 조금은 편안한 미소였다. 모란은 신이 났는지 미소의 적은 짐을 들어 방까지 옮겨주었다. 정설과 유정도 거들었다. 유정은 계속 기회를 엿보면서 미소의 주위를 맴돌았다. 미소가 자신의 짐을 모두 가져가고 빠진 게 있나 확인하려는 찰나에 유정은 조심히 미소의 어깨를 툭툭 쳤다. 미소가 뒤를 돌자, 유정은 미소의 **분홍색 다이어리**를 보여주었다. 엄마가 미소의 손에 쥐여준 선물이었다. 미소에게는 너무나 소중하고 값진, 엄마와도 같은 다이어리였다.

이거 아까 떨어졌어요….
…어…? 고마워….

미소의 분홍색 다이어리는 소중한 물건이었다. 미소는 작은 이벤트라도 생기면 필히 기록하고 마음에 새길 터였다. 본인의 생일과 엄마와 동생들의 생일, 모란과 정설, 유정의 생일과 더불어 보육원 입소일까지. 미소는 매일의 일상을 기록했다. 해가 변해도 미소는 그 다이어리를 버리지 않았다. 엄마와 보낸 어린 시절의 추억이 간직된 다이어리를 버릴 수 없었다.

미소의 말에 유정은 웃어 보였다.

미소야~ 빨리 와~

앞방에서 모란의 명랑한 목소리가 들렸다. 그 소리에 미소와 유정은 앞방으로 향했다. 그렇게 미소의 생활이 시작되었다.

5.

미소가 여자부로 올라가자 부쩍 고운과 아람이 붙어 있는 시간이 늘었다. 다른 아이들이 먼저 다가오지 않으면 침대나 구석에 앉아, 노는 아이들을 보며 시간을 보냈다.

누나, 이거 먹을래?
언니, 얘가 이거 주면 나랑 바꿔 먹자.
언니! 나랑 소꿉놀이하자. 아니면 엄마 놀이 할래?
누나, 뭐 해? 누나는 뭐 좋아해?
누나, 누나는 몇 살이야?

아이들의 계속되는 질문에도 길게 이어지지 못했다. 아이가 질문하면 단답형으로 끝이 났고 질문거리가 떨어지면 아이들은 자리를 떠 자기네들끼리 모여 놀았다. 그런 지루한 일상의 나날들이 지속되던 어느 날의 봄이었다.

6.

 어느 순간부터 세 자매는 각자의 자리에서 아이들과 가까워졌다. 서로 주고받는 안부에서 대화로, 대화에서 놀이로 점점 어울렸다. 마당에서는 **한 발 두 발, 망고, 얼음땡, 봉사 놀이** 등 조금 거친 놀이를 하는 언니 오빠들도 있었다. 놀이에 함께하고픈 어린아이들도 **'깍두기'**로 놀아 까르르까르르 웃는 어린 웃음소리는 놀이를 더 신나게 했다.

 간혹 '깍두기'로도 끼워주지 않은 놀이가 있었는데 그때는 작은 놀이터에 모여 놀았다. 하나의 그네와 미끄럼틀로 이 놀이, 저 놀이 하다 보면 금세 저녁 시간이었다. 제때 울리는 종소리가 들리면 놀이터와 마당, 옥상 등 여기저기서 우르르 나와 식당으로 뛰었다. 식당 신발장 맞은편엔 세면대가 있어 흙과 논 손을 씻으면 갈색의 구정물이 흘렸다. 놀고먹는 저녁은 뭘 먹어도 달았다. 밥이 쑥, 쑥 뒤로 넘어갔다.

 보육원에서의 시간은 철저하게 정해져 있었다. 저녁 식사 후, 저녁 6시부터 8시까지 공부 시간이었다. 유치부였던 아람과 고운은 유치부 방에서 한글 공부를 했고 여자부와 남자부는 식당에 모여 앉아 개인 공부나 숙제를 했다. 아람과 고운은 큰 스케치북에 칸을 나누어 'ㄱ, +, ㅏ = 가'를 한 줄 적어주면 칸을 채워갔다. 말 그대로 "ㄱ 더하기 ㅏ는 '가'가 되고요." 말하면서. '가'가 끝나면 뒷장으로 넘어가 '나'로, '다'로, '라'로 넘어가면서.

2시간의 공부를 마치면 간단한 간식을 먹고 잘 준비를 하였는데 사탕이 간식일 때의 일이었다. 유치부는 교사들의 도움으로 동생들부터 차례대로 양치와 세수를 하였다. 벌써 입안의 사탕을 다 먹은 동생들은 양치와 세수를 마친 후, 잘 준비를 하는데 아람은 아직 사탕의 작은 덩어리가 입안을 맴돌았다. 깨물어서 먹는 것보단 녹여서 먹고 싶던 아람이었다. 차례대로 이름이 호명되고, 아람이 불리었다. 그 순간, 아람의 걱정이 현실로 다가왔다.

깨물까? 아냐…. 깨물기 싫은데….
아! 입안에 숨겨서 양치 다 하고 다시 먹을까?

아람은 화장실로 향하며 머리를 굴렸다. 동시에 초조했다. 혹여 양치하면서 입안에 숨긴 사탕을 들키면 어떡하지…. 아람은 입을 벌렸다. 보육교사는 아람의 칫솔을 입안에 넣어 거품을 만들었다. 칫솔이 움직일수록 입안에서 걸리적거리며 구르는 사탕이 느껴졌다. 양칫물은 더 풍성해졌고 아람은 더 조마조마해졌다. 이윽고 양치 국물을 뱉었다. 하얀 거품 속, 자그마한 갈색의 조각이 눈에 띄었다. 헉…. 이제 혼나겠다고 생각하는 순간, 보육교사가 말했다.

다 안 먹었으면 말하지. 있는지도 몰랐잖아. 왜 말을 안 해….

약간은 짜증이 섞인 피곤함에 찌든 목소리에 아람은 무안했다. 괜히 부끄러웠다. 처음 맛본 **커피 맛**의 사탕이 물에 녹아 하수구로 들어갔다.

7.

어느 날이었다. 하루를 마무리하며 유치부원들은 각자 침대에 누웠다. 이제 불을 끄면 된다. 밤이 오고 눈을 뜨면 아침이 온다. 그러면 됐는데 그날 밤, 유치부 방에 쥐 한 마리가 **빠른 속도**를 내며 들어왔다. 늦은 시간까지 언니 오빠들이 공부하던 식당에서 온 쥐 같았다. 식당에서의 소란스러움이 들렸고 유치부 방은 아수라장이 되었다. 누구는 소리치기 바빴고 누구는 궁금해 고개를 내밀기 바빴고 쥐가 도망친 곳에 있던 누구는 기겁하기 바빴다. 쥐는 빠른 속도를 내며 목재 침대 밑 서랍 틈 사이로 도망갔다. 그 침대를 사용하던 아이는 바로 옆에 있던 침대로 줄행랑쳤다. 모두가 어수선하게 있을 때, 태경 아저씨라 불리는 분께서 야구방망이를 들고 오셨다. 어딨노, 어딨노 하며 야구방망이를 손에 탁탁 치는데 아이들은 한마음으로 서랍 밑으로 들어갔다고 일렀다. 그러자, 그 아저씨는 2개의 서랍을 다 빼고 허리를 숙였다. 회색의 쥐가 정 가운데에 가만히 웅크려 있었다. 빛이 보이자 **빠른 속도**를 내며 달리려는 그 순간, 아저씨가 야구방망이를 날려 쥐를 기절시켰다.

잡았다…!

태경 아저씨가 기절한 쥐의 꼬리를 잡아 들자 쥐가 덜렁덜렁 움직였다. 아저씬 대롱대롱 움직이는 쥐를 보며 고민 없이 야구방망이로 사정없이 때렸다. 쥐는 흔들거리며 피를 토했고 바닥엔 핏물이 튀겼다. 덜렁이던 쥐의 움직임이 축 처질 때까지 그는 멈추지 않았다.

8.

모두가 각기 제 자리에서 익숙해질 무렵, 어느새 아람은 자주 서울에 있는 병원에 방문했다. 듣기로는 **사시**라던데 아람은 자신이 왜 병원에 가는지 이유조차 모르고 졸졸 따랐다.

고운은 1층을, 아람은 2층 침대를 사용했다. 거리가 있는 구조였지만 고운과 아람은 서로 보려고 애썼다. 1층 침대엔 2층으로 올라갈 수 있는 사다리가 붙어 있어, 아람은 뻥 뚫린 구멍 사이로 고운을 보았고 고운도 아람과 눈을 마주치면 서로의 얼굴을 보고 웃을 수 있었다. 불이 꺼질 때까지, 누가 먼저 잠들 때까지 손을 흔들며 잘 자라고 하염없이 인사를 나누었다.

다음 날, 이른 새벽. 보육교사가 아람을 작은 목소리로 깨웠다.

쌕쌕거리며 자고 있던 아람은 그 소리에 눈을 떴다. 어떤 이유로 긴장한 건지 아람은 몸이 굳어버려 삐걱거리며 조용히 외출 준비를 했다.

아침 해가 뜨고 평소에 있던 아람이 보이지 않자, 고운은 알 수 없는 허전함을 느꼈다. 그날, 고운은 어린 동생들과도 맘 편히 놀 수 없었다. 언제나 곁에서 함께하던 아람이 없으니 고운은 무얼 해도 즐겁지 않았다. 금세 지쳤고 우울했다.

아람은 2인실 병실에서 눈을 떴다. 양 눈은 거즈로 감싸져 앞은 깜깜했다.

일어났나?

보육교사의 목소리였다.

네….

기어들어 가는 아람의 목소리. 어디선가 달그락거리는 소리가 들렸다. 보육교사가 다시 입을 열었다.

아.

아람은 그 말에 입을 작게 벌렸다. 그러자 보육교사는 더 크게 벌리라 말했고 아람은 조금 더 크게 벌렸다. 그 작은 입안에 어른 숟갈로 뜬 밥을 보육교사는 아람의 입안에 넣었다. 작은 공간에 딱 끼어 맞는 물체를 넣은 것처럼 아람의 입안엔 밥알로 가득 찼다. 천천히 아람이 씹자, 이번엔 반찬을 입안에 넣어주려 했다. 씹고 있는 밥알을 보여주기 꺼렸던 아람이 작게 입을 벌리자, 이전과 같이 끼워 넣듯, 입안을 들쑤셨다.

9.

미소는 초등학교 갈 준비를 하고 있었다. 전날 모란과 규희 교사와 함께 꾸린 가방을 메고 모란과 나섰다. 여자부 계단을 천천히 내려가니 마당엔 이미 남녀 초등학생들이 줄지어 서 있었다.

빨리 가자. 늦겠다. 미소야.

모란이 미소의 손을 잡고 마당으로 뛰었다. 모란이 제 자리에 서고 미소가 그 옆에 서자, 사무실 앞에 서 있던 원장이 입을 열었다.

아이고~ 모란이 새들 잘 챙기네~ 동갑이라 좋은가 보다.

그 말에 모란은 부끄러운 듯 웃어 보였다.

자, 인제 학교 가자.

원장의 말에 정 가운데 서 있던 남자아이가 외쳤다.

차렷!

그러자, 모든 아이가 군무처럼 차렷하는 것이었다. 그 모습을 보고 미소는 한 발짝 늦게 따랐다.

열주우웅~ 셧!

힘찬 구호에 아이들이 다시 한번 군무처럼 열중쉬어를 취했고 마찬가지로 미소는 한 발짝 늦게 따라갔다.

차렷! 학교 다녀오겠습니다~

인사말을 구호처럼 외치며 모든 아이가 90도로 허리를 숙였다. 어떤 아이는 가방이 무거워 몸이 앞으로 기울었고 또 어떤 아이는 가방이 너무 가벼워 한쪽으로 축 처졌다. 아이들이 바로 이어져 있는 중앙계단으로 가려고 하자, 원장이 불러 세웠다.

얘들아, 인사에 뭔가 빠진 것 같은데….

원장의 말에 아이들은 슬쩍 눈치를 보더니 돌림노래 하듯 팔을 머리 위로 하트를 그리며 말했다.

사랑합니다~

처음 듣는 사랑, 익숙지 않은 광경에 미소는 웩…. 괜히 인상이 찡그려졌다. 그 모습을 본 모란이 미소를 놀려대자, 미소도 어느새 웃음을 지었다.

10.

그 시각, 고운은 유치원에 있었다. 햇살반이었던 고운은 2층이었고 구름반이었던 아람은 1층이었다. 작은 의자에 혼자 앉아 있던 고운은 오늘따라 유난히 우울했다. 울적했고 쉽게 마음이 지쳤다. 먼저 다가와 주는 아이가 없었고 고운도 먼저 다가갈 용기가 나질 않았다. 담임은 그런 고운을 보며 안타까웠지만 어떻게 도와야 할지 감이 오지 않았다. 고운은 먼저 쓰고 있던 색연필을 다른 아이가 빼앗아도, 그림책에 낙서해도, 줄을 설 때 새치기를 해도 그저 묵묵히 참았다. 어떻게 화를 내야 할지 몰랐고, 또 어떤 목소리를 내야 할지 몰랐다. 고운은 보육원을 제외하고 다른 곳에서는 말을 단 한 마디도 하지 않았다. 그건 아람도 마찬가지였다.

두 아이는 화장실도 쉽게 가지 못했다. 방광의 신호가 와도 자리에 앉아 찔끔거리는 소변을 참아보려고 다리에 힘을 주고 꼬며 안간힘을 썼다. 쉬는 시간에도 마찬가지였다. 화장실을 갈 용기가 나질 않았다. 의자에서 일어서는 게 무서웠고, 화장실에 홀로 가는 게 두려웠고, 홀로 뒷일까지 해결하는 게 어려웠다. 누군가 화장실을 가는 자신을 보는 것도 견딜 수 없었다. 그렇게 쉬는 시간이 끝날 때까지 버텼다. 수업 시간엔 소변에 집중하느라 선생님의 목소리가 들리지 않았고 속옷은 전보다 더 축축해졌다. 손을 들고 화장실을 갔다 오면 되는 일이었지만 두 아이에게는 엄청난 용기가 필요한 일이었다. 용기 낼 수가 없었다. 그 용기가 너무나 어려웠다. 그런데, 하필 이런 때에 선생님이 고운을 부르는 것이었다. 일어나기 싫었던 고운은 눈치를 보며 꿋꿋하게 의자에서 버텼다. 옆에 앉아 있던 아이가 부른다며 일어서라 말해도 고운은 일어나기 싫었다. 앉으며 겨우 참고 있던 소변을 일어서는 순간, 힘이 풀려 실수할 거란 생각에 일어날 수 없었다. 할 수 없던 선생은 고운에게 다가갔다.

헉!!

선생이 다가올수록 오만가지 생각에 몸은 더 긴장해 뻣뻣해졌다.

고운이, 일어나세요~
…….

일어나요.
　　……..

　고운은 고개를 푹 숙였다. 빨리 이 시간이 지나가기를 기다렸다. 그런 고운을 유심히 보던 선생이 고운이 앉아 있던 의자를 뒤로 뺐다. 그러자, 고운은 엉덩방아를 찧고 바닥에 넘어졌다. 그 순간, 힘이 풀려버린 괄약근이 그만 실수하고 말았다. 따뜻한 액체가 흘러나오자 고운은 바로 울음을 터뜨렸고 옆에 앉아 있던 아이들은 놀라 뒷걸음질 치며 도망가기 바빴다. 당황한 건 선생도 마찬가지였다. 선생은 이마를 탁, 쳤다.

　　하…. 소변이 마려우면 말을 하지 그래.

　선생은 애써 싫증을 감추었지만 그의 표정과 자세, 말투에서 고운은 선생의 짜증을 느낄 수 있었다. 선생은 교실을 나가 양손에 걸레와 속옷, 바지를 들고 오셨다. 선생이 고운에게 바지를 주며 말했다.

　　화장실에서 갈아입을 수 있지?

　고운은 자리를 피하고 싶었다. 선생이 건네는 속옷과 바지를 잡으며 고개를 끄덕였다. 잰걸음으로 햇살반을 나와 화장실을 찾아 나섰다. 축축하게 젖은 속옷과 바지가 걸을 때마다 피부를 스쳐 차가웠다. 화장실을 찾은 고운은 속옷과 바지를 갈아입었다. 그리고 또 어떻게 햇살반에 들어갈지 생각했다. 놀리지는 않을까, 아이들이 속으로 비웃지는 않을까. 고운이 젖은 속옷과 바지를 들고 햇살반 앞을 머뭇거리는데 선생이 말했다.

봉지에 담아서 엄마한테 빨아달라 해.

선생은 봉지에 고운의 옷가지를 넣어주었다. 그렇게 반에 들어가 의자에 앉았다. 아무렇지 않게 수업은 계속되었고 고운도 그제야 집중할 수 있었다.

11.

아람의 눈은 하루하루 번갈아 가며 안대를 써, 한쪽만 가려져 있었다. 수술한 지 얼마 되지 않아, 머리도 자주 어지럽고 속이 좋지 않던 아람이었다. 간호사와 의사 모두 걸어 다니면 좀 나아진다며 같은 말을 했다. 하지만 아람은 걸을수록 더 어지러웠고 속이 울렁거렸다. 빈속에 향수를 엄청나게 뿌린 택시를 탄 것처럼 좋지 않았다. 걷다가 눕고 싶었지만, 같이 걷던 보육교사의 재촉에 아람은 티 내지 않고 참을 수밖에 없었다. 앉고 싶다고, 그만 걷고 싶다고 말할 용기가 나지 않았다.

어느 날, 아람이 눈을 뜨자 침대 시트에 커다란 동그라미 2개와 작은 동그라미의 피가 젖어 있었다. 놀란 아람이 말없이 보육교사에게 보여주자 그가 말했다.

눈 긁었어?

자는 사이 아람의 기억은 아무것도 없었다. 사실 좀 긁은 것 같기도 하지만 살짝 톡! 했을 뿐, 긁지는 않았다(?). 간호사마다 눈을 긁었냐며 물었고 아람은 고개를 저었다. 신기하게도 시트 외에 환자복이나 아람의 얼굴 등에는 한 방울의 피도 묻지 않았다는 것이다.

12.

학교에 있는 미소의 주변엔 친구들로 가득했다. 전학생인 만큼 궁금한 게 많았고 그만큼 질문들도 다양했다. 그럴 때면 모란이 중재하듯 나섰다. 미소가 대답을 늦게 하거나 얼버무리면 모란이 도왔고 어색해하는 미소가 편할 수 있도록 분위기도 풀어줬다.

곧이어 퇴원하는 아람은 옆의 할아버지께 인사를 하고 병원을 나왔다. 여전히 양쪽을 번갈아 가며 안대를 쓰고 소독도 한 번씩 해야 했다. 보육원에 도착하자, 제일 반긴 건 고운이었다. 고운은 아람을 보자마자 안겼고 이내 울었다. 혼자서 외로웠는지, 힘겨웠는지 그간 마음고생한 시간이 스치면서 고운은 아람을 보자 울고 말았다. 주변에서는 왜 우냐며 불편한 눈짓을 주었지만 그래도 고운은 좋았다. 아람만 있으면 뭐든 좋았다.

13.

 어느덧, 아람과 고운은 초등학생이 되어 미소가 있는 여자부로 올라가, 저학년이 쓰는 중간 방을 사용하게 되었다. 1층 침대를 사용하던 고운의 침대 주변에는 정수기와 드라이기가 있었다. 다른 방에 없었기에 언니들은 시간을 고려하지 않고 뒤죽박죽 이용하였고 고운은 불편했지만 내색하지 않았다. 싫어도 웃었고 괜찮다고 연신 말만 할 뿐이었다. 침대에 물이 튀어도, 머리카락을 바닥에 흘려도 언니들은 사과도 없이 가버렸고 바닥에 흘린 물과 머리카락을 치우는 건 고운의 몫이었다. 당연히 꾸중을 듣는 것도 고운이었다. 고운은 왠지 정수기 주변에 있다는 이유만으로 자신의 잘못이 되어버린 것 같아 말없이 치웠다.

 서로 다른 방을 쓰던 미소와 쌍둥이는 크게 이야기를 나눌 일이 없었다. 서로 각자의 방에서 잘 나오지 않고 각자 방에 속해 있던 또래나 동생들과 지냈다. 또래의 친구와 가까워진 미소도, 중간 방에 속해 있던 1~2살 차이의 동생들과 가까워진 쌍둥이도 이제는 어느덧 보육원의 완벽한 아이가 되었다. 자연스레 시간이 흐르면서 남녀 나이 불문하고 원생들과 가까워졌다.

  보육원의 생활은 생각만큼 만만치 않았다. '집'이라는 공간보다는 '군부대' 같았다. 수많은 엄격한 규칙들과 위계질서가 차려진 서열에서 세 자매는 마지막이었다. 어릴 땐, 보이지 않았던 학대와 폭력이 눈에 선했고 세 자매를 포함한 다른 원생들도 눈을 피했다. 자신도 모르는 사이 이어졌을 학대와 폭력에 아람은 순간 머리가 멍해졌다. '집'이라는 공간이 '보호'라는 개념보단 '울타리 없는 집'이라는 개념이 강해 보였다.

  밥을 늦게 먹는 아이들에게는 남거나 싫어하는 반찬을 주고 억지로 먹여가며 발바닥을 때렸다. 아이 숟가락이 아닌 어른 숟가락으로 밥을 한술 떠, 작은 입안에 욱여넣었고 20초라는 시간 안에 삼키지 못하면 같은 양의 밥을 바로 쑤셨다. 아이는 군말 없이 억지로 작은 입과 치아로 꾸역꾸역 씹어야 했다. 삼켜야 했다. 괜스레 맺힌 눈물을 흘리지 않으려 눈에 힘을 주며 아이는 오물쪼물 입을 분주하게 움직였다. 아람은 그런 모습을 보고 기다림보단 불안함을, 초조함을 배웠을 아이들이 너무 딱해 보였다. **'엄마'**로 불리던 그 이름이 따스함보다는 냉정함으로 느껴졌다. 어린 시절부터 **'엄마'**로 부르던, **'엄마'**로 알았던 어린 시기를 지나, 자연스레 자신의 엄마가 아니라는 것을 알았음에도 여전히 아이들은 조그마한 입으로 '선생님' 대신 **'엄마'**로 불렀다. 그들에게 **'엄마'**는 어떤 존재였을까. 조약돌 같은 아이들의 의지할 곳인 **'엄마'**가 한없이 차가워지는 그곳은 보육원이었다.

 아이들의 작은 입안에 억지로 밥을 욱여넣다 보면 위에서 거부하기 마련이었다. 그들은 몸에 거부로 올려버린 토사물에도 표정 하나 변하지 않았다. 오히려 흥미롭다는 듯 어투가 즐겁게 느껴졌다. 그들은 아무 걱정도 없이 토사물을 숟가락에 얹어 다시 입으로 넣었다. 토사물마저도 아이가 남긴 밥이라며 끝까지 먹이려 자리에서 움직이지 않았다. 경악이었다. 위산이 올라와 벌건 토사물을 아이는 울며 눈을 질끈 감고 삼켰다.

 공부할 때도 이러한 모습은 반복되었다. 잠깐 졸아도 바로 손과 발이 벌처럼 쏘았고, 아이는 그대로 나비처럼 날았다. 그런데도 아이는 꿋꿋하게 바로 일어나 다시 쏘아지는 벌침을 미동도 없이 맞았다. 따가워도, 벌침을 떼고 싶어도 그럴 수 없었다. 뒤로 움찔하는 순간, 더 큰 벌들이 몰려와 사정없이 쏘아댄다는 것을 아이는 알고 있었다. 그동안 수많은 폭력과 학대를 본 벌로서는 그 행동 그대로 따라 하는 것 외에 아무것도 할 수 없었다. 반대로 폭력과 학대를 당해온 나비들은 방어할 수밖에.

 아이는 흘러내리는 눈물을 멈춰야 했고 이유 없는 죄송하다는 말만 연신 반복해야 했다. 이러한 모습에도 보육교사들은 여전히 방관했고 자연스레 자리를 떠났다. 그럴 때면, 암묵적으로 언제나 그렇듯 최고의 우두머리에게 선생의 역할이 주어졌다. 그 선생은 언제나 별이었다.

 매일 정해진 시간에 이러한 나날들이 일상인 듯 반복되었다. 어느 순간 너무 당연하게 행해지는 이런 일상을 아람은 뒤늦게 알았다. 원생들은 잘못이 없었다.

14.

 아빠와의 다툼은 어디서부터 시작이었는지 이혼 전, 엄마와 아빠는 자주 다투었다. 모든 이들이 그렇듯 처음부터 사이가 좋지 않았던 건 아니었다. 아람의 기억 속엔 엄마와 아빠는 관계가 좋았다. 집 한가운데엔 금붕어를 키웠고 미소의 기억 속엔 토끼도 키웠으며 아빠 손을 잡고 영어유치원을 다니며 웃음꽃을 피웠다. 아람과 고운은 엄마와 함께 놀며 하루를 행복하게 이어갔다. 곤히 자는 엄마를 대신하여 아빠가 아침을 차리며 매일 서로에게 사랑을 주었다. 평범하게 살아가고 있을 뿐이었다. 매일을 그렇게 똑같이 지내고 있을 뿐이었다. 그럴 뿐이었는데…. 어느 순간 아파트 내에서 **잘**산다며 알 수 없는 소문이 떠돌았고 그때부터 이들의 가정은 갈라지기 시작했다. 미소의 기억 속엔 그랬다.

 그 소문이 떠돈 이후, 바로 옆집에 한 여성이 이사를 왔다. 왠지 모르게 엄마와 아는 사이 같았고 꽤 가까운 친구로 보였다. 그 여성이 이사를 온 이후, 엄마는 뭔가 달라진 듯 보였다. 무언가를 숨기는 것처럼 행동이 어색했고 뻣뻣했다.

아빠는 알고 있었을까.

아무것도 모른 채, 이 평화가 지속된다고 믿고 있던 이들은 이내 깨달았다. 평화는 쉽게 깨진다는 것을.

15.

한 여성이 이사를 온 후, 웃음보단 언성이, 대화보단 정적이 흘렀다. 그러한 나날들이 늘어갔다. 특히나 고운을 두고 큰소리가 오고가며 위기에 봉착한 이들은 절정에 다다라 부딪혔다. 엄마가 숨기고 있던 그 무엇인가를 아빠는 뒤늦게 눈치를 챘고 수습할 수도 없이 일이 커져버린 탓에 집을 나갔다. 이들 가정의 평화를 깬 것은 고운이 아니었다. 교활하고 술수가 뛰어난 어떠한 이 때문이었다.

16.

옆집으로 이사 온 그녀는 엄마와 굉장히 가까워 보였고 엄마 역시 편해 보였다. 아빠가 미소를 유치원에 데려다주고 자신도 출근

하면, 그녀를 집으로 불렀고 한참 수다를 떨며 시간을 보냈다. 그녀는 고운과 아람을 보며 예뻐해 주었고 용돈도 주며 이모가 되었다. 그 이모는 술수가 뛰어났다. 엄마의 걱정거리도 아무렇지 않은 듯 손쉽게 해결해 주었고 찾지 못한 답을 명쾌하게 알려주었다. 이에 엄마는 그 이모에게 기댈 수 있었고 어떤 어려운 상황에 부닥치게 되면 이모를 찾아가 도움을 청했다. 그 이모는 모든 것을 계획적으로 노리고 접근한 것일까. 점점 이모는 고운을 미끼로 돈 사냥을 시작했다. 어디서부터 대대로 이어져 시작되었는지도 모를 이놈의 유전병 때문에 고운은 작게 세상을 마주했다. 세상에 나고 며칠을 인큐베이터 속에서 집중 치료를 받았고 그 이후에도 외래 진료를 보며 관찰했다. 이모는 고운을 유심히 보더니, 자신이 잘 아는 의사 양반이 유전병 쪽으로 탁월하다며, 여러 명의 유전병을 지닌 사람들을 치료했다며 연신 떠들어 댔다. 그 말에 솔깃한 엄마는 진전이 없어 보이는 병원을 관두고 이모가 소개한 병원에 다녀볼까 생각도 했지만, 역시 아빠는 반대했다. 그런데도 이모는 포기하지 않았다. 고운의 건강을 강조하며 아빠는 고운의 건강에 관심이 없는 것 아니냐 이간질하며 설득시켰다. 엄마는 고민하던 차에, 아빠 몰래 고운을 데리고 이모와 함께 병원으로 향했다. 어떤 의사 양반은 마주 앉은 고운을 보더니 손쉽게 치료할 수 있겠다며 솔깃한 제안을 했고 엄마는 그 제안에 넘어가 고가의 돈을 지불했다. 엄마에게서 나온 돈이 아닌, 아빠에게서 나온 돈이었지만 엄마는 아빠에게 말하지 않았다.

그렇게 시작한 돈은 출발 시점도 없이 점점 불어나고 있었다.

17.

이러한 사정을 모른 채, 엄마와의 만남을 기다리는 세 자매였다. 엄마가 오는 날은 온종일 설렘으로 가득 찼다. 보육원 언니들에게 혼나도, 보육교사들에게 꾸중을 들어도 괜찮았다. 다음 날이면, 엄마를 볼 수 있으니까. 세 자매가 여자부로 올라가고 엄마는 자주 얼굴을 보였다. 예쁘게 보이려 예전과는 다르게 깔끔하게 차려진 옷차림과 얼굴색은 세 자매를 안심시켰다. 세 자매는 엄마를 볼 때마다 미칠 듯 행복했다. 짧은 만남이더라도 숨 막히고 답답한 이곳에서 벗어날 수 있다는 생각에, 따듯한 엄마 밥을 먹을 수 있다는 그 생각에, 오랜만에 엄마의 숨결을 느끼고 품에 안긴다는 마음에 행복했다.

엄마가 올 때면 마당에서 놀고 있던 아이들이 달려와 아무렇지 않게 말했다.

아줌마가 우리 엄마예요?

엄마는 한동안 어떤 말을 해야 할지 멍해졌다. 아이들은 계속해서 물었다.

우리 엄마 아니에요?
그럼 누구 엄마예요?
우리 엄마 알아요?
울 엄마 본 적 있어요?
우리 엄마 언제 와요?
우리 엄마 보면 내가 많이 보고 싶어 한다고 전해줘요.

연신 아이는 얼굴조차 모르는 자신의 엄마를 찾아댔다. 그럴 때마다 엄마의 마음은 무너졌고 어떻게 어린아이의 마음을 어루만져 줄지 몰랐다. 그런데도 엄만, 세 자매를 언제나 밝게 맞았다.

이를 아는지 모르는지 엄마와 함께 있다는 생각에 들떠 서둘러 외출 준비를 했다. 제일 예쁜 옷을 입고 평소엔 신지 않는 아끼는 양말을 신으며 엄마를 맞이했다. 엄마는 아이의 말에 받은 당혹스러움을 숨기고 세 자매를 반겼다. 세 자매는 얼른 이 보육원을 떠나 밖에 발을 내딛고 싶었다. 초록색 철문을 연 후, 두껍고 가파른 계단을 엄마는 서로 잡은 두 손을 언제나 높게 들고 내려갔다.
언제부터인지 항상 대기하고 있던 **콜택시**를 타며 엄마가 지내는 거처로 이동했다. 그 콜택시는 언제나 항상 같은 번호였고 같은 향을 남기며 기다렸다.

엄마가 지내는 거처는 가로등 하나 없었던 골목을 들어가고 또 다른 골목을 들어가 오른쪽으로 틀면 보이는 작은 집이었다. 모녀는 낮에 주로 활동한 후, 일찍 들어왔다. 집 문을 열었을 때 나는 엄마의 냄새를 세 자매는 늘 간직하고 싶었다. 너무나 소중하고 아까웠다. 밖에 나가면 어딘지도 모를 곳으로 날아갈 그 냄새가 세 자매에겐 애착이 되었다. 제일 아끼고 가장 소중한 옷과 양말을 신고 온 것도 이 냄새를 간직하기 위해서였다. 다른 옷과 냄새가 섞이지 않도록 보육원으로 가져가기 싫었고 엄마가 지내는 거처에 늘 보관하였다. 엄마의 향이 짙게 묻은 옷가지들에 다른 향을 남게 하고 싶진 않았다.

18.

엄마와 만날 때면, 언제나 먹는 것은 갓 지은 고슬고슬한 밥과 김치와 스팸을 넣어 진하게 우려낸 김치찌개였다. 처음 맛본 엄마의 김치찌개를 연신 감탄하며 세 자매가 맛있게 먹자 엄마는 울컥, 세 아이 몰래 눈물을 훔쳤다. 보육원에서 먹던 것과는 다른 김치찌개를 세 자매는 언제나 두 그릇을 먹으며 엄마가 끓여준 따듯한 찌개를 싹싹 긁어 먹었다. 엄마와 함께 시간을 보내는 것은 행복했다. 아무것도 하지 않아도 한 공간에 있는 것만으로도 마음의 안정이 찾아왔다.

엄마와의 만남이 끝나면 항상 찾아오는 울적함이 세 아이의 가슴 속에 박혔다. 유독 그날들의 하늘은 맑았고 화창했으며 차가 막히지 않았다. 달리는 택시 안에서 차가 막히길 속삭이지만, 눈치 없이 신호는 막힘없었다. 초록색 철문 앞에서 세 아이는 오랫동안 서로를 마주하며 사랑한다고 말했다. 1초라도 더 보고 싶어 계단을 오를 때마다 뒤돌며 서로를 마주 봤고 서로가 등지며 헤어졌을 땐, 힘없이 걷는 서로의 뒷모습을 보며 올라오는 눈물을 참았다.

　엄마와 헤어진 날은 종일 울적했다. 헤어짐이 실감 나지 않았고 적응이 되지 않았다. 엄마와 헤어져도 울지 않았다. 아니, 못 했다. 울면 안 되었다. 소리 내며 울던 어린 시절이 지나고 학년이 올라갈수록 주변과 미소마저도 울지 말라며 눈치와 핀잔을 주었기 때문이었다. 시간이 지나면서 울적함은 익숙해졌지만, 여전히 쓸쓸했다. 울면 안 된다는 생각이 먼저 앞섰고 참아야 한다고 끊임없이 스스로에게 말했다. 미소도 눈물을 보이지 않으려 애썼고 고운과 아람이 눈물 한 방울이라도 흘리거나 콧소리가 나면 차갑게 뚝 그치라고 말할 뿐이었다. 미소도 눈물이 나지 않는 것은 아니었다. 얼굴이 발개지면서 고개를 숙이며 참고 있는 걸 아람은 알 수 있었다.

　엄마와의 헤어짐이 익숙할 대로 익숙해지고 덤덤해질 때였다. 고운과 아람은 엄마와 밝게 인사했다. 슬픈 모습을 보이면 걱정할 거란 생각에 괜찮은 척, 웃어 보였다. 계속해서 웃다 보니 마음에서도 아무렇지 않았는지 엄마와의 헤어짐이 그다지 슬프지도, 울적하지도 않았다. 또 만나겠지, 생각하며 엄마와 보낸 시간을 상기하며 툴툴 털고 일어났다. 그런데 미소의 소리가 들렸다. 훌쩍거리며 티 내지 않으려 애쓰는 소리. 그렇다. 사람의 마음은 무너지기도 하는 법이었다. 그간 참고 견딘 설움이 미소는 뒤늦게 터졌다. 우는 모습을 들키지 않으려 고개를 들지 않았고 아람과 고운에게는 물론 누구에게도 눈물을 보이고 싶어 하지 않았다. 미소는 숨길 대로 숨겼지만 아람과 고운은 알 수 있었다. 미소도 그동안 참았다는 것을. 엄마가 그립다는 것을….

그날은 미소의 생일이었다.

19.

엄마는 울지 않는 모습을 보고 한시름 놓았을지, 참고 있는 미소의 모습을 보며 슬펐을지, 울적함이 익숙해져 버린 고운과 아람의 모습을 보고 어땠을까. 엄마도 슬픔을 감추려 웃어 보이고 괜찮은 척, 덤덤한 척 등을 보여도 발걸음은 무거웠다. 돌을 발에 매단 것처럼….

20.

미소가 고학년이 되고 날을 정해 미소를 따라 함께 엄마네 집에 가는 날이었다. 엄마가 가르쳐 준 길과 타야 하는 버스, 내려야 하는 정거장, 그곳에서 어떻게 오는지 기억하고 있던 미소의 믿음으로 고운과 아람은 미소를 따랐다. 어떤 이유에선지 가는 시간 동안 어색함과 묵묵함이 공기를 짓눌러 무거웠다. 가로등 하나 없던 작은 골목을 지날 때는 더 긴장되어 몸이 뻣뻣해졌고 얼른 문을 열어 환하게 불이 켜진 방 안에 들어가고 싶었다. 세 자매가 온다는 말에 엄마가 일하러 가기 전, 푹 끓여놓은 김치찌개 냄새와 엄마의 향이 코를 찌르자 세 자매는 동시에 안도의 숨을 내쉬었다. 익숙하게 짐을 정리하고 상을 차려 김치찌개를 먹으며 퇴근하고 돌아올 엄마를 기다렸다. 9시, 10시, 11시…. 늦은 시간이 되어서도 돌아오지 않자, 세 자매는 TV를 켜놓고 먼저 잠이 들었다. 종종 엄마를 보지 못하고 보육원으로 돌아가는 날이 있었다. 이날이 그날이었다. 엄마는 새벽에 들어와 이른 아침에 다시 출근했으며 빈 시간 동안 미소는 노래를 불러댔고 고운과 아람은 둘이서 방방 뛰며 놀았다. 엄마를 보지 못해도 괜찮았다. 엄마의 집이 좋았고 편했으니까.

21.

점점 집 안에 크기가 다양한 상자가 남성 신장만큼 쌓였다. 팔면 돈이 된다는 말에 신기하던 고운과 아람은 미소와 같이 엄마를 오매불망 기다렸다. 작고 똥똥한 텔레비전으로 코난을 보며, 미소의 뜨거운 '천년의 사랑'의 열창을 들으며 긴 시간을 놀았는데도 엄마는 오지 않았다. 부스럭거리면 **고양이**[02]였고 인기척이 느껴지면 다른 집이었다. 어느덧, 10시가 넘고 11시가 되었다. 쌍둥이는 침대에, 미소는 바닥에 엄마의 자리를 비워두고 몸을 맡겼다. 시간이 얼마나 지났을까. 엄마가 돌아왔다. 곤히 자는 세 자매를 두고 엄마는 저도 모르게 가스레인지로 향했다. 가로로 되어 있는 가스 밸브를 세로로 열고 하나의 가스를 켰다. 강하게, 이따금 약하게 엄마는 불을 조절했다. 주방엔 가스 냄새로 점점 채워졌다. 엄마는 세 자매와 함께 생을 끝내자 다짐했다. 미닫이문 하나를 열면 바로 세 자매가 새근거리며 자고 있었다. 엄마는 세 자매의 마지막이 될 얼굴을 쓰다듬었다. 미소의 눈과 코, 입…. 그리고 고운의 하얀 피부. 엄마는 고운을 보자 울컥, 알 수 없는 감정이 치고 올라왔다. 엄마는 고운의 머리를 마지막으로 쓰다듬고 자리에 누웠다. 이불을 덮고 눈을 감으면 모든 것이 끝나 있을 것이다. 엄마는 이 밤이 조용히 지새기를 바랐다.

…….

정적 속에서 가스 냄새가 번졌고 세 아이의 숨소리가 들렸다. 깊은숨을 내쉬며 호흡하는 소리. 엄마를 기다리다 지쳐 잠든 세 아이의 소리. 자신을 살아가게 하는 세 아이의 숨소리가 엄마의 이성을 되돌렸다. 순간의 감정이 이성을 다잡았다. 엄마는 바닥에 누워 자

---

02   엄마가 길에서 돌봤던 고양이. 이름은 '길'

는 미소와 침대에 서로 마주 보며 손을 잡고 자는 쌍둥이를 보며 다시 살아야겠다고 의지를 다잡았다. 숨소리를 내며 자는 이들을 보며, 살아 숨 쉬는 세 아이를 보며 엄마는 가스레인지를 잠그고 환기를 시켰다.

22.

어느 순간, 미소는 엄마가 없을 때 설거지와 청소, 빨래를 하게 되었다. 마치 엄마가 된 것처럼 미소는 엄마가 되었다. 미소는 불만 없이 군소리조차 하지 않고 집안일을 하였다. 고운과 아람도 미소를 도왔다. 어색함이 감도는 무거운 공기에 불편했지만 당연한 일상인 듯 당연한 과정인 듯 받아들였다. 그리고 그것이 미소에게는 어떻게 되돌아올지, 자신에게 어떤 영향을 미칠지 아무도 몰랐다.

23.

보육원으로 돌아가 다시 일상을 지낼 때면 엄마에 대한 그리움이 희미해졌다. 익숙해진 탓인지 덤덤했고 점점 무던해졌다. 가끔은 아이인지라 엄마가 생각났다. 언니들이나 선생님들께 혼났을 때, 반복되는 생활이 지겹고 답답할 땐 엄마 생각이 풍선처럼 부풀어 올랐다. 핸드폰이 없어 거리에 있는 공중전화로 엄마에게 전화를 걸어도 엄만 받다가 얼른 끊어야 했다. 수화기 너머로 들리는 주방 소리와 엄마를 부르는 주방 직원들의 목소리가 아쉬움을 남겼다. 반가운 목소리에 반해 엄마는 언제나 힘겨웠고 애써 밝은 척, 괜찮은 척, 잘 사는 척 목소리로 전화하는 세 아이를 반겼다. 동전 하나 없어 콜렉트콜 번호인 1541로 걸어 무료라고 마냥 좋아하며 엄마 목소리를 들을 수 있다는 생각에 서슴없이 걸었다. 엄마 핸드폰에는 세 아이의 이름이 보였나 보다. 언제 어디서 전화를 거는지 모르던 그 시절, 엄마는 어디서 오는지도 모를 전화를 머뭇거림 없이 받았다. 세 아이는 핸드폰 화면 속에 어떤 화면으로 비치는지도 모른 채, 그 번호가 상대방에게 많은 요금이 부과된다는 것도 모른 채, 하염없이 받기만을 기다리며 계속 전화를 걸었다.

엄만, 악착같이 살아가던 자신에게 걸려오던 공중전화를 어떤 마음으로 세 딸의 전화를 받고 맞이해 줬을까.

24.

한번은 공중전화로 엄마가 곧 온다는 소식을 듣고 그 시간 동안 기쁨을 누렸다. 엄마의 소식은 반복되는 일상을, 무료했던 학교생활을 견딜 수 있었다. 엄마가 온다는 날은 점점 다가오고 있었다. 동시에 세 자매의 마음에도 즐거움과 행복이 피어나고 있었다.

…만나지 못했다. 어디서 닿았는지 모르는 엄마의 소식이 들려왔다. 일이 바빠서 못 온다는 소식에 세 자매 마음이 순식간에 무너졌다. 그간 견딘 마음이 허물었는지 금세 와르르 쓰러졌다. 애써 괜찮은 척, 태연한 척 웃었지만 이미 마음에는 비가 홍수처럼 넘쳐 흘러내렸다.

25.

공중전화는 특유의 냄새가 났다. 철커덕하는 소리와 번호를 누르는 촉감과 소리, 수화기 너머로 들리는 여자의 목소리, 상대의 "여보세요."라는 말…. 지금은 세 자매에게 향수로 남았다.

여느 때와 같이 엄마와 통화를 하고 싶어 하굣길에 공중전화를 들렀다. 어김없이 호출 번호로 엄마와 연결을 시도했다. 뚜르르루……. 뚜르르루……. 긴 신호가 계속 이어졌다. 철커덕, 끊고 다시 한번 이어졌다. 공중전화 부스가 두 대였기에 고운과 아람은 각자 부스에 들어가 연결을 시도했다.

!!!! 드디어 엄마의 숨소리가 들렸다. 덜거덕거리는 소리와 주방장의 소리, 손님들 소리가 엄마의 목소리를 삼켰다. 고운은 뽀얀 손으로 아람에게 손짓했다. 고운이 하고 싶은 말을 조잘거렸다. 검은 수화기 속, 엄마의 상황이 그려졌다. 여기저기서 엄마를 찾는

목소리가 희미하게 들렸다.

나도 나도.

아람이 재촉했다.

잠시만….

고운이 속삭였다.

아아앙…. 나도 엄마 목소리 들을래….
엄마 말하고 있잖아.
아아아앙….

고운은 아람의 방해에도 엄마 말에 귀 기울였다. 한마디마다 귀에 박혀 뇌에 울리는 엄마의 목소리를 잃고 싶지 않았다.

뚝…!

그때, 아람이 자신의 분을 이기지 못하고 철커덕 전화를 끊어버렸다. 순식간에 엄마의 음성이 끊겼다. 고운이 당황함에 아람을 보자, 아람은 심술궂은 표정을 지었다. 고운이 소리쳤다.

야!

아람이 분함과 억울함이 섞인 듯 목소리를 내질렀다.

니만 엄마 목소리 듣고!

기다리라고 했잖아. 어렵게 연결했는데 왜 끊는데!
뭐! 어쩌라고! 다시 연결하든지!!

아람은 그대로 토라지며 공중전화 부스를 나와 걸었다.[03] 고운은 이제야 분함이 올라왔다. 그대로 둘은 서로 거리를 둔 채, 보육원으로 향했다.

미소도 예외는 아니었다. 한창 엄마가 고플 미소였다. 미소도 하굣길에 보이는 공중전화를 한 부스씩 이동하며 엄마에게 전화를 걸었는데 복불복인지 통화가 안 될 때도 있었다. 그럴 때면, 아쉬움에 발을 돌렸다.

다음을 기약하며 흘려보낸 시간 속, 세 자매는 알게 되었다. 호출번호는 상대방에게 요금이 부과된다는 사실을. 그 이후론 공중전화에 잘 가지 않게 되었다. 공중전화 부스를 볼 때면 엄마에게 전

---

03   미안

화를 걸고 싶다는 마음이 솟구쳤지만 참아야 했다. 지나쳐야 했다. 아쉬움이 마음 가득히 자리 잡을 때면 바쁘니까 못 받을 거라 생각하며 애써 자신을 달랬다. 그럼에도 엄마 목소리가 듣고 싶을 때가 있었다. 기분이 좋은 날엔 들뜬 목소리를 들려주고 그렇지 않은 날에는 엄마 목소리를 듣고 힘을 받고 싶었다. 그런 날이었다. 들뜬 목소리를 들려주고 싶은 날.

정말 오랜만에 공중전화가 보였다. 스쳐 지나가던 공중전화가 유독 발길을 붙잡았다.

고운아, 우리 딱 한 번만 해볼까?
…그럴까?

요금이 엄마에게서 나간다는 말이 신경 쓰였지만, 정말…. 딱 한 번만 엄마에게 전화를 걸어보자 생각하며 발길을 돌렸다. 한참 통화를 못 하고 지나쳐야만 했던 공중전화를 오랜만에 보자 두 아이는 혹시나 하는 설렘에 들떠 얼른 부스 안으로 뛰어들었다. 머뭇거리다 호출 번호와 엄마 번호를 눌러 연결이 되길 숨죽여 기다리는데 받질 않았다. 아람이 한 번, 고운이 한 번 번갈아 가며 전화를 하여도 무소식이었다. 한 번은 두 번이 되었고 두 번은 세 번이 되었다. 두 아이는 아쉬움에 마지막으로 한 번만 더 시도하고 안 되면 말자며 다시 연결을 시도했다.

…역시나 마찬가지였다. 괜찮은 척, 부스를 나오려는데 어떤 아주머니께서 먼저 말을 걸었다.

누구한테 통화해?
엄마요.
연결 안 돼?

당차게 밝은 목소리로 엄마라고 말하자, 아주머니께서는 자신의 빨간 핸드폰을 보여주었다. 그러곤 엄마 번호를 불러보라며 자신의 핸드폰으로 엄마와의 연결을 성사시켰다. 아주머니께서 연결을 해주자, 엄마는 곧바로 받았고 엄마도 밝은 목소리로 아람과 고운을 반겨주었다. 두 아이는 신나서 한참동안 조잘거렸다. 통화가 끊길 때까지 아무런 말과 눈치 주지 않고 아주머니께서는 두 아이를 기다려 주었다. 핸드폰 너머로 엄마가 아주머니께 핸드폰을 돌려주라고 하자, 둘은 곧바로 아주머니께 돌려주었다. 아주머니와 엄마도 짧은 대화를 하신 후, 전화를 끊었다. 엄마도 아람과 고운도 감사 인사를 하며 홀가분하게 자리를 뜰 수 있었다. 아주머니에게서 부드러움이 느껴졌다.

26.

고학년이 되었을까. 아람과 고운은 동갑인 민수[04], 운재와 아동센터를 다녔다. 보육원의 다른 아동들은 자음 유치원의 부속학원에 다녔는데 그들만이 유일하게 센터를 다녔다. 센터와 학원은 같았다. 센터라고 다를 건 없었다. 일반 학원과 같이 외부에서 모신 강사로 수업을 받고 빈 시간엔 숙제하며 간식을 먹으면 끝이었다. 조금 다른 게 있다면…. 행사랄까….

센터는 학원과는 다른 색깔이었다. 반복적으로 외부 강사가 바뀌었다. 어느 날은 일본어를 배우다가도, 어느 날은 또래끼리 수학을 배우고, 다른 날은 나이 상관없이 영어를 배웠다. 배우는 시간도 제각기 달랐다. 강사가 정해준 양을 끝내면 수업은 끝이었다. 공부를 끝내면 빈 긴 시간 동안은 자유 시간이었다. 아람과 고운은 그 시간에 매월 나오는 《고래가 그랬어》 책을 읽으며, 나머지 아이들은 핸드폰을 하며, 그림을 그리며 각자의 시간을 보냈다. 그렇게 같은 일상을 보내며 학교 – 센터를 오가던 중, 고운의 수술로 아람은 혼자가 되었다. 고운의 수술은 끝이 없었다. 끝날 듯 끝나지 않는 고운의 수술은 매년 이어졌다. 같이 가던 학교도, 떡볶이를 먹으며 학교 앞 문방구를 꼭 들렀다 갔던 센터도 아람은 혼자 가게 되었다. 아람은 고운 없이도 대체로 적응했다. 수술이 당연하게 여

---

04   유정의 동생이다.

겨졌던 터라 고운이 없어도 센터에 있는 동생들과 놀며, 동갑내기인 민수와 운재와 놀며 고운이 오기를 기다렸다. 공부를 끝내면 아람은 민수와 밖에 나와 놀았다. 별거 없었다. 센터로 가는 길은 여러 개의 지름길이 있었는데 그 길을 모두 돌아다니며 하얀 총알을 줍는 것뿐이었다. 그것뿐이었는데 그게 마냥 즐거웠다. 맑은 날씨에 하얗게 내리쬐는 햇빛 아래에서 줍는 총알이었는데 그렇게 재밌었다. 간혹 형광의 분홍색과 연두색의 총알을 주웠을 땐, 서로 축하까지 해주며 재미를 붙였다.

운재는 2살 위 오빠들과 어울렸다. 센터 근처에는 부속 어린이집이 있었고 그 앞에는 놀이터가 있었는데 그 짧은 거리에서 무얼 하는지 빈 시간을 실컷 놀다가 집에 갈 시간엔 기가 막히게 맞춰 돌아왔다. 그렇게 서로 각자의 여유를 보내던 날이었다.

어느 날부터 공부가 끝나면 모두 한자리에 모여 합창 준비[05]로 입을 모았다. 여자와 남자로 나뉘어 노래를 불렀는데 남녀 성비 차이가 컸다. 남자아이들과 비교하면 여자아이들은 아람 포함 2명이었다. 센터에는 다양한 아이들이 왔는데 아이마다 오는 날이 달랐으므로 매일 오는 아이들만이 연습할 수 있었다. 연습할 때, 목소리로도 성비를 알 수 있었다. 남자아이들의 목소리가 99%를 차지하고 여자아이들의 목소리는 거의 들리지 않았다. 목사님의 내기 영

---

05 아마 지역 센터끼리 대회가 있었던 것 같다.

향도 있는 듯했다. 합창 연습을 하는데 모두가 산만하고 주의를 집중하지 않자, 목사님께서 말씀하셨다.

집중!!! 자. 불러보고 목소리가 더 큰 쪽에 아이스크림 낸다.
에이…. 그럼 여자들이 불공평하잖아요! 남자들이 훨씬 더 많은데.

아람 옆에 있던 동생 나예가 투정 부렸다.

에에에에~~ 우우우우~~
니가 남자 되든지~~

남자아이들은 투정하는 나예를 보며 엄지손가락을 아래로 향해 약 올리듯 말했다.

야. 박민수. 니 크게 불러라. 니 때문에 아이스크림 못 먹게 되면 네 탓이다~!

남자아이들이 중간에 끼어 있던 민수에게 농담 식으로 던졌다. 민수는 농담으로 받아들일 수 없었다. 또래 남자아이들보다 힘이 약했던 민수는 그들의 짓궂은 장난도 받아줬다.

자. 조용조용.

목사님께서 다시 한번 주의를 집중시켰다. 목사님 지시에 피아노 반주는 시작됐고 목소리가 울려 퍼졌다. 어느새 노래에 집중하며 부르던 아이들이었다. 그중, 유난히 큰 목소리가 들렸다. 목에 힘을 주어 갈라지듯 없어지는 목소리. 민수였다. 노래의 끝에 다다랐을 때, 피아노 반주가 끊겼다. 민수가 그만 쓰러진 것이었다. 민수의 얼굴은 벌게졌고 답답해 보였다. 급하게 선생님은 119에 신고했고 남자아이들은 그런 민수를 보며 당황했다. 자신들의 말이 타인에게 부정적으로 끼치는 영향을 두 눈으로 목격한 것이다. 구급차가 민수를 싣고 모두 민수가 오기를 기다렸다. 꽤 긴 시간이 흘렀는데도 민수가 돌아오지 않자, 아람이 걱정스럽게 물었다.

민수, 괜찮아요? 언제 와요?
괜찮을 거야. 무리해서 잠시 쓰러진 거니까 걱정하지 마.

아람은 민수에게 농담 식으로 위협한 남자아이들의 행동이 못마땅했다. 걱정스러운 것은 보육원이었다. 작은 일 하나라도 보육원에 보고하듯 알리는 센터였기 때문에 민수의 일도 넘길 터였다.

…예상이 맞았다. 민수는 무사히 돌아왔다. 감사하게도 아무 이상 없다고, 잠시 무리해서 그런 것 같다며 모두를 달랬다. …? 왜 그러한 말이 꾀병으로 변한 건지 민수가 센터로 돌아오자 1분도 되지 않은 채, "꾀병이네~"라는 말이 번졌다. 어느 누가 한번 내뱉은 말로 인해 모두가 그렇게 생각했다. 이 사실이 보육원까지 전달되

자, 보육교사들은 민수를 나무랐다. 꾀병을 왜 부리냐며, 쪽팔리게 그런 것까지 보고받아야 하느냐며. 민수는 자신의 짧은 고통도, 억울함도 호소하지 못하고 묵묵히 들었다. 그것뿐이었다. 그것이 유일하게 할 수 있는 행동이었다. 잠깐의 고통도 허락하지 않았던 곳은 보육원이었다.

다음 날, 합창 연습은 계속 이어졌다. 다 함께 합을 맞춰 노래를 부르던 때, 피아노 선생님께서 아람과 나예, 운재를 불렀다. 합창 대신 수어를 하라는 것이었다. 노래에 맞는 수어를 익힌 후, 피아노 연주에 따라 합을 맞췄다. 운재는 자주 자리를 비웠기에 수어를 모두 익히지 못했고 아람과 나예는 합창하는 아이들 목소리에 맞춰 수어를 연습했다. 공연일이 점점 다가왔다. 부산의 센터들이 모여 자신들이 준비한 끼를 보여주는 그런 자리에서 아람과 민수, 운재는 무대에 올랐다. 하얀 티와 제각기 색이 있는 청바지를 입고, 아람과 나예는 무대의 왼쪽에, 운재는 오른쪽에 서며 피아노 반주를 기다렸다. 떨리는 마음에 오른편에 있는 운재 쪽으로 고개를 돌리니, 운재는 큰일 난 듯, 다 외우지 못했다며 고개를 좌우로 돌렸다. 아람은 어떻게 도울 수가 없었다. 이미 무대에 올랐고 피아노 반주가 시작되었기에 아람은 다시 앞을 보았다. 운재는 아람과 나예의 손동작을 보면서 따라 하는 듯 보였다. 무안할 법도 한데, 포기하지 않고 계속해서 옆을 보며 운재는 끝까지 손동작을 취하였다. 무대가 끝나고 다른 센터들의 무대를 볼 수 있단 생각에 아람은 들떠 있었다. 다음 무대가 음악 줄넘기였기 때문에 아람은 어떤 무대일까 잔뜩 기대하고 있었다. 그때 아동센터 선생님께서 운재와 민수, 아람을 불렀다. 순간, 직감했다. 보육원이구나.

집에 가자.

아동센터 선생님이 말했다. 갓 시작한 음악 줄넘기 무대였는데, 아람은 그곳을 나오면서도 어둠 속에서 빛나는 줄넘기와 그를 넘는 아이들의 모습을 보며 아쉬움을 감추지 못했다. 무대는 학교 강당에서 이뤄졌기에 강당을 나오고서도 무대의 여운은 남아 있었다. 학교를 완전히 빠져나와도 강당에서 울려 퍼지는 우렁찬 음악 소리는 여전했고 어둠 속에서 미리 대기하고 있던 노란색 보육원 차량이 보였다. 운재도, 민수도 아쉬움이 가득한지 모두가 아무 말 없이 노란 차를 타며 보육원으로 향했다.

재밌었어?

보지도 못한 공연을 두고도, 아직 즐기지도 못한 공연을 두고도 묻던 보육교사…. 운재와 민수, 아람은 조용히 고개를 끄덕였다.

27.

아람에게 기분 좋은 소식이 들렸다. 드디어 고운이 수술을 마치고 퇴원하여 돌아온다는 것이었다. 아람은 그런 고운을 위해 작은 이벤트를 준비하고 싶었다. 편지를 좋아하는 고운에게 편지를 써 줄까 고민하다 A4 용지를 여덟 칸으로 접고 가운데를 찢은 후 작은 책을 만들었다. 책장을 넘기듯 글을 읽을 수 있게 표시한 후, 아동센터 아이들에게 말했다.

있잖아. 곧 있으면 고운이 퇴원하고 돌아오는데 퇴원 축하한다고 짧게 적어줄 수 있어?

아이들은 흔쾌히 부탁을 수락했다. 자신만의 필체와 위로로, 더불어 그림까지 그려주며 저마다의 방식으로 8칸을 채워갔다. 책장을 뒤집어서도 볼 수 있게 앞, 뒷면 모두 따뜻한 글들로 가득했다. 아람은 고운에게 줄 편지를 보며 잔뜩 설레었다. 기뻐할 고운을 생각하며, 모두가 고운을 기다리고 있다는 아이들의 마음이 전달되기를 바라면서.

아동센터를 다녀오니 고운이 쉬고 있었다. 고운도 아람을 보자 웃어 보였다.

잘 있었어?

고운이 먼저 물었다.

응! 고운아, 있잖아. 내가 선물 준비했어.

아람은 가방을 열고 센터에서 만든 작은 종이책을 건넸다.

이거. 퇴원한다고 해서 나랑 센터 애들이랑 같이 적은 거야.

고운이 아람이 내민 종이책을 받고 넘겨보았다. 제각기 다양한 아이들의 위로에 고운은 황급히 책을 닫았다.

나중에 읽을래. 나만 읽을 거야.

28.

근 몇 년 동안 엄마와 연락이 잘 닿지 않아 만나지 못한 엄마였다.[06] 무슨 일인지 쉽게 근황을 알 수 없었다. 그런 엄마의 소식이 들려왔다. 엄마와 정말 오래간만에 만나는 날이었다. 미소를 통해 들은 엄마소식에 온종일 들떠 있었다. 이번 주 금요일에 온다고 하면 미소는 오늘을 제외한 이틀만 기다리면 된다고 말해주곤 했다. 그럴 때면 엄마의 향을 묻히려고 어떤 옷을 입고 갈지 미리 정해두어 그날 입고 온종일 엄마를 기다렸다.

---

06 연락이 닿지 않은 이유를 감췄을 뿐, 미소는 알고 있었다.

아동센터를 마치면 차로 집까지 바래다주는데 어? 창문으로 엄마가 보였다. 은행을 지나치고 보육원을 향해 걷고 있었다. 멀리서 보았기에 작은 체구가 더 조그맣게 보였지만, 엄마를 보자 의자에서 방방 뛰며 좋아하던 아람이었다. 차에서 내려 인사를 한 뒤, 엄마를 본 그 자리로 뛰었다. 엄마와 함께 보육원에 들어가고 싶었다. 신이 나서 아람과 고운은 내리막길을 마구 뛰어 엄마를 찾았다. **잉?** 엄마가 보이지 않았다. 아람과 고운은 다시 돌아가야 했지만 괜찮았다. 엄마가 이미 와 있을 거니까. 분명 엄마였으니까. 오늘은 엄마와 함께 잘 수 있으니까.

설레는 마음으로 보육원에 도착하니 예상과 달리 엄마는 보이지 않았다. 사무실 안에도, 마당에서도 엄마를 찾을 수 없었다. 의아했던 아람과 고운이었지만 엄마가 올 거라 확신하며 미소에게 알렸다. 오는 길에 차 안에서 엄마를 봤다며 신나서 조잘거리자, 미소도 기쁜지 입꼬리가 실룩샐룩 올라갔다. 그렇게 세 자매는 들뜬 마음으로 짐을 꾸렸고 같은 방을 쓰는 2살 동생 다연이 부러움이 섞인 눈으로 두 아이를 바라보았다. 그땐, 다연의 마음을 헤아릴 수 없이 즐거운 마음만이 한가득했다.

다연의 마음도 모른 채, 쌍둥이는 미소와 함께 어느덧 사무실 앞에서 기다리고 있는 엄마를 향해 달렸고 마당에서 놀고 있던 3~4명의 남자아이도 놀던 것을 멈추고 그들을 바라보았다. 저녁 시간이 되어서였으니 저들 역시 그들이 부러움의 존재였을까. 한창 엄마가 보육원에 오던 때, 매일 마주하던 아이들. 자신에게 찾아오지 않는 부모님이 보고 싶고 그리웠을 아이들. 그들을 보는 엄마의 마음은 어땠을까.

29.

엄마와 함께라면 뭐든지 다 좋았다. 상 받은 이야기도 하고 좋은 성적이 나오면 자랑도 하며 온종일 조잘거렸다. 자랑할 때면 엄만 언제나 미소는? 하며 묻곤 해서 미소는 쌍둥이에게 말하지 말라며 태클을 걸곤 했지만 미소가 없을 때, 둘은 슬쩍 자랑하곤 했다. 엄마와 만날 때마다 엄마는 세 자매와 늘 찜질방에 갔다. 어쩌면 자신을 숨기거나 당시엔 거처가 없어 간 것은 아니었을까….

세 자매와 행복하고 아름다운 추억으로 남기기 위해 그날만큼은 맑게 웃음 짓던 엄마였다. 엄마의 속사정도 모르고 찜질방을 휘어잡으며 뛰어놀던 세 자매에게는 찜질방이 추억이 되었으며 엄마에게는 몸을 숨길 수 있는 거처이자, 유일하게 세 자매와 편히 웃을 수 있는 공간이 되었다.

찜질방은 놀이터였다. 엄마는 피곤하셨는지 언제나 뜨신 바닥에 누워 잠을 잤고 미소는 그런 엄마 옆에 앉았다. 아람과 고운은 이 방, 저 방에 들어가 얼마나 뜨거운지 체험하며 들락거렸다. 어떤 방은 갈색 돌로 가득한 방이었는데 온돌인지 황토 냄새가 나면서 따셨다. 신기했던 아람은 그 방에 들어가 갈색 돌을 잔뜩 주워 주머니에 넣고 장난을 치다 와르르 흘러 조용하던 찜질방이 우당탕 소란스러워졌다. 그 모습을 보며 재밌어 보였는지 미소도 어느새 함께했다. 미소는 아이스 방을 좋아했다. 아이스 방에 들어갔다 나오면 시원했다. 따듯해지는 몸의 변화를 즐겼던 세 아이였다. 비록 엄마는 잤지만 조용했던 찜질방이었고 엄마와의 시간을 보냈기에 세 아이는 후회 없이 장난치면서 조심스레 놀았다. 소란스러움에 엄마가 잠에서 깨면 목욕을 하러 옷을 갈아입었다. 데구루루 하고 미처 빼지 못한 갈색 돌이 툭 하고 굴렀다. 엄마도 어이없었는지 웃어댔고 아람도 멋쩍어하며 웃음을 날렸다. 목욕엔 감식초가 늘 함께였고 목욕 후엔, 아무도 없는 큰 탕에 들어가 엄마가 다 씻을 때까지 놀았다.

씻고 나면 맥반석과 식혜를 먹고 실컷 놀다가 또다시 배가 허기지면 식당에 가 매콤한 음식을 먹으며 놀고 먹는 하루를 보냈다. 그렇게 배를 채우면 다시 여기저기, 층층이 계단을 타며 돌아다녔다. 어느 층에는 게임기가 양옆으로 나열되어 있었다. 게임방에 들어가면 그 화면에는 싸우는 게임들이 영상처럼 재생되었다. 당시 500원을 넣으면 게임이 시작되었는데 동전 투입구를 보니 몇몇 게임기에는 500원이 나와 있었다. 새 돈처럼 반짝거리고 빛났던 그 동전을 아람은 가져가 고운에게 보여주었다. 고운도 합세해, 온종일 이 층 저 층 돌아다니다 엄마가 어디 있었는지 까먹어 다시 1층부터 엄마를 찾았다. 어둠이 찾아오고 아람과 고운은 서로 엄마 옆에 자겠다고 다퉜다. 밤이 되면 잠시라도 엄마 옆에 있고 싶어 안달 난 듯 엄마 옆에 있지 않으면 불안했다. 미소도 엄마 옆에서 자고 싶었을 텐데 아무런 내색을 하지 않았고 항상 언제나 같이 잘 때마다 아람 옆에서 잠을 청했다.

그렇게 엄마와의 헤어짐이 점점 다가오고 있었다. 부모의 마음은 이런 것일까. 엄마는 헤어지는 날이면 세 자매에게 바깥음식을 먹였다. 보육원의 음식이 입에 맞지 않아 억지로 꾸역꾸역 먹어서일까. 엄마는 맛있게 먹는 세 자매를 보며 자신도 세 아이도 안타까웠다.

엄마와 바깥음식을 먹고 보육원에 돌아오면 세 아이는 밥을 잘 먹지 않았다. 거르기보다는 깨작거리며 먹었다. 그 모습을 본 보육원은 엄마를 만나고 오면 밥을 안 먹는다며 밥 먹이지 말라며 원장은 엄마에게 말했다. 하지만 엄만, 세 아이에게 더 맛있는 음식을 먹였고 더 맛난 걸 만들었다.

30.

언제부턴가 엄마가 오면 보육원 앞에서 기다리고 있는 **콜택시** 차 한 대가 엄마와 세 아이를 맞았다. 엄마는 그에게 의지한 듯 보였다. 어떤 힘듦이 엄마를 더 작게 만들었을까. 엄마는 그에게 기댔다. 자연스럽게 더 많이 웃으며 대화하던 엄마는 그가 누구보다도

편해 보였다.

그 차는 지역 **콜택시**였다. 세 아이는 그를 **택시 삼촌**이라 불렀고 그는 만날 때마다 아껴둔 새 돈을 손에 쥐여주셨다. 미소는 언니니까 3,000원, 쌍둥이는 어리니까 2,000원씩. 새 돈이라 구기기 싫어 아껴두다가 결국엔 접어야 했지만 용돈이 더 생겨 내심 기뻤다. 그는 세 자매를 엄마 집까지 데려다주거나 헤어질 때, 보육원까지 바래다주어 감사했지만 한편으로는 보육원에 가는 길만은 천천히 달리길 바랐다. 언제나 그렇듯 신호는 막히지 않았고 헤어지는 길은 조용하며 울적했고 그 공간은 무거웠다. 아무런 힘도 나지 않았고 시간이 아주 처~언 천히 흐르길 바랐지만, 항상 일정하게 흐르는 시간을 탓하기에는 헤어짐은 언제나 찾아왔다.

슬프게도 엄마와의 헤어짐은 일찍 다가왔고 저녁 7시쯤이 되면 어김없이 식당으로 가 공부했다. 아직 저녁밥 냄새가 지워지지 않아 음식 냄새가 얕게 흘렀고 세 아이의 마음은 표현할 길이 없었다. 그저 아무 말 없이 책상을 가져와 공부대형을 만들어 공부할 뿐이었다. 그렇게 세 자매는 엄마와 만남에서 헤어짐을 수없이 반복했다. 그만큼 편지도 주고받았고 엄마의 편지가 오는 날이면 어떤 내용일까 설레었다. 엄마도 세 자매만큼 언제 편지가 올지, 어떤 내용일지 기대하고 기다리고 있을 터였다. 슬프게도 너무나 어렸던 세 아이의 편지에는 엄마의 마음을 무너지게 하는 내용과 수없이 같은 내용이 가득 차 있었다. 예컨대 돈 얼른 벌라며 보육원을 나가고 싶다고 매번 같은 말을 했고 닌텐도[07]를 사달라며 조르기도 했으며 학교생활의 아픔을 말하며 엄마를 웃게 하는 그런 내용은 없었다.

그때는 몰랐던 어림에 엄마의 마음은 어땠을까….

31.

놀랍게도 엄마의 편지가 올 때면 언제나 항상 매번 누가 본 것처럼 뜯어져 있었다. **왜 뜯어져 있지?** 생각이 들었지만, 엄마의 편지가 우선이었기에 언니 미소가 먼저 읽었겠거니 하며 엄마가 한 자 한 자 눌러쓴 검은 글씨를 조심스레 설레는 마음으로 읽어나갔다. 엄마의 편지는 알록달록했다. 예쁜 스티커로 꾸며진 편지지를 주며 엄마 자신에게도 예쁘게 꾸며서 주길 원했다. 이에 세 자매는 보답이라도 하듯 가지고 있는 몇 없는 색연필로 꾸며 엄마에게 보냈다. 편지의 내용보다는 형형색색으로 꾸밈에 심혈을 기울였다.

시간이 조금 더 지나자, 서로 편지를 주고받는 주기가 멀어졌고 그때야 알았다. 보육원장과 다른 보육교사들이 먼저 그 편지를 읽어본다는 것을….

---

07   미소가…. 보육원 내에 유정이 닌텐도를 들고 오자, 미소도 가지고 싶어 보냈다고 한다.

그렇게 엄마도 편지를 기다리며 몇 년을 보냈다. 세 아이는 보육원에 있는 동안 엄마가 어떤 일을 하며 어떻게 지냈는지, 어떻게 지내고 있는지 몰랐다. 편지에도 짐작할 만한 내용이 없어 예상할 수 없었다. 긴 시간 동안 세 아이는 아픔을 겪으며 자랐다. 보육원에서 고운과 아람은 미소의 눈을 피해 행해지는 언니들의 시중 아닌 시중을 들었다. 언니 미소는 동갑내기인 모란과 가까워지면서 달라졌다. 공부와 밥보단 노는 것과 라면이 좋았다. 공부하는 시간에 장난치느라 바빴고 밥때엔 방에서 몰래 라면 먹기 바빴다. 밤 9시에 공부를 마치고 방으로 올라가면 입구부터 복도까지 라면 냄새로 가득 메꾸었다. 미소는 고운과 아람이 지나쳤다는 것을 귀신같이 알고는 이름을 불렀다.

  쌍둥아~ 라면 먹을래?

  고운과 아람은 눈을 반짝이며 미소가 내민 라면을 받았다. 컵라면 윗부분을 삼각 모양으로 접어 내민 그 라면은 다연의 부러움 대상이었다. 미처 다연을 생각하지 못했다. 미소가 내민 라면은 밥까지 말아져 촉촉하게 젖은 밥알이 입안 가득 채웠다. 다연은 그 모습을 보고도, 라면을 먹고 방으로 들어오는 고운과 아람의 모습을 보고도 달라고 할 수 없었다. 부러움을 표현하지 못하고 아무렇지 않게 고운과 아람을 마주했다. 그땐 미소도, 고운도, 아람도 다연이 보이지 않았다.

다연은 어떤 마음이었을까.

32.

고운과 아람의 학교생활은 딴판이었다. 고운은 아픔이었고 아람은 아픔과 즐거움이었다. 고운의 시선으로는 아람이 부러웠고 언제나 즐거워 보였다. 하지만 웃음 뒤에 아람에게도 아픔은 존재했다. 고운은 동급생의 괴롭힘이 지속됐고 학년이 올라가서도 어릴 때부터 자신을 바라보던 시선과 편견이 거세져 아픔도 진해졌다. 고운과 아람은 유치원에서부터 말을 하지 않았다. 입을 꾹 다물었고 누군가의 질문에도 대답하지 않고 침묵을 지켰다. 이 때문인지 곁엔 아무도 없었고 누군가 친절과 배려를 베풀었지만, 아람은 웃으며 거절했다. 타인의 친절과 베풂을 받을 줄 몰라 언제나 거절하던 아람과 고운이었다. 결국, 고학년으로 올라갈수록 입은 더 굳게 닫혔다. 큰소리를 내지 않았고 기껏 내봐야 친한 친구에게만 말하는 정도였다. 친구들이 자신의 목소리를 듣는 게 부담스러웠고 왠지 모르게 부끄러웠다. 큰소리를 내기엔 너무 큰 용기와 시간이 필요했다. 아람과 고운에게는 부담된 용기의 시간이었다.

유치원생 때에도 말하지 않던 고운과 아람이었다. 다니던 유치원에서는 웅변수업이 있어 반드시 입을 열어야 하는 수업이었다. 한 조당 4명씩 조를 지어 친구들 앞에 나와 웅변하는 수업 시간에 아람은 손에 쥔 골판지만을 쥐고 있을 뿐이었다. 아람은 자신만을 바라보고 있는 친구들의 시선이 싫었다. 양옆에서는 같은 조 친구들의 목소리가 힘차게 들렸고 아람의 목소리는 들리지 않았다. 웅변 시간은 불안했다. 혹여 웅변하지 않은 걸 선생님이 눈치채진 않을까. 혼내진 않을까 두려웠다. 긴장에 몸이 굳었는데도 아람은 목소리가 나오지 않았다. 그리고….

마침내, 일이 터지고 말았다. 웅변 시간 때마다 아람을 주의 깊게 보셨던지 웅변 선생님은 아람의 머리채를 잡으며 계단을 위태롭게 올라가 다른 반으로 끌어갔다. 아람이 앉은 곳은 고운이 있는 햇살반이었다. 아람은 웅변 선생 뒤로 쭈그려 울고 있는 채로 햇살반을 슬쩍 살폈다. 자신을 향한 시선이 많을수록 아람은 다시 눈을 내렸다. 웅변 선생은 아람이 말을 할 때까지 보내주지 않았다. 아람은 끝까지 입을 열지 않았다. 아니, 열고 싶어도 열지 못했다.

말은 실생활에서 하지 않으면 안 되었다. 모두가 입을 열며 수다를 떨고 친구를 하나둘 사귀는데 아람과 고운 홀로 가만히 앉아 있었다. 어색하고 두려웠으며 무서웠다. 다 같이 부르는 음악 시간에도 입만 벙긋거렸고 선생님이 부르는 질문에도 대답조차 못했다. 하물며 친구들이 '아' 혹은 욕해보라며 간절히 바라여 저들끼리 내기까지 했고 내심 기다리는 것 같았다. 때는 조별로 앉아, 역할을 나눠 대사를 읽는 수업이었는데 이놈의 조별은 그렇게 싫었다. 각자 역할이 찾아오면 대사를 읽는 조원들과 주뼛거려 한 마디도 내뱉지 못한 채, 시간이 가기만을 기다렸다. 답답함에 조원들은 아람이 말하길 기다리다 짜증을 내었고 결국은 모두가 보는 자리에 나왔다. 아람의 자리는 바로 교탁 앞자리였기에 책상을 뒤로 바짝 밀고 빈 넓은 중앙에 조원들이 일렬로 섰다. 담임은 차례로 읽으랬고 조원들은 그대로 읽었다. 아람 차례가 오자, 모두의 시선이 아람에게로 쏠렸다. 아람은 시간이 가기만을 기다렸다. 시간이 흐를수록 이 상황이 지나갈 것만 같았다. 다 끝날 것 같았다. 떨리는 다리는 부들거렸고 양손으로 잡은 교과서는 땀으로 가득 차, 부여잡은 종이가 구겨졌다. 기다려도 말을 하지 않자, 담임은 기다랗고 얇은 회초리를 들었다. 말을 하지 않을 때마다 때린다는 것이었다. 소용없었다. 아람은 말하지 않았다. 말을 하고 싶어도 내뱉어지지 않았다. 목구멍까지 뱉어야 할 낱말이 있는데도, 말을 하고 싶어도, 말을 해야 한다는 것을 아는데도 쉽사리 입이 열어지지 않았다. 아람 스스로 자신이 너무 답답했다. 그런데도 할 수 없었다. 그날, 아람은 매를 맞았다. 울면서. 자신을 자책하면서.

6학년이 되었을까. 점점 친한 친구들에게 입을 열게 되었고 같은 반 친구 몇몇에게 소심한 인사도 하게 되었다. 쉬운 것은 아니었다. 용기를 얻다가도 다시 사그라지는 게 용기였고 시간이었다.

유일하게 아람과 고운이 편안히 말을 할 수 있는 공간이 있었다. 바로 도서관. 도서관이라면 조용하고 따듯해서 서로가 서로를 기다릴 수 있는 공간이었고 도서관 선생과도 마주 보며 이야기를 할 수 있는 시간이었다. 손금도 보며 재밌는 책에 대해서 추천도 해주시고 연체가 되어 있다면 풀어주시곤 하셨는데 그때만큼 두 아이는 입을 열기 쉬웠다.

33.

보육원에서는 공부 시간과 식사 시간에 잠을 잔다는 이유로 폭력[08]이 행사되고 설문 조사[09]에서 사실을 말했다는 이유로 모두가 모여 혼나야 했던, 외부에서 손님들이 오고 즉석식 같은 맛난 음식을 허겁지겁 먹으면 거지처럼 나댄다며 꾸중을 들어야 했던 생활이었다. 게다가 원장이 유독 아끼는 아이인 가을도 원생 중 하나였다. 가을은 언제부터인지 고자질하는 아이로 불리었다. 이 때문에 모두가 그를 조심히 대했고 그가 원장이 있는 사무실에 가면 그와 싸우거나 다툰 이는 긴장했다. 하지만 가을도 보육원에 대해 너무 잘 아는 아이였다. 자신의 말 한마디로 인해 다른 누군가가 맞거나 피해 보는 것은 가을도 원치 않았다. 기억을 더듬어 보면 가을은 자신에게 해를 가하거나 억울할 때면 말을 전했지, 그 외에는 고자질 같은 말을 올리지 않았다.

그보다 더한 아이도 있었다. 원생은 아니었지만, 원장의 친척이라는 소문이 들렸다. 유독 보육원의 남자부 아이들이 그 아이를 보다 더 조심히 대했다. 사촌이라는 그 아이는 자매지간으로 유독 남

---

08 아동들이 싫어하는 반찬을 더 주거나 어른의 즐거운 웃음소리와 함께 손바닥 혹은 발바닥을 맞았다.
09 보육원에서는 국가에서 시행하는 설문 조사를 통해 실태를 파악한다.

자부 아이들이 그 자매가 해달라는 걸 거절하지 못했다. 해주기 싫어도, 무언갈 주기 싫어도 웃으며 그들을 대했고 혹여나 그들이 원하는 것을 내주지 않으면 혼날 것이 분명했기에 아이들은 그들을 따라야 했다. 그들의 행동이 곧 원장의 법이었기에 부당해도 맞서지 않았고 원장뿐만이 아니라 벌침을 쏘아대는 **대학생**에게 혼이 날까 두려워 입을 다물었다. 그들은 보육원에 방문할 때마다 원생들의 시간을 방해했고 그로 인해 생긴 불리함 역시 원생들이 받아야 했다. 그 때문인지 모두가 그들을 반가워하지 않았고 겉과 속이 다른 법을 배워야 했다. 그들은 알았을까. 그때의 보육원을.

34.

긴 시간 동안, 엄마가 세 자매를 찾아오지 않았다. 공주에서 날라오는 편지만이 다였다. 어느 순간, 편지가 끊긴 듯 적절한 시기에 엄마는 오지 않았다.

35.

엄마는 한동안 보육원에 오지 않았다. 엄만 공주의 어느 교도소에 있었다. 왜 교도소에 있었는지 의문이 가득하지만, 묻지 않았다. 자연스레 알게 되었고 자연스레 잊히길 기다렸다. 무엇보다 무거운 공기가 입을 누르고 있었다.

교도소에서 출소 후, 간만에 보육원을 방문한 엄만 어떤 심정이었을까. 그 무거움을 알기에 기다렸다.

너무 오랜만에 세 아이를 본 엄마는 이모와 함께였다.

이젠 좋겠네~ 엄마 자주 봐서~~

어떤 의미로 내뱉은 건진 몰라도 어렸던 아람과 고운은 마냥 좋았다. 즐거웠다. 이모의 말대로 자주 볼 수 있을 테니까. 하지만 미소는 달랐다. 어색함과 쑥스러움이라는 이모의 말과는 다르게 통찰한 안목인지 이모를 조금 멀리하는 듯했다.

이모는 가끔 세 아이에게 옷과 신발과 맛난 밥까지 사 주었다. 그런 데에는 이유가 있다는 생각이 들었다. 세 자매, 아니 어쩌면 자세히 모르는 엄마와 이모 사이의 일들 때문에 사과의 의미를 보여 주는 건가.

반면 보육원을 찾아오는 엄마의 옷차림은 점점 허름해졌다. 처음 보육원에서 보이던 깔끔했던 옷차림과 생기 있던 엄마의 얼굴색은 보이지 않았다. 어쩌면 엄마도 엄마 나름대로 예전으로 돌아갈 방법을 홀로 외롭게 찾는 것이 아닐까 생각이 들었다. 엄마의 눈이 점점 움푹 파여만 갔다.

36.

찜질방은 엄마와 만날 때마다 항상 가던 곳이었다. 드넓은 공간에서 뛰어놀고 엄마와 함께 소금 방인지 황토방인지 번갈아 가며 함께 땀을 뺐다. 저녁이 되면 아무래도 어두운 실내에서 더 어두운 공간을 찾아 나섰다. 자야 했기에 두리번거리다 누가 두고 간 딱딱한 베개와 이불을 질질 끌며 모녀는 누울 자리를 찾았다.

모녀는 따듯한 바닥에 누워 속삭이며 대화하다 금방 잠이 들었다. 꼭 집이 아닌 다른 공간에서는 눈이 일찍 떠진다. 이날은 왠지 더 그러고 싶었다. 눈 떠 있는 시간이 긴 만큼, 엄마와 함께하는 시간이 더 긴 것 같았다. 엄마가 일어나지 않아도, 깨우지 않았다. 피곤하니까 더 자라는 말을 했지만, 사실은 더 있고 싶어서, 엄마 옆에 앉아 시간을 보내고 싶어서 한 말이었다. 엄마가 눈을 슬며시 떠도 다시 감길 바랐다. 하염없이 하루 종일 엄마와 함께 있고 싶었다. 시간이 멈춰 네 사람만 움직였으면 좋겠다고 아람은 생각했다.

현실의 엄마는 눈을 떠야 했다. 슬프지만 어쩔 수 없는 시간이었다. 또다시 헤어져야만 했다. 엄마는 일하러 가야 했고 세 자매를 다시 보육원에 보내야 했다. 엄마는 생각이 많았다. 어떤 말을 하며 헤어져야 할지, 어떤 거짓말을 하며 돌려보내야 할지, 어떤 음식을 먹여 보내야 할지 머리가 아팠다. 엄마의 눈이 떠지자, 세 자매는 아쉬움을 감추지 못했다. 시간을 더 벌고자 버텼지만, 엄마는 곧 일어섰고 그런 엄마를 따랐다. 목욕하는 데도 전처럼 흥이 나지 않았다. 엄마도 아는지 말을 하다가도 없었고 기분을 풀어주려 장난을 쳐도 돌아오는 반응은 차가웠다.

 어떤 때에는 너무 익숙한 나머지, 목욕하는 시간을 즐기기도 했지만, 처음은 미숙한 법이었다. 우울했고 울적했고 슬펐다. 점점 신나고 기쁘고 행복함으로 변했지만 오래 가진 않았다. 기쁘다가도 헤어짐을 생각하면 금세 슬퍼졌다. 엄마 얼굴을 조금이라도 더 보려고 탕 안에서 엄마를 바라보며 일부러 탕에 오래 있기도, 느릿느릿 움직였다. 그럴 때면, 마음이 급한 엄만 성질을 부렸지만 그래도 좋았다. 그렇게라도 엄마를 붙잡고 싶었다. 목욕이 끝나면 시간이 점점 줄어들었으니까.

 밖을 나오면, 엄만 말없이 세 자매를 감자탕집이나 김밥천국에 데려갔다. 엄마가 일하는 곳이기도 한데, 밥을 먹어도 맘껏 먹지 못했다. 직감적으로 그런 듯했다. 힘들게 버는 돈, 보육원에서 나가려고 버는 돈, 몸 아파가며 번 돈. 그 돈을 이렇게 쉽게 써버릴 순 없었다. 세 아이는 이 생각에 더 저렴한 걸, 그것보다 더 가격이 낮은 걸 골랐다. 다른 걸 먹고 싶어도 참았다. 참아야만 했다. 거짓말을 해야 했다. 그 마음을 아는지 엄만 미안해했고 끝내 먹지 못했다.

 그렇게 엄마와의 하루들이 저물었다. 언제나 도착지는 집이 아닌 보육원이었다. 처음의 헤어짐은 소리였고 반복된 헤어짐은 진동이었으며 계속된 헤어짐은 무음이었다. 엉엉 울며 들어가는 보육원과 그 소리에 닥치라는 날카로운 말. 이에 무서워 입을 꾹 다물었던 날들…. 아람은 미처 생각하지 못했다. 여전히 찾아오지 않는 부모님을 그리워하는 마음을, 내면이 성장하지 못한 아이들은 닥치라는 날카로운 말에도 부러웠음을.

37.

미소의 기억 속에 그들은 단란한 가족이었다. 보육원 입소 전, 선명한 미소의 기억이었다. 아파트에서 화목하게 살았던 미소는 그때의 자신과 쌍둥이, 엄마 아빠를 회상했다. 아파트에 잘산다는 소문이 돈 이후, 때마침 비어 있던 바로 옆집에 이모 아닌 이모가 이사를 오게 되었고 그때부터 미소는 우리 가족이 믿음과 신뢰, 행복이 깨지게 된 것 같다며 입을 열었다.

38.

어릴 때, 만난 이모를 엄마는 대학 친구라며 세 아이에게 소개했고 아람에게 친구는 **좋은 사람**이었기에 엄마 친구라고 생각했다. 편하게 이모라고 부르라며 엄마 친구와 엄마가 말했고 당연하게 이모라 불렀다. 가끔 엄마와 이모가 같이 보육원에 올 때도 있었는데 그때마다 미소는 그런 이모를 반가워하지 않았고 마뜩잖아했다. 그땐, 낯가리고 소심한 미소라 그런가 보다 생각했는데 먼 훗날 아람은 알게 되었다. 어린 시절의 느낀 감정과 그때의 상황은 아무리 몸과 마음이 성장했어도 그날의 감정은 변하지 않는다는 걸, 너무 늦게 깨달았다.

옆집에 이모가 온 뒤부터 엄마는 숨기는 게 많아졌다. 아빠는 반복해서 물었지만 엄만, 고운의 병원 핑계를 대며 자세히 털지 않는 반복되는 일상이 이어졌다. 비밀스러운 엄마와 그 옆에 항상 있었던 이모. 그들이 무엇을 하는지, 어떤 일을 하는지 모두가 궁금해했지만 알 수 없었다. 그러나 끝까지 지켜지는 비밀은 없었다. 뒤늦게 사실을 알게 된 아빠는 깊은 밤까지 엄마와 부부싸움을 했고 그 원인의 불똥은 고운에게로 날아갔다.

39.

아빠께서는 직장을 네 번 정도 옮기셨다. 이혼하기 전, 직장에서 16년을 다니다 이혼 후엔 5년, 3년 그리고 지금 4년을 이어가고 있다. 16년 된 직장에서, 5년을 이어가던 곳에서도 엄마를 찾던 채권자들은 이혼 후에도 아빠를 찾았다. 빚쟁이들은 엄마와의 연락이 닿지 않아 찾아온 걸까. 아빠는 당황스러웠다. 그들은 아빠의 직장까지 찾아와 돈을 갈구했다. 엄마가 스스로 자신의 이름을 쓴 종이를 팔랑거리며, 아빠를 우롱하며, 눈살을 찌푸리고 비하하며….

일하던 도중, 안면도 없는 사람이 아내의 이름을 거론하며 돈을 받으러 왔다고 하는 말을 직원들 앞에서 들은 아빠의 얼굴이 붉어졌다. 오랜 직장 상사에게서 비치는 달라진 눈빛은 자신이 쌓아온 커리어가 흔들거리는 순간이었다.

아빠는 이 상황을 해결해야 했다. 이혼했음에도 엄마와의 인연은 길게 이어졌다. 아빠의 두 눈이 크게 흔들렸다. 정신이 점점 흐려졌다. 이성이 흐릿해졌다. 짐작할 수 있었다. 보육원. 싸움 중에도 그들에게서도 끊임없이 나오던 세 음절. **보육원.**

엄마는 왜 끝내 아빠에게 말하지 않은 걸까. 어떤 회유가 있었기에, 어떤 이모의 술수가 있었기에 이모는 자신의 이름이 아닌 엄마의 소중한 이름 석 자를 쓰게 만들었을까. 이날 화를 엄마에게 분출하곤 그 길로….

아빠는 집을 나갔다.

이후로 세 아이는 아빠를 본 적이 없었고 연락도 자연스레 끊겼다. 아빠가 어떤 일을 하는지, 어떻게 살고 있는지, 무엇을 먹고 사는지, 어떤 삶을 사는지도 모른 채, 기억에서 아빠를 잊어갔다. 궁금하지 않았다. 어린 시절의 아빠는 엄마보다 미웠다. 아무것도 몰랐던 어린 시절에 주변과 엄마는 세 자매에게 관심이 없다고, 이혼으로 먼저 집을 나간 아빠라고 얘기했기 때문에 원망스러웠다.

40.

아빠는 급한 대로 고모 집에서 지냈다. 아빠가 의지할 곳이라곤 고모뿐이었다.[10] 아빠는 다시 시작했다. 새로운 직장에서 새로운 일자리에서 새로운 돈으로 아등바등 자신을 원점으로 되돌렸다.

41.

그렇게 아빠가 집을 나가고 남은 모녀는 점점 마음이 가난해졌다. 다니던 영어유치원도, 단란히 먹던 밥과 웃음기 가득했던 집안도 남지 않았다. 밤마다 들려오는 메밀묵이든 된장국이든 외치던 기계소리를 무서워했던 아람과 아빠의 손을 잡고 등·하원했던 미소와 자신의 아픔을 몰랐던 고운은 분위기로 가족의 무너짐을 받아들였다. 아빠 없이 지내는 집의 기둥은 쉽게 으스러졌다. 엄마의 생활은 더 힘들어졌다. 아빠 대신 돈을 벌어야 했으니 육아와 병행

---

10 아빠께서는 일찍 부모님을 여의고 홀로 자라셨다.

하기에는 턱없이 체력이 부족했다. 한계에 부딪힐 때마다 세 자매를 떠올렸다. 세 자매가 웃는 모습을, '엄마' 하며 달려오는 모습을, 새근새근 자는 모습을 그리며 버텼다. 반복되는 한계는 사람을 쓰러지게 했다. 엄마는 힘듦을 이기지 못해 돈을 벌 동안만이라도 세 자매를 잠시 돌봐줄 누군가가 필요했다. 엄마의 결심엔 이모가 늘 함께였다. 이모가 찬성하면 자신도 찬성이었고 반대라면 자신도 반대였다. 이모의 세고 거친 자신감에 엄마는 늘 기세가 꺾였으며 자신의 의견은 없었다. 혼자서 세 아이를 돌보던 엄마는 지치다 못해 부산으로 내려와, 동구청을 향했다. 동구청 직원께서는 그곳에서 제일 가까운 보육원을 추천하였고 그렇게 보육원생이 되었다.

세 자매가 보육원에서 기쁨과 슬픔, 삶의 과정을 배울 때, 엄만 과연 어떤 것을 하고 있었을까.

42.

보육원에 있는 동안에도 아빠는 찾아오지 않아 버렸다고 생각했다. 잊었다고 생각했다. 아람과 고운을 **원하지 않아서**라 생각했다. 엄마만이 찾아왔으니 엄마와의 애정만이 쌓였고 아빠에 대한 미련과 이상은 버려졌다.

그런 아빠가⋯ 보육원을 찾아오셨다. 정말 처음으로 보육원에 찾아온 것이다. 아무런 소식도 없이 찾아왔다. 큰 간식 상자[11]를 들고서. 동네 마실 나온 양, 직장에서의 옷차림 그대로 입고서. 보육원장은 아빠를 반겼다. 엄마보다도.

아빠는 사무실 안에서 원장과 긴 대화를 이어나갔다. 어떤 대화를 하는지, 엄마와는 달리 원장의 얼굴엔 활짝 웃음이 피었다. 아빠는 한 뼘 자라 있을, 그 모습을 처음 볼 세 자매가 나오길 기다렸다. 조심스럽게 사무실로 향하는 고운과 아람에 반해 미소는 싫다며 방에서 나오지 않았다. 아빠가 미웠다. 이제야 찾아온 아빠가. 엄마만 찾아오다가 힘든 시기를 지나니, 갑작스레 찾아온 아빠가 불편했다.

아빠와 쌍둥이가 떠나자, 미소는 갑작스레 눈물이 뚝, 뚝 떨어졌다. 이유는 알 수 없었다. 괜찮던 마음이, 무뎠던 마음이 어느새 흐려져 미소를 울렸다. 이를 본 원장이 미소를 안아주었다. 울지 말라며. 미소가 아빠와의 만남을 꺼린 행동을 이해한다며 쓰다듬어 주셨다.

아빠와의 만남은 1박 혹은 당일치기였다. 고운과 아람은 아빠와 함께 고모 집으로 향했다. 아빤 고모와 고모부를 소개해 주셨고, 아람과 고운은 밝고 넓은 집을 왔다 갔다 거리며 이것저것 물었다. 사탕이 가득 담긴 바구니를 보고 좋아하는 맛만 쏙쏙 골라 몇십 분

---

11 아빠께서 종종 간식과 물품들을 사 오셨는데 정작 세 자매에게 간 것은 없었다.

을 쪽쪽 빨았다. 같이 있던 고모와 고모부도 쌍둥이를 처음 본 건지 친절히 대해주셨다. 신기하게도 아빠와 헤어지는 날은 울적하지 않았다. 싫거나 슬프지도 않았다. 아빠도 손을 크게 흔들곤 아쉬움 없이 뒤돌아 제 갈 길을 갔지만, 앞모습은 어떨지 아람은 알지 못했다.

43.

　세 자매는 아빠를 너무 몰랐다. 아빠의 마음을.
　미처 알지 못했다. 엄마의 빚을 갚으며 일과 싸우느라 홀로 고군분투하며 하루하루를 외로이 힘겹게 지냈다는 것을….

　보육원을 자주 찾아와 세 자매를 어루만져 준 엄마와 엄마의 뒤처리를 하다 그 기회를 잃은 아빠를 대하는 태도는 크게 상반됐다. 아빠의 속사정을 알지 못했고 알 리 없었다. 어린 세 자매는 엄마가 전부였다. 엄마가 전부라 아빠를 잊었고 엄마가 전부라 아빠가 잊혔다. 그런 아빠의 진심이 닿기까지는 오랜 시간이 지나서였다.

　돌이켜 보면 아빠의 행동이 이해되었다. 모든 것을 알아도 터놓고 말할 수 없는 이의 삶, 이로 인해 생긴 오해에도 수용하는 삶, 모든 것을 해주려는 이의 삶이 얼마나 고단하고 아픈지 너무 늦게 알았다.

44.

 아빤 어떤 일을 하고 있었을까. 어떤 삶을 살고 있을까. 아빠는 세 자매가 보육원에서 지내는 동안 슬픔을 더 많이 느꼈을까. 자매들이 보육원에 있는 동안 아무도 모를 고통을 홀로 감당해야 했으니 서러웠을까. 모든 아픔을 받아들이고 살아가는 자신이 안타까웠을까.

 엄마가 불린 그 **빚**을, 아빠는 세 자매의 **빚**을 위해 대신 갚아갔다. 엄마는 아빠가 갚았다는 것을, 엄마가 불린 그 **빚**이 아빠의 **빛**을 조금씩, 조금씩 앗아갔다는 것을 알았을까.

 이 덕분인지 이 때문인지 엄만, 이모와 계속해서 빚을 늘려갔다. 누군가가 자신의 상황을 정리해 주면 다시 반복된 상황을 만들었다. 엄마와 이모는 그랬다. 늘. 언제나.

 이러한 이유로 인해 아빠는 세 자매가 어떻게 사는지도 모른 채, 보육원이란 보육원은 알아보고 싶어도 찾지 못했던 건 아닐까…. 이를 모른 채, 아빠를 어려워했던 자매들의 태도와 행동, 친밀감이라곤 하나도 없었던 그들 사이에서 아빠는 엄마를 원망했을까.

 씁쓸하게 자신의 삶을 읊던 아빠의 목소리. 그 안에는 어떤 일이 있었는지 깊숙이 알 수 없지만 계속되는 굴레에서 벗어나고자 했던 아빠의 간절함이 묻어났다. 이혼 후에도 끝나지 않는 엄마와의 관계와 아빠의 고통도 함께.

45.

보육원에서는 한 달에 한 번인가 일주일에 한 번인가 일요일에 미용해 주는 자원봉사자가 오셨다. 미용사인지 사회복지사인지 뭔지 마당에 플라스틱 의자와 전신 거울, 사무실에서 연결한 콘센트가 어지럽게 놓여 있었다. 머리에서 흘러내리는 머리칼과 바람에 날리는 머리칼, 바리캉 소리와 억지로 잘라 인상이 구겨진 아이의 표정까지….

아람과 고운도 예외는 아니었다. 자원봉사자가 오는 날이면, 밖을 나가는 걸 꺼렸고 보육교사 눈을 피해 다녔다. 그. 러. 나 예정되어 있던 일정을 피할 수 없었다. 그날이 오기도 전에 보육교사는 자르라며 두 눈을 부릅뜬 채 말했기 때문에 숨을 수가 없었다. 결국, 아람과 고운도 강제로 플라스틱 의자에 앉았다. 인상이 팍 구겨진 두 아이에게 눈치 없이 미용 가운을 씌우던 자원봉사자. 그리고 팍팍 자르던 손길까지…. 점점 짧게 쳐지며 어깨를 지나 몸을 스쳐 바닥으로 떨어지는 머리칼을 보며 울고 싶었다. 자르면 자를수록 원망은 커졌고 자연스레 엄마가 떠올랐다. 엄마와 함께라면…. 기를 수 있었을 텐데….

아람은 전신 거울을 통해 얼굴이 발개져 울음을 참는 모습을 볼 수 있었다. 꾸역꾸역 참는 뜨거운 울음이 목에서부터 느껴졌다. 그러나 이곳은 집이 아니라 보육원이었다. 욱하고 올라오는 화도, 차 올랐던 눈물도 흘리면 안 되는 것이었다. 우는 순간 꾸중 들을 테니, 속에서 끓어오르는 화를 참는 것만이 유일한 방법이었다. 커트를 마친 자원봉사자는 바닥으로 떨군 머리를 전신 거울을 향해 올렸다. 전신 거울에는 당시 서인영 씨(?)가 열풍을 일으켰던 쇼트커트 머리를 하며 찌그러진 얼굴을 한 아람이 보였다. 고운도 마찬가지였다. 아람과 고운이 주문한 게 아니었다. 당연, 보육교사의 지시였다. 관리가 안 된다는 이유로, 자고 일어나면 뒤집힌다는 이유로 개인의 의사 없이 강제로 잘렸다. 반항할 수 없었다. 아무 말 없이 그들의 지시를 따라야 했다.

46.

머리를 자른 후, 엄마와 2박 3일 시간을 보냈다. 어김없이 찜질방에 가, 여자 목욕탕으로 들어가는 길이었다. 바로 계단을 올라가면 입구가 보여 들어가려는 그때, 투명한 출입문으로 모녀를 보고 있던 어떤 할머니께서 웃으며 말했다.

왜 남자가 여기로 오노. 남자는 남탕으로 가야지.

!!!! 머리 때문이야 !!! 순간 아람은 울컥했다. 다시 속에서 씩씩대는 화가 치밀었다. 머리 때문이야. 머리 때문에! 그 화는 이내 보육원으로 넘어갔고 이는 또 엄마 탓으로 옮겨갔다. 아람은 할머니를 노려보며 화를 삼켰다.

47.

다른 날, 하필이면 엄마와 헤어지는 날이었다. 엄마가 보육원에 가기 전, 미용실에 먼저 들르자고 말했다. 또 머리다. 보육원에서 부탁한 모양인지 엄마는 집 근처 미용실로 향했다. 자르기 싫어 아침부터 투정 부리니 말 안 듣는다며 엄마가 도리어 화를 냈다. 틱틱대며 미용실에 들어가니 눈치 없이 웃으며 맞이해 주는 미용실 이모. 자꾸 울며 자르기 싫다고 떼쓰니 엄마가 말했다.

자꾸 떼쓸래? 엄마 다음에 안 온다? 어?
그럼 여기서 지낼 거야? 그래. 그럼 여기서 지내!

차갑게 내뱉던 엄마의 목소리. 안 온다는 말에 더 서럽게 울던 아람과 조용히 눈물을 흘리며 머리를 자르는 고운. 결국은 자르게 된 아람도 마음에 들지 않자, 더 크게 칭얼거렸다. 고집도 부리고 떼도 쓰고 바닥에 앉아 답답함을 호소했지만 엄만 뒤돌아섰다.

> 그럼 거기서 살아. 엄마 너 안 데리러 올 거야. 엄만 여기 너
> **놓고** 갈 거야. 언니랑 고운만 데리고.

…'놓고'라는 엄마의 목소리가 귓가에 울렸다. 그렇게 엄만 정말로 아람을 미용실에 두고 미소와 자신의 감정을 숨기는 고운을 데리고 나왔다. 아람은 더 크게 울부짖었지만 엄만 되돌아오지 않았다. 알고 있었나 보다. 자신이 그렇게라도 행동하면 아람이 자신의 고집을 꺾고 어쩔 수 없이 나온다는 것을. 엄마도 엄마가 처음이기에 이해할 수 있는 행동이지만 어린 아람은 알지 못했다. 자신의 마음을 몰라주는 엄마가, 자신을 안아주지 않고 등져버린 엄마가 미웠다. 그날은 평소보다 더 힘들었다. 보육원도 싫었고 엄만 더 미웠고 그러면서도 헤어지기 싫었다. 머리만 생각하면 저절로 엄마 탓이 됐다. 보육원이 아니었으면 자유롭게 기를 수 있었을 거란 생각이 떠나질 않았다. 부정적인 생각을 하니 더 우울했다. 모든 게 다 싫고 밉게 보였다. 헤어지기 직전, 보육원 문 앞에서 엄만 미안하다는 말을 내뱉었다. 아람은 마음이 이상했다. 비수처럼 꽂힌 엄마의 말이 그렇게 싫었는데도 미안하다는 말에 못된 생각을 했던 자신이 미웠다. 죄스러웠다. 엄마의 사과를 받아들여야 하는지, 아직 남아 있는 비수가 뽑히지 않아 어리광을 부려야 하는지 망설였다. 이내 아람은 사과를 받아들이지 않으면 마음이 불편할 엄마를 위해 괜찮다며 답했다.

48.

   엄마와 함께 이야기꽃을 피울 때였다. 작고 갈색빛과 주황빛이 도는 책상을 펴, 엄만 편지지를 펼쳤다. 비뚤배뚤하지만 꾸욱 눌러 쓴 엄마의 필체였다. 그 편지 속에는 택시 삼촌을 향한 알 수 없는 사과가 보였다. 어떤 것이 고맙고 미안한지, 어떤 것에 의지했는지 그에 대한 엄마의 마음을 표현한 진솔한 편지였다.

   시간이 지나, 생각해 보면 설마 하는 생각이 들었다. 이모라는 친구가 엄마가 의지했던 삼촌에게도 회유와 술수를 부린 것은 아닐까. 그것으로 인하여 둘의 관계가 틀어진 건 아닐까. 이로 인해 엄마가 여러 편지지를 펼치며 쓰고 또 쓰는 것을 반복한 건 아닐까.

   매번 엄마와 만날 때마다, 헤어질 때마다 택시 삼촌은 항상 같은 자리에서 기다리고 있었다. 그는 세 자매와 가까워지려 부단히 애썼다. 살갑게 다가왔고 반갑게 맞이하여 안부를 물으며 조심히 그리고 천천히 다가왔다. 언제나 손에 쥐여주던 빳빳하고 종이 냄새가 나는 용돈과 또 그걸 선바이저에서 꺼내던 손길. 그리고 세 아이에게 전해주려고 아껴두었다던 삼촌의 말이 마음에 자리 잡혔다. 택시 삼촌을 만나는 날이면 삼촌은 언제나 이를 반복했다. 운전대에 걸쳐 있던 동그란 **무언갈** 잡고 운전하는 모습을 보며 뭐냐고 묻던 아람에게 농담 삼아 던졌던 말….

아람이 이따가 커서 돈 벌게 되면 하나 사 줘~ **핸들** *봉인데 손목 아프지 않게 해주는 거야~*

어느 순간부터 삼촌은 보이지 않았지만, 바쁘겠거니 넘겼다. 이제는 지킬 수 없는, 아니 어쩌면 지켜지지 않을 약속이 되었지만 언젠가 한번 삼촌을 우연히 마주친다면 아주 빛나고 멋진 거로 사주겠노라 아람은 다짐했다. 자신의 근무 시간이자 급여일 수도 있는 귀한 시간을 세 아이에게 반납했던 그…. 무료로 태워다 준 거리와 시간, 그리고 함께 먹었던 대게…. 아람에게는 잊지 못할 추억이다.

49.

아빠께서는 한 번 찾아오신 후, 종종 찾아오셨다. 목욕탕에 갔다 오거나, 교회에 갔다 오면 익숙한 옷차림의 모습이 보였다.

어? 아빠네?

예상치 못한 방문이라 반가웠다. 아빠에게는 엄마와 다르게 높임말을 썼다. 어쩌면 당연한 예의이지만 아빠와의 거리 사이에서 느껴지는 높임이었다.

어, 아빠, 안녕하세요.
갔다 왔어?
네… ㅎㅎ;;;

어색한 웃음을 보이면 보육교사가 입을 열었다.

아빠 오셨네~ 좋은 시간 보내고 와.
네. ㅎㅎ;;;

친밀감이라곤 전혀 형성되지 않은 사회적 친밀감만이 존재하듯 아빠가 앞장서면 세 자매는 거리를 두고 걸었다. 아빠는 계속 질문했다. 세 자매는 대답했다. 묻지 않았다. 아빠는 또 질문했다. 어색함을 풀어보려 노력했다. 세 자매는 다시 대답했다. 단답형으로.

아빠는 버스보단 택시를 주로 이용하셨다. 수원에서 오셨기에 부산의 교통을 모르는 것은 당연했다. 택시를 타고 목적지를 말하거나 택시 기사님께 관광지나 맛집 아무 곳에나 가달라고 부탁하면 택시는 내달렸다. 택시가 달리는 동안, 아빠는 택시 기사와 대화를 오갔다. 택시 기사도 이러한 대화에 신이 났는지 주거니 받거니 대화를 이었다.

그들이 내린 곳은 다름 아닌 놀이공원이었다. 사람이 없는 한적한 놀이공원. 아빠가 앞장서면 세 자매는 쫄쫄 따라다녔고 이거 타자, 저거 타자 설렌 발걸음보다는 이 침묵을 깨고 싶었고 이 시간을 즐겁게 끝내고 싶었다. 길을 한참 걷다, 웬 오락실 기계를 아빠가 발견했다. 높이가 있는 네모난 나무판자에 올라서면 바로 눈앞에 동그란 렌즈가 보였다. 서로 각자 보고 싶거나 서고 싶은 곳에 올라가면 아빠께서 500원 동전을 기계 안에 넣어주셨는데 렌즈에 비친 눈동자 앞에 그림이 그려졌다. 귀로는 동화를 읊어주듯 음성이 들렸고 눈은 음성에 맞게 상황이 일어나는 그림이 펼쳐졌다. 그제야 아람은 알았다. 동화 읽어주는 기계라는 걸. 자신이 보고 있는 건 '아기 돼지 삼형제'라는 것을.

조그만 화면이 눈앞에 있는 것처럼 펼쳐지는 동화가 아람을 신나게 했다. 자신이 서 있는 나무판자의 기울기가 맞지 않아 많이 흔들려 무서웠음에도 아람은 그 동화에 집중했다. 동화가 끝나자 뒤를 돌아보니, 벌써 끝났는지 미소와 고운이 아빠와 함께 기다리고 있었다. 기계 쪽으로 돌아보니, 보고 싶은 이야기가 많았다.

잉…. 한번 제목이라도 볼걸….

아람은 차마 아빠께 한 번 더 보자고 말을 못 하고 아쉬움만 남긴 채, 발길을 돌렸다. 아람이 뒤늦게 보고 싶었던 건 '헨젤과 그레텔'이었다.

다시 네 사람은 침묵의 길을 걸었다.

저거 타볼래?

아빠는 침묵을 깨, 움직이는 놀이기구를 가리켰다. 세 자매는 그 손을 따라 시선을 옮겼다. 오토바이처럼 생긴 기구는 회전목마와 같이 위아래로 움직이며 돌아갔다.

네. ㅎㅎ;;;

미소의 멋쩍은 웃음에 그리로 향했다. 생각보다 오토바이는 높았다. 물론…. 키가 작았으니 더 그럴 것이다. 오토바이는 다양한 색들로 반복되어 있었는데 서로 좋아하는 색의 기구를 탑승했다. 미소는 멀찍이, 고운과 아람은 서로의 앞과 뒤가 되어 기구에 올랐다. 오토바이는 천천히 돌아가다가 점점 속도를 내며 위아래로 움직였다. 고운은 무서웠다. 안전띠라곤 안전봉만 있던 그 기구는 더 어렸던 자신의 오토바이 사고가 머리를 슥, 지나갔다.

…으아아앙…. 내릴래….

아르바이트생인지 직원인지 모를 어느 한 여성이 익숙한 듯 노련해 보였다.

자, 우리 잠시 멈춰볼까요~

놀이기구는 곧 멈췄고 고운은 그 사람의 손에 맡겨져 오토바이에서 내려왔다. 고운이 놀이기구를 빠져나와 아빠 옆에 섰다. 다시 그 여성이 말했다.

자, 이제 다시 출발해 볼까요~ 부릉부릉 슝슝~

다시 오토바이가 움직였다. 둥글게 원형을 그리듯 돌면서 그러다 위아래로 움직이며 오토바이가 출발했다. 이상하게도 오토바이는 즐겁지 않았다. 마치 가시방석에 앉은 듯 어색했고 그 시간이 신나기보다는 불편함이 존재했다. 무엇보다 그날의 놀이동산은 조용했다. 일반적으로 들리는 아이들의 높은 웃음소리보다는 지루한 듯 아무도 아무런 소리를 내지 않았다.

오토바이에서 내리고 아빠는 아람과 미소를 보자 고운에게 말했다.

고운이도 언니랑 아람이처럼 재미있게 타면 좋은데, 왜 울었어? 으잉? 무서웠구나!?

아빠의 개구진 웃음소리가 들렸다. 고운을 살폈다. 말하고 싶은 속사정이 있는데도 입이 떨어지지 않았다. 그 후, 그들은 지하상가인지 백화점인지 모를 옷 가게로 향했다. 아빠께서는 옷을 사 준다며 마음에 드는 옷을 고르라며 이 옷, 저 옷을 보여주었다.[12] 직원이 옆에서 바라보고 있었고 어색함이 감도는 세 자매는 어떤 옷이든 좋다고 고개를 끄덕였다. 아빠만 말을 하였으므로 그 침묵은 너무 불편했고 시간이 느리게 느껴졌다. 옷을 다 고르자, 아빠는 검고 해진 지갑 속에서 하얀 종이를 꺼내 들었다. 수표였다. 처음 접하는, 처음 보는 수표. 직원이 뒷장에 무언가를 요구했다. 아빠는 백지상태인 뒷장에 무엇인가를 적어 내려갔다. 아빠는 뿌듯해 보였다. 굉장히.

아빠와의 시간은 짧았다. 짧고 굵게 하루를 보내듯 보육원으로 돌아가는 시간이 빨랐다. 저녁을 먹고 공부 시간 전에 도착했으니 원장과 어떤 말이 오갔나 싶을 정도로 아빠는 엄마보다 더 이른 시간에 세 자매와 헤어졌다. 아빠는 세 자매와의 시간이 어색했을까, 불편했을까. 세 자매와의 헤어짐이 슬펐을까, 안타까웠을까. 아람은 뒷짐을 지고 뚜벅뚜벅 걸어가는 아빠의 앞모습을 볼 수 없었다. 아빠 또한 세 자매의 앞모습을 볼 수 없었다.

50.

친구라며 엄마에게 다가온 이모는 정말 엄마에게 진심으로 다가

---

12   개인적으로 아끼던 옷이었는데 단체 생활을 하다 보니, 계절별로 옷을 정리하다 그 계절이 돌아오면 동생들이 입고 있었다. 이젠 작아져 못 입는다면서 묻지도 않고 동생들에게 줬다.

온 걸까, 어떠한 목적을 가지고 다가선 걸까. 엄마도 친구와의 관계를 이어가려고 애썼던 노력이었을까.

51.

공부 시간은 아동들의 학년이 올라갈수록 늘어났다. 유치부를 제외한 모든 원생이 식당에 모여 밥상을 펴, 그날의 저녁 냄새를 맡으며 공부했다. 공부는 지정석이 있었다. 아람은 늘 미소와 고운과 떨어져 않았고, 자리가 몇 번이나 바뀌었는데도 붙질 않았다. 아람의 주변으로는 어린 동생들이 다녔다. 아람의 대각선 시선으로 고운과 미소는 언제나 장난치고 있어 입가에는 미소가 걸려 있었다. 아람은 괜찮은 척했지만 괜찮지 않았다. 고운 옆에서 수다도 떨고 싶었고 미소 옆에서 장난도 치고 싶었다. 끝내 그런 자리는 오지 않았다.

매달 마지막 주 토요일은 후원단체가 보육원으로 와, 삼겹살을 먹는 날이었다. 삼겹살을 먹은 후에는 달마다 생일파티로 마무리 지었던 그날은 공부하기 싫었다. 식당 안 공기가 눅눅하고 기름때가 여전히 남아 바닥과 책상이 미끈거렸고 덜 닦인 고춧가루가 굳어 손톱으로 튕겼다. 창문 없는 식당엔 오고 가는 문 하나만 있어 환기를 시키자니 여름엔 벌레가 들어오고, 겨울엔 찬 바람이 쌩쌩 들어왔다. 환기조차 되지 않은 시간 동안 샤워하고 나온 몸에, 보송보송한 옷에 기름을 머금었다.

 공부는 시간이 잘 가지 않는 마법이었다. 벽 한쪽에 제자리를 지키는 시계를 모두가 한 구절 읽고, 한 문제를 풀 때마다 들여다보았다. 공부 시간이 늘어난 계기는 나이의 이유도 있지만 다른 이유도 있었다. 한창, 방송사마다 요일에 따라 재밌는 예능과 드라마가 방영 중이었고 공부가 끝나면 모두 방송 시청으로 마무리했다. 그 결과로 점점 성적이 떨어지자, 점점 9시, 10시가 되었고 새벽 12시까지 늘어났다. 이어서 식당에는 하얀 종이가 가지런히 붙여져 있었다. 언니들은 수, 우, 미, 양, 가의 성적이, 저학년은 상, 중, 하로 표기된 성적표가 적나라하게 보였음에도 효과는 그다지 없었다. 단지 누가 어떤 성적을 받았는지 궁금할 뿐, 아무도 신경 쓰지 않았다. 부끄러워하라며 붙인 그 종이는 결국, 사라졌다.

52.

 어느 날이었다. 평소와 같이 공부를 하던 중이었다. 일부가 소란스러웠고 일부가 적당히 정적을 유지하며 공부하던 그날, 갑자기 원장과 보육교사들이 들어왔다. 원장의 방문은 목적이 있는 것이었다. 단순히 공부를 보러 온 것은 아니었다. 손에는 두터운 A4 용지가 쥐어져 있었다. 그의 뒤에 선 보육교사는 용지 일부를 받아 담당하는 부서의 아동들에게 한 장씩 나눠주었다. 그렇다. 그것은 보육원에 대한 설문 조사였다. 원장은 서글서글한 웃음을 지으며 식당으로 들어왔다. 아무 이유 없이 웃어줄 그가 아니었다. 그가 말하길

　　우리 보육원만큼 이렇게 잘 챙겨주는 곳은 없다~ 다른 곳에 가봐라~

 받아들여지지 않았다. 이유라면 보육원에서는 1년에 한 번, 지역에 있는 보육원생들이 모여 체육대회를 하곤 했는데 쉬는 시간마다 야구장에서 볼만한 전광판으로 각 보육원의 일상이 그려졌다. 모든 아이가 즐거워 보였던, 드넓은 공간에서 다양한 체험을 하던 타 보육원생들의 모습의 비해 초라했던 보육원의 모습이 지워지지 않았다. 이에 보육원의 일상이 나오면 원생들이 야유를 보냈고 극과 극의 모습에 모두가 눈을 가렸다.

 이 때문일까. 원장의 말이 진심이 아닐 거라 생각했다. 실제론 어떨지 몰라도 다른 보육원을 알지 못하는 이상, 원장의 말이 거짓이라 받아들였다.

 아람을 포함하여 모든 아이가 그 종이를 받들었다. 다양한 질문이 서술형과 객관식으로 이루어졌다. 예를 들자면 '본 보육원에서는 폭력을 하거나 목격한 적이 있습니까? 있거나 목격한 적이 있다면 빈칸에 적어주세요.'라거나, '본 보육원에서는 기본적인 의(외투,

상의 등), 식(식사, 간식 등), 주(자신만의 공간 등)를 보장받고 있습니까?'라는 식의 질문들이었다. 원생들은 설문지를 보고 답변을 거짓으로 적어나갔다. 원생들도 알고 있으리라. 질문지는 소용없었다. 원장 아래 시행되는 설문은 더더욱 자의적인 대답을 할 수 없었다.

질문에 답 잘못하면 니들, 가족끼리 따로 살게 될 수도 있다~[13] *각자 살고 싶나~?*

사투리의 향연이었던 그의 말. 이에 거짓으로 답을 해야 했던 연필들. 원장은 무엇이 두려워 답을 무서워했을까.

다만, 미소는 정말 솔직하게 써 내려갔다. 회색 흑심이 하얀 종이를 가득 메꾸었다. 흑심 가루가 사방에 고루고루 튀어갔다.

야, 하미소. 장난하나.

원장이 미소 옆을 지나며 슬쩍 보고는 종이를 빼앗았다.

주세요. 적고 있잖아요.

미소가 신경질적으로 말했다.

---

13 원장이 이 말을 할 자격이 있을까. 원생들의 가족 구성원을 누구보다 알고 있어야 할, 혹은 알고 있을 그일 텐데, 부모를 알지 못하는 어린아이들에겐 협박이었을까.

야, 하미소. 니 이렇게 쓰면 지금 니 동생들이랑 따로 살아야 하는 거 모르나. 따로 살아도 괜찮나? 따로 살면 니 엄만, 니들이 어디서 사는지도 모르는데 감당할 수 있나.

원장도 받아쳤다.

사실이잖아요. 찔리는 게 있으니까 그렇지. 거짓말 아니잖아요.

미소가 원장이 쥐고 있는 종이를 향해 손을 뻗었다. 모두가 미소와 원장에게 시선이 집중됐다. 원장은 그런 시선을 느끼곤 날카롭게 말했다.

마저 해라.

원장은 미소를 보곤 손에 쥐고 있는 설문지를 가로로 세로로 쭈욱 찢으며 미소에게 날렸다. 미소는 그런 원장을 노려보았다.

애 눈 봐라. 어디서 어른을 노려보노!! 어?

미소는 자신의 화를 억누르며 짐을 챙겨 그 길로 식당을 빠져나갔다. 원장은 그 모습에 기가 막힌 듯 헛웃음 짓더니 다시 상냥하게 입을 열었다.

> 다른 보육원에 가면 지금 같이 지내는 선생님이랑 모두 헤어져야 하는데 괜찮겠어? 우리처럼 캠프도 가고 후원 많이 해주는 곳은 없어~

하시곤 식당 한 바퀴를 돌며 설문지를 들여다보았다. 아이들은 자신이 쥔 연필로 가고 싶지 않은 방향을 향해 답변을 작성했다.

53.

여자부의 공부 자리는 식당 문 주변이었다. 더 안쪽은 길게 남자부가 차지했고 뒤에는 대학생 오빠들이 자리했다. 아람이 남자부와 근접한 안쪽 자리에서 공부할 때였다. 일기를 쓰고 학교숙제를 끝내고 개인 공부[14]를 할 참이었다. 꾸벅꾸벅…. 눈이 감겼다. 이것만 하면 다 끝나는데…. 곧 간식 시간이니 그때 자자…. 하며 졸리는 눈을 참고 졸음을 쫓아내려 애썼다. 시야는 점점 희미해지고 손에 쥔 연필은 힘없이 축, 미끄러지거나 하얀 공책이 힘없는 곡선들로 채워질 참이었다. 어린아이들의 소란스러움에 잠이 확 달아난 아람이 정신을 차려보니 간식 시간이었다. 어린아이들이 물 만난 물고기인 듯 기뻐 날뛰는데 대학생 오빠들이 그들을 거지냐며, 어

---

14 학교숙제 끝나고 나면 빈 시간이 있었는데 놀지 말고 공부하라며 《동아사전》 같은 자습서를 보고 예·복습하라거나, 글 전체를 옮겨 쓰고 검사를 받으라는 등 또 다른 공부를 내주셨다.

디 가서 설치지 말라며[15] 면박을 주며 자신의 손바닥으로 작은 아이의 뒤통수를 내리쳤다. 그런데도 뭐가 좋은지, 기분 나쁘지도 않은지 아이들은 맛있게도 먹었다. 간식은 다양하다가도 똑같았다. 한참 오렌지가 나오다가 수박이 나오고 검은 비닐봉지에 무언가를 들고 오면 언제나 기름진 빵이었다.

수박은….

삼각형으로 썬 수박을 커다란 쟁반에 올려 동그랗게 원을 그리며 먹었는데…. 점점 원이 작아지더니 전부 접시에 몰렸다. 수박에서 떨어지는 빨간 국물이 옅어지고 접시에는 어느새, 하얀 방울들이 함께했다. 커다란 쟁반 한편엔 썰어주신 수박이 있었기에…. 아람은 거부감이 생겼다.

아이들은 특히 비닐봉지에 든 빵을 좋아했다. 환장했달까. 맛 좋은 빵은 종류가 다양했지만, 개수는 1~2개가 다였다. 빨리 집은 사람이 임자였기에 빵이 나오는 날에는 경주를 벌였다. 물론, 어린아이들은 본인들보다 우위인 언니, 오빠들에게 뺏겼지만…. 그들은 맛있게 먹었다. 그럴 만했다. 맛본 적이 없으니, 맛볼 일이 없으니.

아람은 그 빵이 싫었다. 기름기가 반들거리는 검은 비닐봉지를

---

15 '설친다·나댄다.'라는 말을 정~~말 자주 들었다. 어린아이들에겐 당연할 행동을 그들은 제지했다. 쪽팔린다고 하지만…. 시골 쥐가 서울에 가면 자연스레 나오는 행동이 아니었을까….

보기만 해도 빵 상태가 예상되었다. 기름을 흡수한 빵을 집으면 기름이 좌악 새어 나왔다. 눅눅한 그 튀긴 빵들이 서로 뒤엉켜 망가지고 집었던 빵을 내려놓고 다른 걸 집는 그 손들에 아람은 속이 울렁거렸다.

으…….

소란스러운 간식 시간은 30분이었다. 짧고도 긴 간식 시간이 끝나고 다시 공부 시간이 되었다. 식당 안에는 기름진 냄새가 가득했다. 환기되지 않는 공간…. 먹지도 않은 아람인데도 몸과 책상이 미끈거렸다. 10분…. 15분…. 20분…. 시간이 지나자 아람은 다시 졸음이 쏟아졌다. 아람의 대각선 방향에는 보육교사가 있었기에 절대로, 절대로 눈을 감을 수 없었다. 아람은 흔들렸다. 머리로 주변을 가리고 어깨를 펴고 손에는 연필을 쥐고 있으면 모르지 않을까. 아람은 머리를 흔들었다. 정신을 차려 공부해야 했다. 안 돼! 짧게 끊어지는 졸음이 쉽게 아람을 떠나지 않았다.

앗…. 그만, 아람은 고개를 내리고 말았다. 음악에 심취한 듯 아람의 머리는 이리저리 흔들렸다. 왜 이런 일 있지 않은가. 자는데도 내가 자는지 모르겠고 잤는데도 잔 것 같지 않은 의식. 아람이 그랬다.

하아람.

보육교사의 세 음절. 아람은 순식간에 의식이 돌아왔다.

헉….

그렇게 잠 오면 아까 쉬는 시간에 자지. 어? 세수라도 하고 오던가. 일어나.

쉬는 시간엔 꼭 잠이 달아나더라. 아람은 인상을 구기며 자리에서 일어났다. 아람이 세수를 하지 않은 이유는 세수 또한 그 순간뿐이라는 것을 아람은 겪었기 때문이다. 아람이 고개를 숙이니 공책에는 힘없이 날린 회색 실선이 이리저리 그려져 있었다.

앉아.

아람은 보육교사의 말에 다시 앉았다. 체벌이라는 것을 바로 알 수 있었다. 그랬기에 아람은 바로 앉기보다 앉은 자세를 유지했다.

일어서.

다시 아람은 일어섰다.

일어설 때, '공부 시간에' 앉을 때, '자지 말자.' 말하면서 *100개 하고 앉아.*

아람은 앞서 앉았다 일어서기를 반복한 1개를 포함하여 99번을 반복했다. 아람은 부끄러워 작은 목소리로 시작했다. 속으로는 개수를 세아리며, 입으로는 중얼거리며.

공부 시간에, 자지 말자/3개, 공부 시간에, 자지 말자/4개….

아람은 점점 다리가 아파왔다. 게다가 입도 움직이지 않았다. 그저 100개를 얼른 채우고 자리에 앉고 싶었다. 아람은 속도를 냈다. 10초에 5개를 하던 아람은 10초에 열 번을 반복했고 순식간에 70개, 80개가 채워졌다. 드디어 20개만 하면 된다. 다시 앉을 수 있다. 생각해 보니 벌 받고 불과 10분 만의 일이었다. 아람은 불안했다. 너무 빨리 끝나 100개를 다 못 채웠다고 생각하면 어떡하지…? 아람은 다시 천천히 앉았다 일어서기를 반복했다. 20개는 금방 채워졌다. 이젠 자리에 앉으면 되는데…. 아람의 다리는 계속 앉았다가 일어서기를 멈추지 않았다. 다리는 후들거렸고 송골송골 맺힌 땀이 흘러내렸다. 아람은 점점 더 저리는 다리에 비틀거리면서도 멈추지 않았다. 부디 먼저 앉아라 말해주길 바라도 그런 희망찬 줄기는 내려오지 않았다. 아람은 100개를 넘어 120개…. 140개…. 150개…. 가 되었을 무렵, 보육교사는 아람이 벌서고 있다는 것을 잊지 않았을까? 100개가 넘었는데도 아무런 반응이 없고 본인 일에 집중하고 있다면 지금쯤 앉아도 되지 않을까…. 하는 생각이 들었다. 신기하게도 앉을 용기가 불쑥 생겼다. 아람은 보육교사를 살피곤 슬며시 앉았다. 200개를 채우고서.

54.

한 달에 네 번, 토요일은 기쁜 날이었다. 무료함을 일깨워 주던 그날들. 남자부, 여자부, 유치부로 분단되었던 그들은 남자부를 시작으로 여자부도 토요일은 일명 **'라면파티'**로 불리는 날이었다. 매주 토요일, 각자 좋아하는 라면을 사 들고 저녁 8시에 한방에 모여 라면을 먹는 날. 그날 보육교사가 때마다 달랐기에[16] 스리슬쩍 넘어가는 날은 아쉬움을 달래지 못했다.

토요일이 다가오면 설레었다. 그날이 유일하게 허락된 야식, 바로 컵라면. 단순히 먹는 것만이 아니었다. 구구단을 외운다거나, 스피드 게임을 한다거나, 할머니 게임 등에서 우승하면 상품이 주어졌다. 연령대가 다양해 조를 이루었고 토요일이 다가올수록 조원의 언니들이 지나가면서 연습인 척 확인하듯 검사를 받으며 모두 열정적으로 그 게임에 참여했다.

그렇게 게임이 끝나면 한자리에 모여 라면을 먹었다. 처음 먹어 보는 순한 라면이었다. 모두 물을 받아 3분을 기다리고 하나둘씩 먹기 시작했다. 작은 중간 방 안에 가지각색의 라면 냄새가 가득 찼고 서로 맛을 보며 후루룩거렸다. 함께하던 보육교사도 각자 한 입씩 맛보았다. 그때, 과자도 먹은지라 손에 기름이 번들거려 아

---

16 보육교사는 2박 3일마다 바뀌었다.

람의 라면 컵을 들다 그만 미끄러져 버렸다. 땅바닥은 진흙 색으로 흥건했고 하얀 면발들이 꼬불꼬불 나왔다. 당황한 보육교사가 미안하다고 했지만, 정말 괜찮았다. 아무렇지 않았다. 다 먹지도 못할 거, 남는 것보다는 먹지 못하는 게 더 나았고 그럴 수 있을 거라 생각했다. 작은 컵이라 다 떨어진 면을 주워 먹을 수가 없어, 동생들과 언니들이 라면을 각 한 젓가락씩 담아주었다. 새로운 라면이 탄생했다. 어떤 라면을 섞었는지 알 수 없지만 꽤 다양한 라면이 모여 이 맛도, 저 맛도 느껴져 새로웠다.

 토요일은 매주 찾아왔다. 모두가 토요일을 기다렸다. 미리 먹고 싶은 라면을 정하고 하고픈 게임을 찾으면 토요일이 찾아왔다. 여느 날과 같이 게임이 끝나고 라면에 물을 받았다. 정수기가 없던 때라 한쪽에서 커피포트로 물을 끓여 사용했는데, 물을 받고…. 제자리로 돌아가려다 윤진의 발에 걸려, 들고 있던 라면을 떨어뜨렸다. 작은 중간 방에는 동생들과 언니들이 앉으면 자리가 비좁았다. 윤진은 다리를 쭉 펴, 발목을 교차한 자세로 앉아있어 아람은 조심이 넘어갔다. 그런데도 어딘가에 걸렸는지 윤진이 아! 소리를 냈다. 아람은 당황했다. 어떤 말을 해야 할지 몰랐다. 그러는 그때, 침대에서 상황을 지켜보던 보육교사가 물었다.

 일부러 했어? 실수로 했어~?
 …일부러 했어요….

아람은 잠시 대답을 망설였다. '일부러'라는 뜻을 몰라 저도 모르게 대답했다. 사실…. 그 뜻이 궁금했다. 그러자 보육교사가 다시 입을 열었다.

  그럼, 미안하다고 사과해야지~ 실수가 아니잖아.
  네…. 미안해요….

아람은 말했다.

시간이 지나면서 공부 시간이 점점 늘어났기에 토요일의 라면파티는 점점 조용해졌다. 중고등부 언니들도 점점 공부를 놓게 되어 공부 시간을 지키지 않았을뿐더러, 초등부와 같이 공부하더라도 시끄러워 방해된다며 내려오지 말라는 것이었다.

중고등 언니들은 귀신같이 간식 시간이 되면 한 사람씩 내려왔다.[17] 기다렸던 간식이 있으면 뭔지 궁금해하고, 간식이 없거나 기대했던 간식이 아니면 발걸음을 돌렸던 그들…. 웃기게도 아람과 고운은 중학생이 되기만을 기다렸다. 식당 바닥은 차가웠고 꼬리가 긴 사람들이 많았기에 추웠다. 두 아이도 이불 속에 몸을 숨겨 공부하고 싶었다. 더구나 가끔, 혹은 자주 왕 할머니로 불리는 할머니께서 들어와 늘 문을 **화알짝** 열고 담배를 피우셨다…. 아람의

---

17 예상한 건데 가위바위보를 통해 진 사람만이 내려온 것 같다.

자리는 바로 문 앞이었고 그 뒷자리에 앉아 담배를 피우셔서 아람과 원생들은 씁쓸하고 매캐한 담배를 마셨다.

55.

아람과 고운은 풀같이 좀처럼 떨어지지 않았다. 당연했다. 서로 의지할 곳이라곤 서로가 다였다. 또래는 남자부였고 동생들은 더 어린 동생들과 놀았으며 미소는 동갑인 모란과 몇 살 위인 언니들과 어울렸다. 미소와 만남이 제대로 이루어지지 않았고 대화를 할 기회가 없었다. 있더라도 지나가면서 '언니' 하며 배시시 웃거나, 억울하거나 불리한 일이 있을 땐, 언니 미소를 찾아 해결했다. 그게 다였다.

그런 그들은 사소한 이유로 자주 싸웠다. 예를 들면 같이 놀지 않거나 연필 한 자루를 빌려주지 않거나 등교를 같이 가지 않거나 밥 먹을 때 옆에 앉지 않는 등 지금은 애교 수준의 이유로 많이 다퉜다. 더 억울한 것은 쌍둥이의 일인 만큼 알아서 화해하고 또다시 놀다가 싸우고 화해하기를 반복하는데도 주변에서는 그렇게 싸움을 꼭 본인들이 개입해 말렸다. 싸울 때마다 플라스틱 빗자루로 100대씩 맞는다거나 같이 자지 못하게 한다거나 등 본인들 딴에는 효율적인 방안을 찾은 것 같았겠지만 퍽이나….

플라스틱 빗자루 100대는 미소 동갑인 모란이 고안한 것으로 아람은 싸웠는데 왜 본인이 나서는지, 왜 상관도 없는 그들이 개입하는 것인지 이해하기 어려웠다. 심지어 모란은 미소가 보는 앞에서 동생 때리기 싫다며 미소에게 대신 시키는 것도 받아들이기 쉽지 않았다. 미소도 그의 앞에서 싫은 말을 못 했기에 입을 꾹 다물고 쌍둥이의 두 손을 때렸다. 쌍둥이의 싸움이 화해에 도달해 하하 호호 웃을 때에도 모란은 필수인 양, "아 맞다!" 하며 이야기를 끄집어냈다. 잊고 있던 쌍둥이는 기분 좋게 맞을 수 없었다. 아무리 살살 때린다 해도 맞는 것을 좋아할 사람이 어디 있을까. 와중에 고운은 한쪽 팔이 아팠기에 다른 한쪽 팔만 매를 맞았는데 아람은 그게 또 불공평하다고 생각했는지 버럭 대들다가 더 맞았다. 아람은 고집이 있어 목이 쉬어라 울어댔고 아무도 이해하거나 헤아리지 않았다. 울고 있는 아람의 입을 꿰매버리고 싶다며 욕을 해댔고 머리카락을 붙잡아 질질 끌었다. 아람의 울음소리가 밑층인 남자부까지 들렸는지 여자부까지 올라와 욕설을 퍼붓고 떠났다. 어떤 일이 있어도 100대를 꼭 다 채우고자 했던 그녀는 이 일을 기억할까.

56.

고운과의 화해는 쉬웠다. 누군가 먼저 다가오면 되었다. 반대로 질긴 싸움도 있는 법이었다. 어느 날이었다. 이번엔 아람이 단단히 화가 났다. 어떤 이의 잘못을 떠나서 그때의 아람은 고운을 두고 홀로 공부하러 식당에 갔다. **쿵, 쿵, 쿵** 소리를 내며. 잔뜩 성을 내며.

…

……

 큰일이다. 그 화가 더 큰 화를 불렀다. 왕 할머니는 언제나 일과인 듯, 저녁 6시쯤엔 식당 앞에 있는 의자에 앉아 계셨다. 어떤 이유인지 모르지만 오고 가는 아이들을 보기 위해선지 줄곧 담배를 피우며 앉아 계셨다. 그런 날이 있다. 똑같은 하루인데, 똑같은 행동이 다른 결과를 불러오는 그런 날. 아람이 그랬다. 자신의 화를 주체하지 못한 아람이 문을 그만 쾅! 닫고 말았다. 쉽게 열리고 닫히는 미닫이문이었기에 반동으로 쉽게 닫혔다 열렸다. 신발을 신발장에 넣으려는 때, 회색빛 문창에 누군가 들어오려는 실루엣이 보였다. 왕 할머니였다.

 누가 문 세게 닫으래!

할머니가 호통쳤다. 아람은 당황했다.

 이…. 이…. 손가락 봐라. 문을 그렇게 세게 닫으니까 내 손, 다쳐서 피 나잖아!

피가….

보이지 않았다.

아람의 성이 할머니에게로 전해졌다. 순식간에 분위기가 얼어붙었다. 아람은 어쩔 줄 몰랐다. **'사과'**가 나와야 하는데 **'사과'**가 나오지 않았다. 입이 얼음처럼 얼었다. 왕 할머니의 큰소리는 계속됐다.

내 손가락 다친 거, 어떡할 거야! 어!

그때, 대학생 오빠가 왔다. 상황을 읽은 것 같았다. 그 오빠는 먼저 상황을 말렸다.

얘가 어, 문을 세게 닫는 바람에 내 손가락이 다쳤잖아. 내가 어, 문에 손을 대고 있었는데 얘가 쾅 닫는 바람에 문에 찡겼어!

왕 할머니는 마치 잘됐다는 듯 말했다. 그제야 상황을 인지한 아람은 '아!' 소리 없이 말했다.

할머니, 많이 아프죠…. 얘가 손 못 봤나 봐요…. 어두워서…. 손가락은 괜찮으세요?

대학생 오빠가 달래듯 말했다.

아니지. 나는 매일 이 시간에 저 자리에 앉아 있는데! 모를

수가 없잖아. 이 봐라. 피 나는 거, 안 보여?

　왕 할머니는 두툼하고 갈라진 큰 목소리로 말했다. 웅변하듯이.

　　일단은 공부 시간이니까 이따가 쉬는 시간에 와서 얘기해 보세요. 다른 애들도 곧 내려오는데 괜히 일 더 커져요.
　대학생 오빠는 계속 진정시켰다. 좀 진정이 된 그녀는 다시 식당을 나가 아람의 눈에 보이지 않았다. 순식간에 성이 가라앉고 불안이 치켜 올라왔다.

　　어쩌지…. 어쩌지…. 어쩌지…?

　고운이 왔다. 분위기를 읽은 고운이 아람을 바라봤다. 아무리 싸워도 위기가 오면 서로 직감적으로 알 수 있었다. 그 순간, 서로가 마법처럼 화해한 듯 고운이 다가왔다.

　　왜? 무슨 일 있어?

　고운이 속삭였다.

　　…몰라….

　아람이 조용히 답했다. 고운을 보자 왜인지 모르게 안도의 눈물이 나왔다. 눈에 눈물이 글썽거려 눈꺼풀 아래로 안경에 비쳤다. 고운은 그런 아람을 말없이 토닥였다.

그렇게 공부 시간이 끝났다. 쉬는 시간이 와도 그녀는 오지 않았다. 아람은 안심했지만 그렇다고 완전히 마음을 놓을 수는 없었다. 내일도 올 수 있는 그녀였다. 아람이 중간 방에 앉아 불안함을 감추며 쉬는데, 잠시 나간 윤진이 1초 만에 다시 들어왔다. 그러자, 아람을 보고 손짓을 했다.

야. 야. 니 저쪽으로 가라.

쿵!!!

소문은 삽시간에 퍼져나갔다. 이제 모든 이들이 알았다. 그녀가 여자부로 올라왔다. 계단을 타고서. 지팡이를 짚고서.

아람은 가을이 있던 구석 자리로 향했다. 가을과 자리를 바꾼 셈이다.

두근두근⋯. 두근⋯.

심장이 쿵쾅대기 시작했다. 왕 할머니가 점점 다가왔다. 그러다 문이 활짝 열리더니, 방 안을 훑어보셨다. 쥐 죽은 듯 조용해졌다.

아람은 시선을 피했다. 눈을 마주 보면 안 될 것 같았다.

그때, 가을이 손가락으로 가리키며 입을 열었다.

저기 있는….

방 안의 분위기가 더 얼었다. 모두가 가을을 쳐다봤다. 쥐가 살아났다. 찍찍 도망쳐야 했다. 윤진이 탄식했다.

야…. 씨, 입 다물어라.

작게 그리고 신경질적으로 속삭였다. 동시에

너

그녀의 거칠고 두터운 목소리가 아람의 귀에 꽂혔다. 아람은 고개를 들었다.

윤진이 숨을 내쉬었다. 왕 할머니 옆에 있던 보육교사가 말했다.

어른이 부르는데 대답도 안 하고, 안 나와?

아람은 쭈뼛쭈뼛 일어났다. 방 안을 나오자, 가을을 향한 원망이

들렸다.

아람은 무릎을 꿇었다. 그녀보다 훨씬 더 멀리. 바닥은 찼고 딱딱했다. 왕 할머니는 아직 분이 덜 풀렸다. 성큼성큼 세 다리로 아람 앞으로 다가왔다. 이내 지팡이를 들더니 다시 언성을 높였다. 지팡이가 수평이 됐다. 삿대질이다. 지팡이가 대각선이 됐다. 머리에 내리쳤다.

> 너 때문에 내 손가락이 다쳤는데 너는 방에 들어가서 쉬어? 이거 안 보여?

그녀의 오른쪽 중지에 하얀 붕대가 작게 감아져 있었다.

> …….

그녀의 화는 계속됐다.

> 빨리 사과드려. 죄송하다고. 이게 뭐야.

보육교사였다. 그렇다. 왕 할머니는 사과를 바랐다. 아람은 미처 알지 못했다. 자신의 안위만을 생각했던 아람이었다.

> …죄송합니다….

어렵게 입을 열었다.

　　…아파 죽겠다. 다 늙어서 아무것도 없는데 이 손가락도 다 부러뜨리지 왜!

마지막 한 수를 두듯, 왕 할머니가 말했다.

　　…죄송합니다….
　　할머니, 죄송해요…. 제가 더 단단히 혼낼게요. 약속해요.

보육교사도 그녀의 어깨를 어루만지며 달랬다.
그녀가…. 발길을 돌렸다. 아람은 알지 못했다. 이것이 고운과 미소에게도 영향을 끼칠 줄은….

그날 이후, 아람과 고운, 미소는 숨어 다녔다. 여자부 계단을 내려와, 허리를 숙이면 우거진 나뭇잎 사이로 식당이 보이는데 그 눈을 통해 왕 할머니가 있는지 확인했다. 가끔 없는 줄 알고 갔다가 유치부 방으로 꺾어 들어갈 때, 그녀가 앉아 있으면 다시 발걸음을 돌렸다. 아람으로 인해서 더 큰 피해가 났다. 자신으로 인해서 자신의 언니가, 자신보다 아픈 여린 고운이 다쳤다. 몸도, 마음도.

그들은 아람을 탓하지 않았다. 오히려 그녀를 원망했다.

사과했으면 됐지. 왜 또 저 (비속어)인데.

모두가 한마음으로 원망했다. 아람은 가만히 있었다. 자신도 동조하면 그 화살이 자신에게로 향할 것 같았다. 고운과 미소가 아람으로 인해 다쳐 연고를 바를 때에도 언니, 동생들에게 둘러싸여 있어도 아람은 덩그러니 멀리서 지켜보았다. 미안하니까. 달리 함께 있을 수 없었다.

식당에서 밥을 먹을 때, 그녀가 들어오면 순식간에 미소와 고운은 얼었다. 신나게 밥을 먹으며 이야기꽃을 피우다가도 앞에 마주하는 동생이 눈짓을 주면 미소와 고운은 긴장했다. 등을 지고 있었기에 둘은 그녀가 오는지 알지 못했다. 그녀는 나란히 앉은 미소와 고운을 두고 단단한 지팡이를 들고서 미소와 고운의 머리를 쿵, 쿵 때렸다. 아직도 손가락이 아프다며, 아물지 않는다며 한탄하면서. 밥 먹다가 날벼락이었다. 그녀는 죽을 때까지 손가락을 들고서 때릴 기세였다. 미소는 울지 않았다. 눈물이 핑 돌았지만 누가 이기나 보자는 식으로 오히려 그녀를 노려보았다. 글썽이는 눈으로, 벌겋게 차오른 눈으로.

금세 보육교사가 중재했지만, 미소에게로 돌아갔다. 눈이 그게 뭐냐며.

이런 날들이 반복되자, 밥 먹다가도 그녀가 보이면 책상에 숨어 다른 원생들이 몸을 가리고 그녀를 피해 쉬운 길을 두고 먼 길로 돌아가고 원생들과 옷을 갈아입으며 그녀의 눈을 피했다. 그녀의 지팡이가 무서웠기에, 아팠기에 마주치고 싶지 않았다.

모든 아동이 지켜주었다. 도와주었다. 맞지 말라고, 그녀에게서 무사하라고. 모두가 미소를, 고운을, 아람을 지켜주었다.

반면에 아람은 모든 아동을 지켜주지 못했다. 도와주지 못했다. 맞는 것을 보았고 말리지 못했고 그들의 눈물을 닦아주지 못했다. 폭력이 일상인 이곳에서 아람은 그들을 바라볼 뿐이었다.

알 수 없다. 아무리 쌍둥이라 해도, 셋이 모이면 누가 누구인지 모를 정도로 닮았다 해도 어떻게 두 사람을 몰아갈 수 있는지, 하나가 아닌 둘 이상을 혼낼 수 있는지. 그녀의 눈에는 한 사람도 두 사람도 아람으로 보였을까.

아람은 그날을 잊을 수 없다. 피 한 방울도 나오지 않던 그 손가락과 지팡이를 수평으로 들며 삿대질하던 그녀의 모습, 자신으로 인해 제일 큰 피해를 봤던, 어쩌면 자신보다 더한 피해를 보았던 고운과 미소를. 그리고 노화로 인해 기억에서 잊힌 그녀[18]에게 긴장감으로 인사하던 날을….

---

18 들리는 바에 의하면 당시에도 치매였다고 한다.

57.

그녀는 언제나 같은 자리를 지키고 있었다. 식당 모퉁이에 있는 책상 의자에 앉아 담배를 피우며 원생들이 오고 가는 모습을 보는 게 낙인지 같은 시간에 그곳에 계셨다. 어느 순간부터 멈춰진 그녀의 다친 손가락은 아람을 더 긴장하게 했다. 혹시나 다시 삿대질할까 언니들 사이에 같이 다니기도 했지만, 언제까지 언니들 속에 숨어 다닐 순 없는 노릇이었다. 용기 내서 부딪쳐야 했다. 그것이 인사였다. 양심의 문제인지 아람은 인사 없이 식당에 들어가지 못했다. 그녀를 보면 인사를 했고 괜스레 마음에도 없는 이 말 저 말을 던지며 아람은 자신의 불편함을 풀었다. 그리고 그녀의 행동을 받아들여야 했다. 그것이 바로 **담배**였다. 그녀는 공부 시간 중, 1시간이 지나면 식당 문을 열고 들어와, 신발장 옆면에 기대어 앉았다. 겨울이었기에 추워서 그러신 건가 싶었지만…. 꼬리가 길었다. 그녀가 담배를 머금으면 자욱한 연기가 그녀 주변을 에워쌌고 식당 안은 담배 연기로 가득 찼다. 아람은 바로 그 앞에서 공부를 했기에[19] 등골이 서늘했다. 혹시나 옛 기억이 떠올라 지팡이로 머리를 내리치면 어떡하지…. 생각이 쉽게 가시지 않았다. 그녀의 담배 연기가 아람의 코를 찔렀다. 벌이라 생각했다. 아람으로 인해서 피해 본, 고운과 미소에 대한 벌, 그녀의 손가락을 다치게 한 벌, 제대로 된 사과가 없던 벌, 그녀에게 용서받지 못한 벌이라 생각하며 그녀

---

19 공부 자리는 종종 바뀌었는데 당시 아람은 신발장 바로 앞, 문 열면 바로 보이는 바깥쪽에 위치.

가 내뿜는 담배 연기를 들이마셨다. 매캐하고 칼칼하면서 단맛이라곤 하나도 없는 냄새였다. 아람은 그녀가 내쉬는 담배 연기로 조금이나마 자신의 양심을 덜고 싶었다.

58.

그곳에서의 생활은 계속 이어졌다. 쌍둥이는 언니 미소와 다르게 어린 동생들과 같은 방을 쓰다가도 방이 부족하면 미소보다 더 위인 대학생 언니들과 같이 썼다. 바로 그 방은, 끝 방으로 다른 방들과는 다르게 옥상으로 통하는 문과 방으로 오갈 수 있는 갈색의 오래된 문이 있었다. 쌍둥이는 그 방을 한숨으로 받아들였고 시간이 지나서야 알았다. 아무 불만을 내뱉지 않고 모든 것을 감내하며 삼켜야 했던 두 아이에게는 끝 방조차도 그러하였음을. 아무런 반항조차 하지 않거나 못하던 두 아이에게 그 방이 이미 정해진 방이었음을.

끝 방에서 쌍둥이는 한 침대를 같이 사용했다. 서로 마주 보며 서로를 안으며 서로의 온기를 나누며. 속닥거리며 큭큭대다 보면 자연스레 잠이 들었다. 같은 방이었던 은경이라는 대학생 언니와 윤진은 언제 몇 시에 방에 올지 예측이 불가했다. 복도를 가득 채우는 방 속의 어둠을 이겨내고 조심스레 방문을 열면 언제나 그들은 어둠과 이불 속에 파묻혀 잠들었다. 공부가 끝난 늦은 저녁이라 방이 보이지 않아 슬며시 복도 불을 켜면, 갑자기 방 창문을 통해 들어오는 빛이 그들을 깨웠고 그럴 때면 짜증스러운 잠투정을 부렸다. 가방 정리와 화장실, 침대에 누워 자리를 잡기까지 시간이 걸렸기에 서둘러야 했다. 매번 잠투정을 부린 것은 아니지만 한번 들은 그 투정은 언제 또 들을지 몰라 긴장감을 놓치지 말아야 했다. 문제는 가방이었다. 앞이 보이지 않거나, 피치 못할 상황이라면 침대에 두어 다음 날 정리해도 될 것을, 꼭 제자리에 두었다. 침대를 지저분하게 쓰지 말라며 꾸중하던 그 말에 다른 생각은 들지 않았다. 어둠 속에서 가방을 자리에 놓으려니…. 윤진의 머리칼이 밟혔다. 최대한 다리를 부들거리며 어디에라도 닿지 않게 애썼는데 그만 머리칼을 밟고 말았다.

아! 야. EC….

순간적인 큰소리와 정적이 흘렀다. 그 소리에 깬 은경이 윤진을 나무랐다.

야. 소리 지르지 마라.

쌍둥이는 그 말에 어깨가 더 웅크려졌다. 다음 날, 해가 뜨고 그들이 일어났을 때, 윤진이 더 나무랄 것 같았다. 그 생각이 머릿속을 지배하자, 잠을 편히 잘 수 없었다. 이러한 나날들이 계속되자 언제나 그들이 없기를 바랐다. 공부가 끝나고 복도 불이 켜져 있으면 일말의 기대를 하며 슬며시 방문을 열었고 사람 없는 한적한 공기가 맡아지자 안도의 숨을 내쉬었다. 가끔은 그들이 없다고 생각해 방 불을 켜다 갑자기 놀라 소리치는 그 고함에 움찔하기도 했지만, 아람이 생각한 나무란다는 상상은 이루어지지 않았다.

  어느덧, 그 두 언니가 들어오지 않은 지 몇 달이 지났다. 근 몇 달간 고운과 아람에게는 파라다이스였다. 눈치 보지 않아도 되었고 속닥거리지 않고 말해도 되었다. 꽁냥거리며 잠에 스며들 때까지 끝말잇기도 했다. 밤이 무섭게 고운과 아람을 덮칠 때면 방의 불을 환하게 켜, 잘 수도 있었다. 마치 동굴 속을 환하게 비추는 빛 같았다. 그러던 어느 날, 그 두 언니보다 1~2살 위인 다른 언니가 들어왔다. 그 언니도 보육원에 잘 들어오지 않았지만, 한번 들어오면 꽤 긴 시간을 보내었다. 어찌 된 영문인지 공부를 마친 후, 불 켜진 방 안을 들어가는데 한 손에는 과자를, 한 손에는 만화책을 들고 양반다리를 하며 앉아 있는 것이었다. 고운과 아람은 같은 생각을 한 듯 서로를 마주 보았다. 쳐다보는 눈에서도 알 수 있었듯이 파라다이스는 끝이구나, 다시 불편한 잠자리가 되겠다고 느껴졌다. 둘은 서둘러 가방을 정리하고 침대에 누웠다. 당연하듯 서로를 마주 보며 손을 잡고서. 따듯하고 보드라운 손을 잡고 속닥거릴 참이었다.

  같이 무서운 만화책 볼래?

그 언니가 감자 과자를 와그작거리며 물었다.

*아니요. 괜찮아요.
무서우면 밤에 못 자요.*

거절했다. 며칠 전에 이미 봤던 책일뿐더러 이제야 잊힐 참이었는데 그 제안의 만화 내용이 어렴풋이 상상을 자극했다. 아람은 무서운 걸 보면 그 내용에서 더 자극적이고 공포스러운 장면들이 연출되어 되도록 공포물을 피했다. 정말 보고 싶은 거라면 낮에 보아 무서움을 줄여나갔지만 이마저도 안 통할 때가 많았다.

왜. 무서운데. 같이 보자.

밤을 지새울 수 없었다. 둘은 다시 한번 거절했다.

그래라~

그 언니는 흥미로운 듯 책장을 넘기며 와그작거렸다.
두 아이는 제안을 거절했다는 자신들의 불안한 용기와 이에 불만 없이 받아들여진 안도의 숨을 내쉬었다. 왜 잠이 오지 않는 건지, 두 눈이 말똥거렸다. 이내 두 아이는 속닥거렸다. 새어 나오는 웃음을 참으면서 재밌는 이야기라도 하듯 크큭거렸다.

야. 자라.

화살처럼 날카로운 목소리가 정적을 만들었다. 두 아이의 음성에 그 언니가 입을 열었다.

시끄럽다. 같이 안 볼 거면 자라. 떠들 거면 옆에 오든지.
…네….

그가 혼잣말로 덧붙였다.

같이 보지도 않을 거면서 자기나 하지. 한참 재밌었는데.

두 아이는 무안했다. 내려놓았던 긴장감이 무거운 우물을 올리듯 팽팽해졌다. 방 안엔 시계가 회전하는 소리, 책장 넘기는 소리, 쩝쩝대며 과자 먹는 소리가 잔잔해지더니 고운과 아람은 스르륵 잠들었다.

다른 날, 방문 너머로 웅성거림이 들렸다.

설마, 설마…. 아, 이러언….

윤진과 은경이 돌아왔다.

아무도 없을 것 같았던 방문을 열기도 전에, 복도에서부터 그들의 음성이 들렸다.

아…. 와 있다. ㅠㅠ

아람이 입 모양으로 말했다. 고운도 한숨을 내쉬며 터벅터벅 걸어왔다. 방문을 열자, 정말…. 있었다.[20] 괜찮은 척, 표정을 숨기며 잠자리를 준비했다. 방은 이미 난장판이었다. 그들의 짐이 온 바닥을 휘감았다. 고운과 아람의 공간이 작아졌다. 침대만이 오로지 두 아이의 수납과 공간이 되었다.

이날은 유독, 아람의 감기가 낫지 않은 때였다. 동생과 물물 교환한[21] 텀블러에 온수[22]를 가득 담아 수납장에 올려두었다. 뜨거워 한 김 식히고 마실 참이었는데…. 윤진이 잠긴 목소리를 내뱉었다.

야, 이거 마셔도 되나?

그의 손과 발, 눈은 아람이 대답도 전에 텀블러로 향했다.

그거 뜨거운….

---

20 간혹 소리를 잘못 듣고 없을 때도 있었다.
21 당시 하지 말라고 했지만, 원생들끼리 계속 교환하며 물건이 다시 오가기를 반복했다. 다시 원주인에게로 돌아가기도…. ㅎ
22 아람은 미온수 아니고 완전 온수를 좋아한다.

프하…. 와 C. (비속어) 뜨겁네.
　　…물인데….

　벌컥벌컥 들이켠 물이 윤진의 입을 채우려는 순간, 윤진은 놀라 물을 내뱉었다. 와중에 텀블러도 떨어뜨려 바닥에 물이 쏟아졌다.

　　야. 뭐 하는데. 장난하나 지금. 빨리 닦아라.

　은경이 신경질적으로 말했다.

　　야. 닦을 거 없나. 휴지는?

　윤진이 두리번거리며 앙칼지게 물었다. 주변에 아무것도 없자 바로 앞에 있는 누구의 것일지도 모르는 옷을 바닥에 내팽개쳤다. 그녀는 허리를 숙이지 않고 알록달록 매니큐어를 바른 발가락에 힘을 주어 발바닥으로 문질렀다. 고운과 아람은 벌컥 물을 들이켜는 윤진의 행동에 놀라고 짜증스러운 투인 은경과 윤진의 눈치를 보던 참이었다.

　　뭘 꼴아보노.[23] *안 자나.*

23　뭘 쳐다보니.

윤진이 쏘아댔다.

고운과 아람은 걱정스럽게 윤진을 바라보며 눈치 보던 눈을 거두고 침대에 누웠다.

야. 니가 흘렸으면서 왜 애들한테 (비속어) 하는데. 빨리 치워라.

은경의 말에, 윤진은 얌전해졌다. 고마웠다. 덜 눈치가 보였다. 은경이 있기에 윤진의 성격을 잠재울 수 있으니까. 그러면서도 아람은 통쾌했다. 고래고래 소리 지르고 과격한 장난을 하는 윤진이.

59.

윤진의 장난은 괴팍했다.

다른 언니들과 같이 웃겨도 퍽, 장난스레 퍽, 짜증 나도 퍽, 짜증 내며 퍽. 피할 틈도 없이 머리나 등으로 날아오는 기습을 피할 수 없었다. 아람은 그 기습을 피하려고 최대한 그들에게 맞춰주었지만 기분파였던 그들의 기습을 피하기란 어려웠다. 아람이 그들의 기분을 상하게 했다면 그 기습은 인정이었지만 언제나 그들의 기습은 예상할 수 없었다. 아프고 기분 나빴다. 세로로 쏟아지던 행복 호르몬이 순식간에 수직으로 하락했다. 표정으로 표현할 수 없었다.

윤진의 장난은 끝이 없었다. 힘도 세고 과격해 작은 손짓에도 아팠다. 한때, 짜장면 배달 장난 전화 놀이가 인기였다. 오전부터 밤까지 장난 전화는 이어졌다. 코를 막고서 웃음을 참고서 짜장면을 넘어 짬뽕과 탕수육까지 나왔다. 같은 번호로 상대가 누군지 예측할 수 있으면 상대는 예측한 상대를 불러 그만하라며 전화로 답했다. 그렇다고 그만할 그 언니가 아니었다. 다른 언니들과 동생들 핸드폰으로 계속 전화를 걸었다. 싫대도 한 번만…. 한 번만…. 성질을 내며 아! 한 번만!을 외치던 그의 손에 늘 매번 쥐여줘야 했다. 앞방에서 잘 자리에 앉은 채, 모두가 숨죽여 있다가 남자부의 반응으로 혹은 할 일을 마친 보육교사가 올라오면 아닌 척, 자는 척 이불을 뒤집어썼다. 윤진과 거리가 있었는데도 황급히 이불을 덮어서일까. 아람의 자리가 80% 없어졌다. 게다가 살이 쓸려 아팠다. 매끈한 피부가 서로 맞물며 마치 손톱으로 칠판을 긁듯 여름 피부처럼 따가웠다. 윤진뿐만 아니라 대부분의 언니가 그랬다. 장난의 정도 차이일 뿐, 기분 나쁜 건 변함없었다. 1살 위인 유정 언니와 정설 언니, 대학생 언니인 윤혜 언니 외에 언니들은 장난으로도, 화풀이로도 손찌검해 댔다. 어린 동생들은 언니들의 장난에 장단을 맞춰야 했고 기분이 썩 내키지 않아도 '**장난**'에 걸맞게 하하 웃으며 넘겨야 했다. 두 팔을 미로처럼 둥글게 만들면 그 사이로 손을 타고 상대 얼굴에 **뺨**을 때리며 웃던 그들의 얼굴에 피던 웃음은 선명하다.

더 기분 나빴던 것은 장난으로 올린 손을, 본인 머리 빗으려고 들어 올린 손에 놀라 피하거나 놀라면 쫄지 말라며 안 때린다 말하던 그들이었다. 그들은 어린 동생들의 자존감도 갉았다.

60.

툭, 쏘아붙이는 어투. 그 어투는 언제나 아람을 기죽게 하였다. 아람뿐만이 아니었다. 고운도, 2살 어린 동생에게도, 유치원생에게도 당연한 행동이었다. 아람은 다짐했다. 어쩌면 자신이 보고 배워 온 학습이 폭력이라면 그것이 대대로 이어지고 있다면 아람은 본인보다 어린 동생들에게는 그러지 않겠다고.

61.

…다짐하기란 행동으로 행하기 어려운 숙제였다.

아람은 자신도 모르게 어린 동생들에게 힘을 과시했다.

같은 방을 썼던 다연에게, 유치부 방을 썼던 신비, 세영, 성진에게…. 보육원의 생활은 자연스레 높임말이었다. ~해요체로 끝나는 것. 그것이 규칙인 양, 동생들은 1살 언니에게라도 ~해요체로 묻고 답하고 응했다. 아람은 어느 순간 다연이 자신과 고운에게만 말을 놓는 게 느껴졌다. 그 생각은 점점 부풀어 자신을 무시하고 만만하게 여긴다는 생각까지 다다랐다. 아람은 다연과 싸우는 날이 잦았기에 다툰 후, 다연의 행동에 더욱 그런 감정을 느꼈다. 다연은 자신의 감정을 표현했을 뿐인데, 자신을 드러냈을 뿐인데 아람의 어긋난 생각으로 다연의 감정을 받아들이지 못했다. 오고 가며 쿵쾅대거나, 작은 목소리로 속삭이듯 중얼거리거나 아람과 같은 행동을 하는 다연을 보며 다연에게 손찌검을 하고 무시하지 말라며 앞으로 높임말을 쓰라고 명령했다. 그렁그렁 눈물이 맺힌 눈으로 절대 울지 않으리라는 듯 아람을 보는 다연의 눈빛은 아직도 잊히지 않을뿐더러 잊지 않으리라. 웃기게도 화해 후, 높임말로 다가오는 다연을 다른 언니들에게 눈치가 보여 다시 편하게 말하라고 하다가 또 싸우면 높임말을 쓰라고 했던 아람이었다. 막상 다연의 높임말을 들으니 어색하고 왠지 다른 언니들의 눈치가 보였다. 쓰지 않다가 갑자기 쓴다고 생각하니 이상하게 보이진 않을까, 언니들이 묻고 따지진 않을까, 비웃진 않을까 걱정이 앞섰다. 어쩌면 그런 일관성 없고 **강약약강**의 태도가 비웃는 태도였을지 모른다.

···다연은 다른 언니들보다 아람과 고운이 더 편했을까.

62.

보육원 퇴소 후, 아람은 알게 되었다. 자신도 언니들과 같다는 것을. 위 사실을 깨우쳤을 땐, 이미 늦어버렸지만 **다른 사실**이 머릿속을 헤집고 들어왔다. 아람은 자신이 제일 싫어하고 상처였던 그 행동을 동생들에게 했던 자신이 떠올라 죄책감에 빠지는 것이 벌이라 받아들였다. 뒤늦게 알아버린 그 부끄러움과 미안함, 죄책감은 평생 스스로가 기억하고 늘 깨우쳐야 한다는 것을.

63.

다연이 뒤늦게 **사실**을 알려줄 때, 그것을 매일 기억하고 그 아이를 보듬어 주어야 했다. 다연은 아무렇지도 않게도 입을 열었다. 언제나 초롱초롱한 다연의 눈은 그날도 마찬가지였고 슬픔보단 담담함이, 당연한 과정인 듯 와닿았다.

언니, 언니는 어떻게 들어왔어?

살구놀이[24]를 하며 놀던 다연이 물었다.

응? 어떻게 들어왔냐고? 어…. 아마…. 밤에 저 후문주차장 쪽 있잖아. 거기 엄마랑 같이 온 건 기억이 나는데 그 뒤로는 잘…. 눈 뜨니까 여기더라고.

아~ 그래도 언니는 좋겠다. 나는 엄마 얼굴도 모르는데….

---

24 공기놀이

아차 싶었다. 아람에겐 당연했던 엄마가 이곳, 보육원의 모든 이들에게 있는 것이 아니라는 것을, 각자의 사정으로 엄마의 보금자리를, 엄마의 그늘을 까맣게 모른다는 것을, 엄마의 존재조차도 알 수 없다는 것을 아람은 망각하고 있었다.

순식간에 윗사람들이 함부로 대하는[25] 아이들이 한 명 한 명 떠올랐다. 대부분 부모의 여부를 알 수 없는 아이들이었다.

다연이 이어 말했다.

나는 0살 때, 완전 갓난쟁이일 때. 할머니가 나 업고 왔어. 시골길? 있잖아. 주변에 아무것도 없는데 나무만 있고 길 하나만 있는 곳. 거기 할머니가 나 업어서 여기까지 데리고 왔대. 원장이랑 같이. 그래서 나 엄마 얼굴 몰라.

아람의 감정이 고장 났다. 어떤 반응을 해줘야 할지 머릿속이 우왕좌왕 움직였다.

괜찮아. 내가 더 잘되면 돼. 언니, 나 아이돌 할 거다~

다연이 당차게 말했다.

---

25 대하기보단 다루는 것처럼 보였다. 장난감인 듯, 놀잇감인 듯 웃기게도 그들은 그것을 기다린 듯, 즐기는 듯 보였다.

그래. 꼭 잘되자. 얼굴 이뻐서 아이돌로도 성공할 거야.

아람이 답했다.

그지.

언니가 다연이 1호 팬 할게.

엉!!

다연은 맑게 웃으며 손등에 올린 5개의 살구를 공중으로 날리며 한 번에 잡았다.

64.

이곳. 보육원에서 서로 다른 환경에서 나고 자란 이들이 공통되고도 차이 나는 가치관으로 같은 결과를 낳는다는 것은 슬프고도 암울한 일이었다. 한 가정을 되찾지 못한 그들은 가족에 대한 환상이 깨졌고 익숙해졌다. 그들은 서로 다르지만 같았을 엄마의 슬픔을 마음으로 느끼며 함께 어우러졌다.

65.

초등학교 1학년, 입학식이었다. 유치원을 졸업하고 초등학교에 입학했다. 학번과 이름이 적힌 파란색의 목걸이를 목에 매고 교실에 들어가야 했다. 그게 정상이었다. 모두가 엄마와 인사를 나눈 후, 설레고 부푼 마음을 안고 교실에 들어갔다. 그게 맞았다. 아람과 고운은 그러지 못했다. 신발은 갈아 신었는데, 교실 안으로 들어가지 못했다. 고운과 아람 둘 다, 복도에서 서로를 바라보며 서 있었다. 어떤 학부모께서 말하셨다.

왜 안 들어가? 같이 들어가 줄까?

아람은 수락보다 거절이 더 쉬웠다. 익숙했다. 거절이 예의라 생각했다.

아항…. 괜찮아요….
그래? 아줌마 갈게~ 입학 축하해~

아람은 도움을 거절했다. 수락할 걸 그랬나 싶었지만 수락하기는 아람에게 어려운 숙제였다. 고운도 마찬가지였다. 시끌벅적한 교실에, 소란스럽고 사람이 많은 장소에 들어가기란 쉽지 않았다. 문을 열고 딱 들어서는 순간, 순식간에 조용해지고 모두가 자신을 바라보는 그 눈빛이 싫었다. 그 후, 숙덕거리는 소리가 들리면 욕하며 비웃는다는 생각에 몸은 더 움츠러졌다. 하물며 아무도 없는 교실에 제일 먼저 들어가고 맨 마지막에 나가는 것이 마음이 편할 정도였다.

어떻게 교실에 들어갔냐고?

강당으로 모이라는 안내방송에 교실에서 우르르 친구들이 나오는 사이에 껴 다 같이 이동했다.

아람이 초등학교 2학년 때의 일이었다. 아람의 반은 교실 바로 앞에 화장실이 있는 끝 반이었다. 1학년 때부터 보던 여학생들이 어렴풋이 보였다. 그들은 짝을 이루었다. 초등학교는 강당으로, 운동장으로 이동을 할 때면 언제나 키순대로 섰다. 매년 아람은 제일 작았고 신의 장난인지 짝은 이룬 그들은 아람의 뒤로 줄줄이 이어졌다.

어딘가로 이동할 때면 그들의 장난감은 아람이었다. 줄을 선 뒤, 기다리고 있으면 바로 앞에 있는 화장실 안에 아람을 밀쳤고 다시 아람이 줄에 들어가면 더 넓은 공간으로 아람을 밀었다. 아람은 **그저 좋다고, 웃음으로** 반응해 주면 친구 하겠지, 친해지겠지 생각하며 받아주었다. 넘어질 뻔해도, 줄을 이탈해도, 기분이 나빠도 아람은 **웃었다**. 하지 말라며 말도 못 하고 짜증 한번 내지 않고 **웃었다. 웃기만 했다.** 이 때문이었을까. 그들은 점점 더 강한 힘으로 밀쳤고 여자 화장실이 아닌 남자 화장실 안에까지 밀친 후, 놀려댔다. 남자 화장실에 들어갔다며, 남자냐면서. 이후 아람이 나오는지 즐기듯 바라봐 나오지 말라며 쉬는 시간이 끝날 때까지 지켜보았다.

그들은 아람을 무엇으로 보았을까.

아람의 2학년 생활은 만만치 않았다. 잔잔한 괴롭힘(?)부터 교실 안에서의 규칙까지 딱딱했다. 담임은 나이가 조금 있으신 분이셨는데 교실 규칙을 하나, 둘 일러주셨다. 뛰지 말 것, 소리 지르지 말 것, 자기 주변을 정리할 것, 본인의 것이 아니어도 치울 것, 앞문으로 다니지 말 것 등 아주 기본적인 것이었다. 그중에서 소변을 본 후에는 휴지 **한 칸**, 대변을 본 후에는 휴지 **세 칸**만을 쓰라는 규칙이 있었다. 이 규칙을 말하자 아이들은 수군거렸고 담임이 그게 적당하다며 언성을 높이자 수군거림은 낮춰졌다. 당시 휴지는 개인이 가져와도 됐었지만, 아람은 그러지 못했다. 앞문에만 걸려 있는 휴지로 자신의 뒤처리를 해야 했다. 쉬는 시간, 아람은 신호가 왔다. 이건…. 큰 거였다. 아람은 앞문에 걸려 있던 휴지를 가져가기 부끄러웠다. 대부분의 학생들이 교실에 있었고 담임 또한 본인의 자리에서 업무 중이었기에 혹시나 아람의 행동을 보고 잔소리를 할까 무서웠다. 앞문으로 가 휴지를 떼어내면 됐는데도 아람은 쉽게 앞문까지 가지 못했다. 아람은 하는 수 없이 아무것도 들지 못한 채, 화장실로 들어갔다. 큰일을 보고 휴지통에 깨끗한 면이 있으면 그 부분으로 닦자고, 바지에 실수하는 것보다 닦지 않는 것이 더 낫겠다 생각했다. 보육원에서도 자주 휴지가 동났기에, 낭비한다며 휴지도 자주 주지 않았기에, 휴지가 없으면 쓰레기통을 뒤져 깨끗한 면을 찾아 닦았기에 자연스레 든 생각이었다. 아람은 그렇게 볼일을 봤다. 급했기에 휴지통을 볼 겨를이 없었다. 그때 생각하자고 뇌에서 되뇌었다.

…어?

휴지통은 말끔했다. 터엉~ 비었다. 어떡하지….
이제 곧 수업 시간이었다. 조마조마했다. 아직 주변이 시끄러웠다. 화장실 문을 열고 엉거주춤 걸으며 휴지를 찾기엔 부끄러웠다. 화장실 출입문이 아주 활짝 열려 있었기에 그럴 수 없었다.

어떡하지…. 어떡해…. 으앙….

불안이 점점 커졌다. 아람이 없어지면 교실은 더 소란스러워질 것인데 어떡하면 좋을지 발을 동동 굴렀다. 수업 종이 울렸다. 모두가 교실로 들어가 점점 복도 전체가 잠잠해졌다.

지금 나가볼까? 수업이니까 아무도 없을 거 아니야….

이 생각에 아람은 나갈까도 했지만 실행하기까지는 생각보다 많은 용기가 필요했다. 나가다가 누군가랑 마주치면? 그게 남자라면? 만약 아직 화장실에 누가 있다면? 잡생각이 불안을 덮쳤다. 아람은 누군가 자신을 찾아주길 바랐다. 복도가 다시 시끄러워졌다. 고운에게 아람을 찾는 담임의 목소리. 실종이라는 단어가 나왔다. 담임은 급히 보육원에 전화를 걸었다. 아람은 다시 무서워졌다. 보육원…? 보육교사가 오고 혼나면 어떡하지…? 화장실을 나오고 담임이 잔소리하면 어떡하지…? 교실엔 어떻게 들어가지? 얘들이 비웃으면? 걱정이 아람의 머릿속을 헤집었다.

잠시 후, 원장과 함께 보육교사가 도착했다. '없어졌다 = 실종'이 큰 충격을 준 건지 우르르 몰려온 듯했다. 다시 아람을 부르는 외침이 들렸다.

아람아, 아람아, 하아람~

아람은 목이 메어 있는 목소리를 내기 시작했다. 잠겨 있던 목소리가 점점 찢어지듯 떨리고 작은 목소리가 나왔다.

…네에….
화장실이니?
…네에….

기어들어 가는 목소리를 들은 담임과 보육교사는 굳게 닫힌 화장실 문을 두드렸다. 아람은 찬찬히 잠긴 화장실 문을 열었다. 문을 여니 안심하는 담임과 보육교사가 보였다. 안심에 겨운, 다행이라는 안도감에 화내기보다는 걱정 어린 눈빛이었다. 웃기게도 그들 손에 휴지가 들려 있었다.

  왜 여기 있어. 수업 종도 쳤는데.
  …휴지가 없어서요….

그들의 입에서 웃음이 새어 나왔다.

  휴지가 없으면 없다고 말하면 되잖아~ 친구들한테.
  …….
  얼른 닦고 수업 들어가.

아람은 고개를 끄덕였다. 오랜 시간 앉아 있던 탓에 이미 메말라 버려 닦아도 나오지 않았고 그들은 교실에 들어가는 아람을 보고 나서야 보육원으로 돌아갔다. 아람은 교실에 들어가면 모두가 숙덕거릴까 걱정이 앞섰는데 정작 아이들은, 아무렇지 않게 저들끼리 떠들고 있었다.

66.

보육원은 초, 중, 고등학생들의 여름방학이 시작되면 여름캠프를 떠났다. 유치부, 여자부, 남자부가 섞여 한 조를 이루어 조별로 게임을 하고 삼시 세끼를 해 먹으며 일주일의 시간을 보냈다. 조별 활동이 끝나면 튜브와 조끼를 들고서 숙소 근처 바닷가로 향했다. 물놀이를 하는 날이면 누구랄 것도 없이 마음에 드는 튜브로 놀겠다며 아웅다웅하는 모습도 보였다.

어느 날의 캠프였다. 이 해에는 한참 보육원 내에 **'머릿니'**로 소동이 있었다. 어느새 모두에게 번진 머릿니로 골머리를 앓았던 보육교사들은 머릿니를 빼고 오라며 반강제로 바다로 보냈다. 아람과 고운은 물을 무서워했고 뿌연 물에 들어가기 꺼렸다. 깊숙이 빠져 헤어 나오지 못할까 두려웠다. 그런 걱정 없이 바다를 들어갔다 나왔다 하는 다른 원생들을 보며 부럽기도, 신기하기도 했다. 그런 두 아이에게 물에 들어가라니…. 아람과 고운은 서로를 바라보았다. 어떡하지….

그때, 미소가 두 아이를 불렀다.

쌍둥아~ 언니가 한 명씩 부를 테니까 놀자. 재밌는데.
으으응…. 싫어. 빠지면 어떡해. 무서워.
뭐가 무서워? 언니가 안 빠지게 받쳐줄게. 이도 씻겨내고. 막상 놀면 시원하다.

고민됐다. 바다에 빠지긴 싫고 머릿니는 더 싫었다.

…한 발짝, 한 발짝 바다로 들어섰다. 미소는 먼저 들어선 아람의 손을 잡고 더 깊이 이끌었다. 미소가 놀던 물 높이에 두려움이 엄습해 왔다. 처음 느껴보는 두려움이었다. 더 들어가면 빠지겠다고 생각했다. 발끝이 가까스로 닿는 높이였음에도 물이라 그런지 중심 잡기 힘들었고 발이 허공에 둥둥 떠 있는 것만 같았다. 미소는 그런 아람을 자신의 손에 받치고 허리를 숙이랬다. 엄마가 아기 머리를 감겨주는 모습으로 미소는 바다 물살로 아람의 뒤통수에 손을 끼워 넣어 박, 박, 박 헹궈주었다.

시원하제?
엉!

막상 물에 들어갔다 나오니, 몸에 닿는 공기가 달랐다. 무덥고 갑갑한 바람이 시원하게 아람의 몸을 감쌌다. 아람이 미소를 향해 웃자, 미소는 뿌듯한 표정으로 아람을 돌려보내고 고운이 오길 기다렸다. 미소는 아람이 뭍으로 나오는 걸음을 끝까지 바라보았다. 아람은 고운을 보고 엄지를 치켜들었다. 고운은 아람의 엄지를 보고 천천히 발걸음을 떼어냈다. 미소도 고운의 발걸음을 보고 바다에서 나와 고운에게 손을 내밀었다. 그렇게 고운도 아람과 같이 박, 박, 박 머리가 헹궈졌다. 고운의 표정도 상쾌했다. 미소의 표정도 뿌듯했다. 뭍으로 나온 고운은 아람을 보며 고개를 끄덕였다. 시원하다는 의미였다.

물놀이가 끝나고 들려온 건데, 바닷물 위에 이와 쎄가리[26]가 둥둥 떠 있었다고 한다.

머릿니에 대한 가려움은 캠프가 끝나고도 계속됐다. 원인 모를 아람의 시작으로 고운과 다연, 세영, 신비…. 점점 더 어린아이들에게로 번졌다. 당연했다. 아람은 고운과 다녔고 두 아이는 다연과 함께 같은 방을 썼다. 다연은 세영과 신비와 어울렸다. 유치부였던 세영과 신비이기에 순식간에 더 어린아이들까지 머리를 긁었다. 두 아이와 동갑이었던 민수와 운재도 마찬가지였다. 하교하고부터 학원에서도, 학원을 마치고 보육원까지 가는 시간 모두 함께였다. 당연지사였다. 운재와 민수도 남자부에 옮겼다. 아람으로부터.

아람은 몰랐다. **'머릿니'**의 원인이 자신이라는 것을.
아람은 몰랐다. **'머릿니'**의 결과가 자신이라는 것을.
아람은 정말 몰랐다. 왜였을까. 아람 때문이라는 원인 속엔 아람의 친구가 있었다.

그 친구와 어깨동무한 모습을 어느 누가 본 적이 있었는데 그 후로 아람이 머리를 긁기 시작했고 이후부터 삽시간에 번졌다는 것이었다.

---

26   '머릿니'의 알. 서캐를 쎄가리라 불렀다.

으잉?

아람은 어리둥절했다. 왜 자신의 친구까지 의심을 받았을까. 아람은 대수롭지 않았다. 그러려니 했다. 그 친구에게 직접적으로 말하지 않았으니까. 그들의 **'확신'**이 아니라 **'생각'**일 뿐이니까. 더구나 그 친구는 머리를 긁지 않았으니까.

야, 개랑 다니지 마라.
걔 때문 아니가? 어울리지 마라.

머릿니가 점점 퍼지자 여자부 언니들이 아람에게 한 소리 했다. 제일 가까이 있는 고운도, 아람의 언니인 미소도 아니었다. 미소의 친구 모란과 그 위에 있는 나미였다. 아람은 친구에게 미안함이 들었다. 정확하지도 않은 **'생각'**이 어느새 그들의 **'확신'**이 되어 누군가를 의심하고 병들게 만들었다.

아람은 그 친구와 꾸준히 다녔다. 그 친구는 잘못이 없었다. 그러나 눈치가 보였다. 보육원생들은 모두 같은 초등학교를 다녔기에 이동수업 때나 복도를 거닐 때, 언니 동생들을 자주 만났다. 아람은 저 멀리서 익숙한 형체가 보이면 슬쩍 자리를 피했다. 또 어떤 소리를 들을지 뻔했다. 그 친구는 아람에게 든든한 친구였다. 아람은 자신의 어깨가 된 그녀를 멀리할 수 없었다.

머릿니는 생각보다 오래 지속됐다. 생명력이 긴 건지 1년…. 2년…. 함께했다. 보육원에서도 머릿니는 제거해야 할 곤충이었고 서로에게 옮아서도 옮겨서도 안 되었다. 머릿니가 전파되고 보육원에서는 친구한테 옮겨도 옮아오진 말라며 팔짱이나 어깨동무 등 너무 가까이하지 말라며 당부했다. 아람에게는 특히 그 친구와 지내지 말라며 강조했다.

보육원도 머릿니와 긴 사투를 벌였다. 뜨거운 물로도 이와 서캐를 사멸시키고 머릿니 전용 샴푸[27]를 쓰며 머릿니 제거에 힘썼다. 그렇게 없애고 싶을 머릿니인데도 전용 샴푸를 1개만 건네 4명의 머리를 며칠을 감았다. 그 샴푸는 일반 샴푸와는 달리 거품이 나지 않아 제대로 감았는지 알 수 없었다. 아껴 써야 할 샴푸는 한 사람의 안심을 위해 더 많은 용량을 필요로 했다. 언니 미소도 아람과 고운의 머릿니 제거에 신경이 곤두섰다. 이른 새벽에 일어나 뜨거운 물이 나오는 시간에 잠을 깨우고 아람과 고운의 머리를 감겨주었다. 잠이 많은 미소인데도 모두가 곤히 잠드는 새벽을 뚫고 아람과 고운을 깨웠다.

머릿니는 끈질겼다. 전용 샴푸로 감아도 간지러움은 사라지지 않았다. 아람은 공부 시간에 자신의 공부를 마치고 아무 공책을 폈다. 그러곤 손톱으로 머리카락 한 올 한 올을 잡아당겼다.

---

[27] 에센스처럼 생겨 양이 적었다.

삑

소리가 들렸다. 손톱과 손톱 사이에 검은색의 작은 벌레가 보였다. 아람은 손톱에 붙은 죽은 새끼를 공책에 닦아냈다. 다시 아람은 한 올 한 올 머리카락을 잡아당겨 엄지와 검지가 쥐고 있는 정체 모를 무언가를 공책에 두었다. 죽은 새끼였다.

오!

아람은 계속해서 자신의 머리를 한 가닥 한 가닥 당겼다. 이번엔 움직이는 머릿니. 하얀 공책 위에서 도망가는 녀석을 손톱으로 짓눌렀다.

띡

소리가 났다. 반 토막 나며 머릿니는 빨간 피를 토해냈다. 아람의 손은 점점 거메졌다. 하얀 공책은 군데군데 붉은 피와 반 토막 난 머릿니, 검은색의 서캐가 흩날렸다. 백지상태의 공책은 점을 찍은 듯 하나의 그림이 완성됐다. 바보인 건지 멍청한 건지 아람은 그 공책을 들며 옆에서 공부하는 오빠에게 자랑하듯 보여주었다.

오빠, 오빠. 이거 봐. 내 머리에서 나온 거.

자신의 머리에서 자신이 없앤 흔적이었으니 그럴 만했다. 고마운 건 오빠의 반응이었다. 기겁할 만도, 욕할 만도 한데 전혀 그런 내색도 하지 않았다. 오히려 웃어주었다.

　　오~ 많이 잡았네.

머릿니는 아무리 샴푸로 감아도, 계속 뽑아대도 사라지지 않았다. 어느 날, 규희 보육교사께서 참빗을 가지고 오셨다. **참빗**…. 이를 잡는 데 용이한 빗이었다. 머릿니를 잡으려면 커다란 무언가가 필요했다. 보육원에 있는 커다란 거라곤 달력이 전부였다. 지난 월의 달력을 찢어 뒤집었다. 하얀 면이 보였다. 아람은 고개를 숙였다. 참빗이 목 뒤통수부터 이마까지 쓰윽, 쓰윽 긁어댔다. 갈색의 손잡이에, 양옆으로 붉은 빗이 조밀하게 붙어 있는 그 빗은 아람의 머리를 긁어줬다. 하얀 달력에 참빗을 툭툭 두드리면 그 사이사이에 붙어 있던 머릿니와 서캐가 떨어졌다. 아직 알을 까지 않은 서캐와 이제 막 까기 시작한 알과 움직이기 바쁜 머릿니까지. 규희 교사가 머리를 빗겨주면 아람은 하얀 종이 위로 떨어지는 머릿니와 서캐들을 손톱으로 눌렀다.

삐, 삐, 띡, 딱

손톱과 그들의 딱딱한 등껍질이 만나 갈라지고 토막 나는 소리가 연신 들렸다. 아람의 머리는 생각보다 심했다. 아람의 머리는 머릿니의 집인 듯 머릿니가 득실거렸다. 머릿니가 끈질긴 이유가 있었다. 참빗으로 빗어도, 빗어도 계속해서 머릿니가 후두둑 떨어졌다. 이리저리 도망가는 머릿니가 하얀 면을 나가지 않도록 아람의 눈도 이리저리 바쁘게 움직였다.

머릿니 소동이 점점 잠잠해진 건, 자연스레 잊혔다. 어느 순간 가렵던 머리도 조용했고 또 어느 순간 머릿니 샴푸도 참빗도 보이지 않았다.

그로부터 2년 후, 12살, 5학년이 되었다.
학교 전체에 가정통신문이 배부되었다. 그건…. **'머릿니 주의보'** 였다. 요즘 '머릿니'가 확산되고 있으니 가정에서도 **각. 별. 히** 주의를 요하라며 청결에 신경 쓰라는 통신문이었다.

어? 이!!

아람은 속으로 내심 반가웠다. 담임이 잠시 자리를 비운 터라, 반장이 교탁 앞을 지키고 있던 때였다. 가만히 자신의 자리에 앉다가, 자리를 박차고 교탁에 나오던 부반장이 유심히 가정통신문을 들여다보았다.

야, 우리 반에 이 있는 사람, 설마 없제?

!!

톡 쏘는 듯한 부반장의 질문에 아람은 찔렸다. 뜨끔했다. 모른 척 고개를 돌렸다. 이제는 없으니까.

그렇게 사투했던 머릿니였는데 오랜만에 다시 머릿니라니…. 아람은 대체 왜 걸렸던 걸까 생각했다. 찬찬히 통신문을 읽어 내렸다.

청결…. 청결…. 청결….

청결이 문제였다. 한참 머릿니 소동이 일었을 때, 머리를 대충 감았고 몸도 손과 비누로 해치웠다. 뜨거운 물이 나오기 전, 찬물만 나왔으므로 후다닥 씻고 싶었기에 헐렁헐렁 씻었다. 게다가 개인의 것을 도둑맞는 것이 일상이라 목욕용품은 턱없이 부족했다. 샴푸가 없으면 비누로 감았고 비누도 없으면 물 혹은 린스로만 감았다. 쫄쫄 얇게 흐르는 물로 눈에 들어가는 거품을 참으며, 몸을 일으킬 때 수도꼭지에 등과 머리를 **좌악** 긁혀가며, **콱** 박아가면서. 게다가 드라이기도 없었다. 찬 겨울, 뚝뚝 흐르는 물방울을 대충 수건으로 닦았다. 그 상태로 밖을 나가면 물에 젖은 채, 고정되어 있는 머리카락들이 단단한 나뭇가지처럼 굳었다. 심지어 이불도 베개도 매트도 한 번도 세탁하지 않았다. 아람은 원인을 알아냈다. 청결이 문제였구나…. 그리고 생각했다. 머릿니가 점점 잠잠해진 이유가 **'청결'** 덕분이라고.

머릿니 이후, 대용량의 샴푸를 한 달에 한 번, 한 달간 사용할 용량의 샴푸를 각자 개인 통에 담아주고 햇빛이 드는 날이면 매트와 이불도 빨았으며 따듯한 물로 씻은 결과였다. 한 달에 한 번 주는 샴푸 역시 적었지만, 비누로 혹은 린스로만 씻는 것보다 나았다. 머리 길이에 따라, 개인이 아닌 보육교사의 판단하에 짜 넣어준 샴푸였다. 아람과 고운이 같이 사용하는 250mL 되는 통에는 1/2도 안 되는 양이 담겼다. 아껴 써야 했다. 아람과 고운은 조금씩, 조금씩 짜내어 한 달을, 다 써가는 샴푸에 물을 넣어 거품을 만들어 가며 사용했다.

67.

12월 25일. 보육원의 밤.

보육원에서 열리는 가장 큰 행사였다. 그만큼 보육원의 밤은 모두를 설레게 했다. 아람도 필수적으로 참여했다. 보육원의 밤은 저녁에 열리었다. 낮에는 후원단체와 여기저기 돌아다니다, 저녁을 먹고 보육원으로 돌아왔다. 무대는 식당이었다. 아람은 학년이 올라갈수록 무대에 오르기 싫었다. 필수 참여여도 선택이었으면 했다. 아니, 선택이었음에도 필참이었다. 무대 직전까지 매일 춤을 춰야 했고 감시하듯 검사받았다. 심심하면 심부름을 시키듯 멀리서 들려오는 부름에 개처럼 달려가 춤을 추었고 그게 어떤 장소든 그들은 반복적으로 불러댔다. 아람은 누구를 위해 움직이는지, 자신이 왜 이런 춤을 춰야 하는지 이해되지 않았다. 아람은 무대에 서서 즐거움을 주기보단 타인들이 주는 즐거움을 보는 것을 원했다.

크리스마스 행사는 고운의 왼팔이 누구를 탓할 것도 없이 없어지는 일이 되어가도 매년, 늘 열리었다. 고운은 아람과 체격이 비슷했다. 키만 고운이 더 컸을 뿐. 둘의 체격이 달라진 건, 고운의 왼팔 뼈가 부러졌을 때였다. 때는 크리스마스 무대를 준비하려 연습하던 중이었다. 연습은 저녁 공부 시간 중 언니 오빠들의 지휘·감독 하에 이뤄졌다. 자유인지 필수인지도 모를 그 공연은 반강제였다. 자연스레 초등학생들은 언니 오빠들이 정해준 노래와 춤으로 연습을 진행했고, 그들은 본인들이 하고 싶은 무대를 준비하였다.

12월 초부터 후원단체에서는 바쁘게 움직였다. 아동들이 좋아하는 다채로운 풍선으로 식당과 마당 곳곳을 꾸미고 나무들에는 반짝이는 조명을 입히며 다가오는 크리스마스를 반겼다. 누구에게나 기쁠, 혹은 누군가에게 기쁨을 줄 크리스마스를 위하여 늦은 저녁에도 일과는 계속되었다. 그 사이 원생들은 가지각색의 무대를 준비했다. 12월은 무대준비로 모두가 싫어하는 공부 시간도 단축될 뿐더러, 크리스마스의 외출은 언제나 설레었기에 한마음으로 기다렸다.

크리스마스가 점점 다가오고 있었다. 12월 24일은 이브이기에 후원단체와의 외출로 연습할 시간이 없어 그전까지 연습은 계속 이어졌다. 춤을 대충 추어서도 안 되었다. 매일매일 연습을 빠져서도 안 되었다. 감독하는 언니 오빠들이 만족해야 했다. 고운은 마음처럼 따라주지 않는 그 왼팔을 무리하게 움직였다. 언니들에게 혼나기 싫어서, 맞기 싫어서 언니들의 눈과 코, 입의 근육들에 집중했다. 미세한 얼굴 근육의 움직임도 고운은 혹여나 자신 때문일까 긴장 상태였다. 마지막 연습 날인 23일, 사고가 일어났다. 고운과 아람이 몇몇 동생들과 춤을 추고 있는데 왼팔을 돌리는 동작에서 '**빠각**' 소리가 났다. 아무래도 약한 왼팔이, 섬유종으로 덮인 그 왼팔이, 더 조심했어야 할 그 왼팔 뼈가 그만 부러졌다. 고운은 순간적인 통증에 주저앉았고 놀란 아람과 동생들이 다가가려는 때였다.

야. 일나라.[28] *개수작 부리지 마라.*

고운은 아픈 왼팔을 부여잡았다. 눈물이 핑 돌았다.

꾀병 부리지 마라. 안 일나나.[29] *시간 없다. 빨리 일나라.*

사실은 며칠째, 어쩌면 오래전부터 자신을 괴롭혀 오던 통증을 고운은 말하지 않았다. 꾀병이라며 혼날 거라는 두려움과 참으라는 명령이 자신을 더 위축시킬까 무서웠다. **앙** 입을 다물고 통증을

---

28 '일어나라.'의 사투리.
29 '안 일어나니.'의 사투리.

참으며 춤을 추자, 그만 뼈가 부러졌다. 고운은 눈물을 참으며 왼팔을 부여잡고 일어나려 했지만 극심한 통증에 다리가 일으켜지지 않았다. 그때였다. 그제야…. 보육교사가 고운에게 다가와 부축했다. 고운의 얼굴은 붉어졌다. 고운이 빠져나가고 연습은 계속 이어졌다. 여자부는 여자부대로, 남자부는 남자부대로 밤 10시까지 추고, 추고 또 추었다. 연습을 마치고 여자부로 올라가니 고운의 왼팔은 붕대로 감겨 있었다. 대충 감은 듯 헐렁해 보였고 고운은 불편해 보였다. 고운은 공부 시간이 남아 있다는 이유로 안정보다는 공부를 하고 있었다.

괜찮아?

연습을 마치고 올라온 아람이 물었다.

아파….

고운이 말했다. 참기 힘든 고통인 듯 인상을 찌푸렸다. 고운은 진통제 없이 헐겁게 감싼 하얀 붕대로 고통을 감내하고 있었다. 고운은 꼼짝없이 바닥에 앉아 작은 책상과 한 몸이 되었다. 모두가 흥겨운 노래에 춤을 추고 있을 때, 고운은 조용한 방 안에서 홀로 그 긴 시간을 보냈다. 고운의 팔 통증은 날이 갈수록 그들에게 잊혔다. 고운도 피해를 줄까 아프다고, 힘들다고 표현하지 못했다. 점점 더 심해지는 통증에도 희미한 웃음으로 괜찮다는 말만 할 뿐이었다. 고운은 알고 있었을까. 시간이 지날수록 고통과 자신의 미래가 비례한다는 것을. 원생과 그 보육교사, 원장은 알고 있을까. 자신들의 뒤늦은 대책으로 한 사람의 인생에 책임이 자신들에게도 있다는 것을.

12월 25일.

다음 날, 크리스마스가 찾아왔다. 아침부터 원생들은 들떠 있었다. 오전에는 놀이공원을, 낮에는 마술을 보고 오후에는 중식을 먹으며 긴 하루를 알차게 보냈다. 그렇게 후원단체들의 사랑에 보답할 때가 점점 다가오고 있었다. 늦은 저녁 8시부터 보육원의 밤이 이뤄졌다. 또래의 남녀 원생들을 사회자로 두고 이미 짜인 대본을 손에 들고서 찬찬히 사회를 이어갔다. 유치부부터 무대가 시작되었고 연이어 여자부와 남자부가 무대를 선보였다. 연령이 올라갈수록 무대는 자연스러웠다. 어린아이들은 인위적이고 고장 나 뚝딱대는 호두까기인형처럼, 실을 매단 목각인형처럼 삐걱삐걱 움직였다. 언니, 오빠들의 무대는 다양했다. 그 시절 유행했던 개그를 통해 무대를 선보이거나 열광했던 노래를 부르며 박수갈채를 받았다. 흘러가는 48시간 동안 고운의 통증은 저릿해졌고 남은 이들의 밤은 또 다른 설렘으로 찾아왔다. 보육원의 밤이 마무리되면 후원단체에서 준비한 선물을 받을 수 있었다. 과자가 한 보따리 든 간식 상자였다. 아이들은 환한 미소를 지으며 마치 금을 받듯 얼굴에 기쁨이 한가득했다. 반면, 고운은 몸만큼 큰 과자 상자를 안고 들뜬 발걸음으로 들어오는 원생들을 보다 눈을 거두었다. 부러움이 올라왔다. 그렇게 무대는 서기 싫었는데 아이들이 받아오는 간식을 보면 궁금하기도 했고 받고 싶기도 했다. 어쩌면 고운은 선물을 받기보다 받는 그 순간의 감정을 간직하고 싶었을지도 모른다. 원생들은 그런 고운을 두고 자신들의 간식 상자를 펼쳤다. 와르르 과자가 쏟아졌다. 껌과 다양한 맛의 캐러멜 그리고 고깔과자, 땅콩과자, 버섯과자 등…. 아이들은 저마다 싫어하고 좋아하는 과자를 교환하며 자신의 간식 상자를 다시 채웠다. 기뻐하는 원생들을 보며 고운은 그곳에 끼지 못했다.

다음 날인 26일. 고운이 왼팔을 치료하러 병원에 갔다.

너무 늦은 탓이었을까. 아파도 말하지 못한 대가인지, 너무 늦은 치료의 대가인지 그에 대한 대가는 혹독했다. 그에 대한 책임과 고통은 고운이 홀로 매일 겪고 있는 후유증임을 그들은 과연 알고 있을까.

68.

이미 부러진 팔은 되돌릴 수 없게 되었고 **뼈**는 틀어져 탈골되었다. 게다가 틀어진 **뼈**끼리 서로 달라붙어 부러진 **뼈**를 지탱하던 근육이 축 내려앉았다. 틀어진 **뼈**는 일상생활에 크게 영향을 미쳤다.

뼈가 겉으로 만져질 정도로 바깥에 붙었기에 조금만 손대도 통증이 따라왔다. 축 늘어진 근육을 받치는 조직들이 없어 팔꿈치까지 내려온 근육은 무겁게 자리 잡았다. 머리 위로 올릴 수 있었던 왼팔은 무게와 틀어진 뼈로 올리지도 못하게끔 했다. 오른팔의 지탱 없이는 왼팔을 올리지 못했다. 그것조차도 고운은 힘겹게 홀로 이 방법 저 방법 써가며 이뤘다. 안 그래도 무거운 왼팔은 오른팔이 들기에도 버거웠다. 고운은 왼팔의 반동을 통해 비틀거리며 오른팔로 왼팔을 들어 올렸다. 가녀린 몸이 휘청거렸다. 고운에게 평생의 목표 아니, 버킷리스트가 생겼다.

스스로 머리 묶어보기.

69.

누군가에게는 당연한 일상이 다른 누군가에게는 당연하지 않음에는 감사해야 할까, 위로해야 할까.

매번 보호대 착용으로, 수술의 이유로, 관리의 이유로 짧은 머리를 강요하던 보육원이었지만 머리가 어깨까지, 허리까지 올 자신을 생각하며 스스로를 달랬다. 반 묶음과 양 갈래, 한 묶음 등 다양한 머리 모양을 해보는 것이 소원이라던 고운은 늘 고무줄을 내밀었다. 그러곤 두 손으로 머리를 빗고 묶는 엄마와 미소, 아람을 보며 열등감을 느꼈다.

70.

그때부터였을까. 고운은 보호대를 착용했다.

처음 보호대를 찬 고운의 모습은 아파 보였다. 나무젓가락에 노란 고무줄을 몇 번이나 감은 듯 앙상하게 마른 **뼈**대에 철과 쇠로 보이는 보호대를 착용하고 있었다. 턱과 머리를 받치고 앞은 조임을 담당하는 **뼈**대가 보였다. 고운은 굉장히 불편해 보였다. 고운은 보호대를 착용하기를 싫어했지만, 막상 벗으면 중심을 잡을 수 없어 비틀거렸다. 게다가 다리에 힘이 들어가지 않아 양손으로, 앙상하게 마른 그 양손으로 주변을 잡고 부들부들 다리를 떨었다.[30] 넘어지지 않으려 어떻게든 버텼다. 그런 보호대를 고운은 여러 번 바꿨다. 성장하는 몸을 따라 바꿔야만 했다.

보호대가 끝이 아니었다. 아동센터 근처에 있는 노인재활전문병원에서 재활을 받았다. 고운은 재활을 하면서도 눈치를 보았다. 집이라고 할 수 없었던 보육원은 엄마가 아니었다. 어떤 단체 기관 같은 곳이었다. 자신도 모르는 자신의 행동이 보육원으로 전해질까 고운은 언제나 긴장한 듯 행동이 **뻣뻣**했다. 혹여 재활치료사가

---

[30] 보육원 언니들은 고운을 두고 2층 침대를 오르기를 반복시켰다. 무서워 우는 고운을 보며 위로보다는 강압하며 해낼 때까지.

보육원에 연락하여 그날의 일들을 말할까 두려웠고 그런 날은 보육원에 들어가기 쉽지 않았다. 웃어넘기며 무마되는 날들이 있었지만, 왠지 꽤씸했다. 일러바친 것만 같았다.

71.

보육원 원장은 처음부터 여자였던 건 아니었다. 남자가 원장이었던 때, 통금과 통제가 심했다. 본인이 정한 통금 시간을 지켜야 했으며 군대마냥 원생들이 군기가 있었다. 공부가 끝나면 모두 각 방 복도에 나이순으로 일렬로 서, 보육교사와 원장이 올라오기를 기다렸다. 우렁차고 굵직한 남성의 목소리가 여자부까지 울려 퍼지면, 설렁설렁 기다리고 있던 그들은 "온다. 온다." 하며 경직하게 서 있었다. 계단을 올라오는 소리와 긴장되는 심장 소리가 같은 속도로 맞춰질 때, 여자부 문이 열렸다. 밝게 켜진 복도 불 사이로 여자부는 벽에 선 채, 손·발톱을 내밀었다. 일주일에 한 번은 꼭 손·발톱 검사를 했으므로 그날은 밀린 숙제를 하듯 모두 옹기종기 모여 손·발톱을 다듬었다. 보육교사는 한 손에는 짐을, 다른 한 손에는 얇은 나무 회초리를 든 채, 차례대로 손·발톱을 검사했다. 작은 손톱이라도 남아 있으면 잠시 멈칫했지만, 언니들은 앙탈을 부리며 한 번만 봐달라며 애원했다. 원장은 텅 빈 복도를 거닐며, 열려 있는 창문을 통해 각 방의 침실 상태를 점검했고 흡족한 원장은 고개를 끄덕였다. 모든 검사를 마치고, 제일 연장자인 언니가 "차렷, 열중쉬어, 차렷!"을 외치면 원생들은 두 팔과 다리를 앞뒤와 오른쪽으로 움직였다. 그 언니의 "인사!"라는 말과 함께 여자부가 허리를 90도로 숙이고 "안녕히 주무세요."를 외치면 원장은 돌아섰다. 그 원장은 불같았다. 화르르 타오르다가도 금세 불씨가 꺼졌다. 자신의 화를 주체하지 못하면 한 사람의 잘못이더라도 그 부원들 전체를 엎드려뻗치게 했다. 원장의 언성이 높아지는 동안, 원생들은 피가 머리로 쏠렸고 목소리도 잠겼다. 누구 한 명이 조금이라도 중심을 잃어 도미노처럼 쓰러져도 재빨리 몸을 일으켰고 그 뒤는 무시무시한 체벌로 이어졌다. 원장의 손에는 늘 야구방망이가 들려 있었다. 남자부원들의 팔다리가 부들부들 떨림을 알 수 있었다. 긴장된 팔과 다리, 초조한 눈이 원장이 들고 있는 방망이를 보고 온몸에 땀이 주르륵 흘러내렸다. 원장은 한 명, 한 명 남자 원생들의 엉덩이를 방망이로 내리쳤다. 휘두르는 바람 소리와 맞는 소리는 비례했지만, 원생들의 목소리는 반비례했다. 쓰러진 원생은 맞자마자 곧바로 몸을 다시 일으켰고 더 어린 남자부원들의 작게 깨갱 하는 소리가 들렸다. 다음은 여자부 차례였다. 남자부원들 바로 앞에서 엎드려뻗치며 대기하고 있던 여자부도 긴장을 놓을 순 없었다. 손바닥과 발바닥은 땀으로 인해 지지하고 있는 팔과 다리가 미끄러웠지만, 남자부원들의 모습을 보고 넘어질 순 없었다. 여자부들은 알고 있었다. 남자부에 반해 여자부는 체벌이 약하다는 것을. 물론, 남자부들도 알고 있었다. 다만 억울하다고, 분하다고 말할 수 없었다. 원장은 남자부와는 다르게 방망이를 휘두르는 바람 소리도 없이 가볍게 통, 가뿐하게 통으로 끝냈다. 여자부도 마냥 좋을 순 없었다. 아픔을 참아가며 눈물을 머금는 오빠들과 더 어린 남자아이들을 보며 미안함에 고개를 들 수 없었다. 벌서는 장소는 넓은 식당이었기에 저녁 준비로 바삐 움직이는 보육교사들은 자신들의 원생들을 돌보지 못했다. 원장의 일어나라는 말에 원생들이 빠르게 움직였다. 남자부원들과 눈을 마주하는 것이 두려웠다. 피가 쏠린 탓인지, 눈물을 참은 탓인지 발갛게 상기된 얼굴을 마주 볼 수 없었다. 원생들은 서로 아무 말도 할 수 없었다. 매일 그들이 당면한 상황이었으며 이는 당연한 행위였다.

어쩌면 이어지고 있는 그들의 폭력은 어른의 행동을 보고 바로 습득하여 배운 아이들이 자라나, 그때의 자신보다 더 어린아이에게 한 행동이 아니었을까. 그건 아람 또한 마찬가지였다.

72.

이후 원장이 바뀌었다. 원장은 학교에 갈 때면 인사로 팔을 머리 위로 하트를 만들며 '사랑합니다.'를 말하다, 힘차게 팔을 올려 '정직'을 외치며 등교했던 때였다. 초등학생들의 머리 위로 만든 하트를 보며 만족한 원장과 다르게 원생들은 찌그러진 하트를 서둘러 내렸고, 힘찬 팔은 맥없이 흐느적거리며 움직였다. 등교 인사를 끝내고 계단을 내려가려던 찰나, 동갑이었던 운재의 치아가 흔들렸다. 꽤 오랜 시간 흔들린 듯 침과 치아가 맞닿는 소리가 들렸다. 그의 말을 듣고 사무실 앞에 우직하게 서 있던 이상준 보육교사[31]가 다시 사무실로 들어갔다. 펜치를 들고서 나오는 그의 모습에 공포가 엄습해 왔지만, 더 떨고 있던 이는 운재였다. 그의 체구가 운재를 가렸다. 그는 운재의 턱을 한 손으로 잡고 들어 올렸다. 운재의 고개가 뒤로 넘어가자, 그는 흔들리는 운재의 치아에 펜치를 대고 한 번에 뽑았다. 똑, 하는 소리가 긴장감이 감도는 마당을 채우자, 그는 아무렇지 않게 말했다.

학교 안 가나?

싸늘한 그의 말에 원생들은 눈치 보며 계단을 내려갔다.

아람은 바랐다. 소독하지 않은 펜치로, 전문가의 기술이 아닌 오직 힘으로 빼낸 치아의 자리가 부디 건강하게 자리 잡기를….

73.

보육원에는 정문과 후문이 있었다. 후문은 주차장이었고 주로 정문을 통해 오고 갈 수 있었는데 길이 세 갈래로 나뉘었다. 왼쪽으로는 식당과 유치부 방, 가운데 높은 계단을 올라가면 바로 사무실

---

31 바뀐 원장의 아들.

과 마당이, 오른쪽으로는 초코칩 쿠키[32] 같은 계단을 오르면 여자부와 남자부로 바로 들어갈 수 있었다.

어느 방학이었다. 조용하고 한적한 보육원[33]에 아람이 고운과 들어오는데, 아람의 방광에서 신호가 왔다. 조금만 더 올라가면, 초코칩 계단을 오르고 여자부 계단을 더 올라가 문을 열고 신발을 벗으면 바로 화장실에 들어갈 수 있었다. 아람은 조금씩 나오는 소변에 다리를 배배 꼬며 걸었다. 아람의 눈에 작은 화장실이 들어왔다. 사무실과 마당으로 이어지는 계단 밑의 공중화장실은 항상 그 자리를 지키고 있었다. 아람은 흔들렸다. 어른들이 절대로 사용하지 말라며 당부했기에 선뜻 들어갈 수 없었다. 시간이 지체될수록 아람은 더 참을 수 없었다. 다리가 춤을 추듯 이리저리 움직였다. 더 이상 고민하면 실수할 것 같았다. 몰래 후딱 처리하고 나오자는 생각이 스쳤다. 주말에 동생들과 오빠들이 놀 때, 몇 번 몰래 썼음에도 아무 일도 일어나지 않았던 것이 떠올랐다. 그들을 떠올리니 이상하게도 얼른 쓰면 안 들킬 것이라는 용기가 생겼다. 주변에 아무도 없는데도 괜히 주위를 살폈다. 동그랗고 오래된 문을 여니, 지린내가 코를 찔렀다.

어우…. 냄새….

---

32   주황색 포장지를 뜯으면 갈색 플라스틱 통에 일렬로 담긴 초코칩 쿠키가 계단 모양과 닮아 고운과 아람이 칭하는 이름.
33   아람과 고운은 원생들과 다른 학원을 다녔기에 빈 시간이 많았다.

냄새를 따질 때가 아니었다. 서둘러야 했다. 문제는 문이었다. 열 때는 괜찮던 문이 조심히, 조심히 살살 문을 닫아도 끼이익…. 찢어질 듯한 소리가 났다. **헉!** 큰 소리에 혹시나 하는 마음이 커져 문의 잠금장치까지 건드렸다. 오목하게 튀어나온 동그란 잠금장치를 꾸욱 누르니 달칵 소리가 들렸다. 이제야 안심이 된 아람은 볼일을 보고 아차 싶었다. 물을 내려야 하나? 물소리로 인해 들키면 어떡하지. 다시 걱정이 앞섰다. 더 이상 고민하다 시간을 지체할 수 없었다. 아람은 물을 내리지 않기로 했다. 그 화장실 문은 반으로 나누면 위의 1/2은 반투명했기에 옛날 시골 창문처럼 빛이 반사되어 사람의 형체가 드문드문 보였다. 아람은 1/2로 나뉜 창문 밑으로 허리를 숙이고 조용히 잠금을 풀었다. **달-아ㄹ칵**. 소리가 제법 크게 들릴수록 아람과 고운은 숨을 죽였다. 아람은 조심스럽게 문고리를 잡고 돌려보며 문을 밀었다.

? 문을 밀었다.

?? 다시 한번 문을 밀었다.

…안 열려…. 너무 녹슬어서 그런가….

아람이 뒤에서 숨죽이며 기다리고 있는 고운에게 말했다. 고운도 당황했다.

당겨야 하는 거 아냐?
우리 들어올 때, 당겼으니까 밀어야지.

그러면서도 아람은 문을 당겨보았다. 그럴수록 문은 더 굳게 닫혔다.

안 열려…. 어떡해….

사람이 올 때까지 기다릴 수밖에 없었다. 제발 그가 선생은 아니기를…. 누가 빨리 와주기를 바라며 아람은 문을 열려고 애썼다. 계속해서 문이 열리지 않자 지금 나가지 못하면 오늘 밤도 내일도 모레도 매일 그곳에서 지내야 할 것만 같았다. 그런 두려움이 아람을 덮치자, 아람은 몸으로 문을 열고 쾅쾅댔다. 문은 꼼짝도 하지 않았다. 그때였다. 갑자기 화장실 안으로 빛이 쏟아졌다.[34] 문이 열린 것이었다.

……

이성민 보육교사였다. 그는 웅장한 몸으로 아람의 앞에 서 있었다. 순식간에 햇빛이 가려졌다.

---

34   그 화장실은 불이 없었으므로 어두웠다. 굉장히. 밤인 줄.

!!!!!

누가 쓰래. 쓰지 말라고 했나, 안 했나.

그는 가라앉은 목소리로 아람을 내려다보며 말했다. 키가 굵은 나무 한 그루 차이가 났으므로 아람은 아무 대답을 할 수 없었다. 그때였다. 그의 두툼하고 굵은 손바닥이 아람의 옆머리로 향했다. 화장실은 좁았으며, 아람은 화장실 벽 바로 옆에 있었으므로 그 반동으로 반대쪽 머리도 벽에 부딪혔다. 순간, 눈물이 핑 돌았다. 그가 다시 물었다.

대답 안 하나. 쓰라 했나. 누가.
…아니요.

눈물에 젖어 목멘 목소리가 나자, 그는 한숨을 쉬며 가린 햇빛을 비켜주었다.

나가라. 빨리.

뒤에서 기다리고 있던 고운도 후다닥 아람의 뒤를 따랐다. 아람은 그제야 눈물을 흘릴 수 있었다. 몇 방울 흘러내리는 눈물 뒤로, 그는 쾅쾅대며 화장실을 봉인하듯 다시는 열지 못하게 열쇠로 굳게 닫았다.

74.

고운과 아람이 초등 고학년[35]이 되자, 미소가 있는 방으로 이동됐다. 그곳엔 미소, 미소와 동갑인 모란, 3살 언니인 나미가 생활하고 있었다. 각자 침대에서 생활하던 그들은 바닥에서 잠을 청했다. 어디서부터 시작된 건지…. 잠자리를 준비하는 것은 오로지 미소와 쌍둥이의 몫이었다. 치우는 것도 그들의 몫이었다. 함께 잔 이들은 당연하듯 어지럽히고 제 할 일을 했다. 저녁 공부를 마치면 자매는 청소를 하고 수건 같은 걸레로 방을 닦았다. 각자 지정된 그 자리에 침대에 가지런히 놓인 매트리스와 애정하는 베개를, 이불은 꼭 세로로 예쁘게 놓아야 했다. 조금이라도 매트나 베개가 삐뚤어져도, 이불이 가로로 되어서도 안 되었다. 그들이 방문을 활짝 열었을 때, 누가 봐도 깔끔해 보이는 이부자리가 되어야 했다. 누구는 그들이 오기 전에 혼나기가 무서워 서두르는데 다른 누구는 당연하다는 듯 대접받는 상황이 자연스러웠다.

청소 시에 닦는 걸레는 작은 걸레가 아니었다. 다 해진 수건으로 쓴 거라 물기를 짜는 데 애먹었다. 고운과 아람이 두 손으로 조물조물 물을 묻히고 짜려면 힘이 필요했다. 그들이 들어섰을 때, 바닥이 축축하면 안 되었기 때문에 완전히 짜야 했다. 수건 아니, 걸레를 길게 모으고 서로 양 끝을 잡아 다른 방향으로 돌리듯 쥐어짜

---

35   그래봤자 4학년이다.

면 물이 계속 쪼르륵 떨어졌다. 짜도, 짜도 계속 나왔다. 물기 어린 그 부분을 배배 꼬아 물을 짜도 주르륵 흘러내렸다. 게다가 고운은 팔 힘이 약했기에 더 많은 힘이 필요했고 아람의 힘에 이기지 못해 자꾸 휘청거렸다. 이러한 생활이 반복되자, 아람은 짜증이 솟구쳤다. 하기 싫은 거, 어쩌면 다 같이 해야 하는 일을 특정한 사람들이 한다는 짜증이 고운에게로 향했다. 괜히 걸레 물을 짤 때 속도를 맞추지 않고 성급하게 짠다거나 일부로 고운을 휘청거리게 하며 배려 없이 행동했다. 자칫 잘못하면 바닥의 물기로 인해 넘어질 수 있는 상황이었고, 손목이 뒤틀려 뼈가 부러지거나 금이 갈 수도 있는 상황이었다. 고운은 아람이 그럴 때마다 받아들였다. 이유 없는 상대방의 짜증을 고운은 늘 말없이 마음에 담아두었다. 돌아오는 대답이 상처여서 나서지 않았다. 고운의 그러한 행동은 점점 당연한 행동이 되었고 잠시라도, 아주 조금이라도 반항을 보이면 누구든지 그런 고운을 향해 화살을 날렸다. 고운은 그런 화살을 맞을 때마다 더 깊숙이, 더 빠르게 자신의 행동을 정당화시켰다. 타인을 위한 행동이라고, 아무도 달라지지 않으면 차라리 본인이 상처를 받는 게 더 낫다며 매일 그렇게 자신을 다독였다.

75.

그런 고운과 아람에겐 앞방에서의 생활은 그다지 즐겁지 않았다. 자의보다 타의에 가까웠고 익숙해지면 어느 순간, 스스로의 선택도 자신의 감정도 점점 없어졌다. 밤이 되면 모란은 혼자 화장실에 가는 것을 무서워했다. 처음엔 왼쪽에 자고 있던 미소를 깨우다가 싫증을 내니, 오른쪽에 자고 있던 아람을 깨우고 아람이 잘 일어나지 않자, 아람 옆에 자고 있는 고운을 깨웠다. 고운에게 미안하지만…. 솔직히 깨우는 소리가 들렸는데 모르는 척했다.

고운은 미소처럼, 아람처럼 그럴 수 없었다. 혼자 중얼거리는 말들이 찔렸고 혹여 손이 날아올까 두려웠다. 고운은 자신의 의지를 꺾으며 그녀의 부름에 매일 일어났다. 그뿐만이 아니었다. 모란은 모란이었다. 올 때, 메로나처럼 그녀는 고운에게 자신의 칫솔에 치약 짜는 것까지 부탁했다.[36] 단순한 일이 아니었다. 자신의 시간에 맞춰서, 칫솔에는 물을 묻히지 않고, 치약의 양은 적당히 짜고 그녀에게, 그녀의 손에 쥐기 편하도록 **꼭** 꽈악 쥐여줘야 했다. 그녀는 기분에 따라 행동이 달랐기에 매일이 긴장의 연속이었다.

76.

보육원은 보일러 나오는 시간이 정해져 있었다.
모란은 커다란 빨간 다라이에, 뜨거운 물을 받아놓으라 일렀다. 찬물을 질색하는 모란은 막 따듯한 물이 나올 시간에 씻는 두 아이

---

36 당연, 메로나도 시켰다.

에게 부탁했다. 쌍둥이는 맞기 싫었다. 언제나 그들의 주변엔 물건들이 있었다. 언제든지 무엇이든 집어 던질 수 있는 무기들이었다. 화장실엔 샤워기가 2개 있어 고운과 아람이 하나씩 맡아 따신 물이 나오길 기다렸다. …? 나올 듯 안 나올 듯, 손을 대면 따듯한데 몸에 대면 차가워 이걸 받아야 하나? 고민되었다.

아! 받았는데 식었다 할까? 아니면 안 나온다고 해?

아람이 잔머리를 굴렸다.

전에 안 나왔다고 하니까 거짓말하지 말라던데. 남자부에선 잘만 나왔다고….

고운이 걱정스럽게 답했다. 그녀의 반응을 예상할 수 없었다. 안 받는 것보단 낫겠지…. 생각하며 고운과 아람은 미지근한 물을 받기로 했다. 아주 잠시 나온 건지, 가열되다가 연결이 끊어지면서 물이 끊긴 건지 큰 양동이에는 절반도 받아지지 않았다. 걱정은 되었지만 달리 해결할 수 없었다.

아! 우리도 씻어야 하잖아!!

그제야 고운과 아람은 자신들이 떠올랐다.
자신의 몸보다 타인의 몸을 먼저 챙기느라 그만 잊고 있었다. 이미 따듯한 물은 끊겼고 더 나오지 않았다. 고운과 아람은 찬물로 샤워를 했다. 찬 바람이 불던 겨울, 고드름처럼 차갑고 따가웠던 두피의 아찔함이 그대로 전해졌다.

걱정 중, 다행인 것이 열에 다섯 정도는 그래~ 하면서 넘겼다는 것이었다.[37] 그럴 때면 걱정이 앞섰던 두 아이의 마음이 풀어졌지만 옥죄어 오던 불안은 더 엉켰다.

77.

모란은 자신의 기분에 따라 석연치 않으면 미소를, 고운을, 아람을 무시했다. 세 자매의 **능력**을, **존재**를, **인격**을.

> 니들은 다 장애가. 한 명은 배 장애, 한 명은 팔 장애, 한 명은 눈 장애.[38]

모란이 툭, 내뱉자 마음에 툭! 안착했다. 굴러들어 온 돌마냥 아무런 도움이 되지 않듯 무시하고 하대하며 멸시하는 모란과 그들이었다.

---

37 안 씻으니까….
38 순서대로 미소(보육원에서 검사를 받은 적이 있었던지, 배 쪽으로 문제가 있다고 말했었다) 고운, 아람(사시).

78.

 아람과 고운은 학년이 오를수록 밥 먹기가 힘들었다. 맛도 양도 입에 맞지 않았을뿐더러 남기기란 없었다. 더구나 늦게 먹으면 아이들이 싫어하는 반찬을 더 주거나 매를 맞았다. 오로지 늦게 먹는다는 이유 하나로. 손바닥과 발바닥이 발갛게 올라도 입안의 것을 자신들이 정한 시간에 삼키지 못하면 또 맞았다. 유치부들은 울었고 아람과 고운은 그러지 못했다.

 하…. 차라리 맞고 남길래.

 음식이 목으로 쉽게 들어가지 않았다. 위에서 거부했고 혀는 음식을 입 밖으로 내보내려 계속 밀었다. 매를 맞는 것이 더 마음이 편할 것 같았다. 하지만 그렇게 쉽게 보내줄 사람들이 아니었다. 어떤 날은 마치 즐기는 듯 보였다. 재밌는 걸 보듯, 흥겨운 듯, 흥미로운 듯 상황을 더 부추겼다. 음식을 맛볼 겨를이 없었다. 고운과 아람은 입안에 음식이 있음에도 꾸역꾸역 욱여넣었다. 입안은 음식물로 가득 찼고 목구멍에선 막힘이 느껴졌다. 입이 움직여지지 않았다. 치아가 음식을 씹지 못했다. 입술 끝에선 침과 섞인 음식물이 흘러내렸다. 어떻게든 입안의 것을 씹고 넘겨야 했다. 목구멍 가까이에 있는 것부터 조심스럽게 삼켰다. 공간이 생길수록 꽉 막힌 대중교통처럼 순식간에 다른 음식이 자리를 차지했다. 입이 움직였다. 치아로 천천히 음식을 씹었다. 음식물이 턱 끝으로 더 흘러내렸다. 볼 안이 따가웠다. 얼른 음식을 삼키고 물로 입안을 헹구고 싶었다. 음식을 삼키는 것이 다가 아니었다. 꿀꺽, 다 삼킨 음식물을, 입안에 아무것도 없음을 보육교사에게 보여주는 것이 끝이었다.[39]

79.

엄마께서는 세 자매가 보육원에 있을 때, 편지를 자주 보내주셨다. 세 자매도 보답이라도 하듯 예쁜 편지지[40]에 덕지덕지 스티커를 붙여 보내곤 했는데 엄마의 편지를 읽어보면 무엇인가 기다리는 것 같았다. 자신이 보낸 편지지를, 보육원으로 보낸 간식을, 엄마에게 수리를 맡겼던 고장 난 닌텐도의 근황을, 새로운 게임을 해보라며 보내준 닌텐도 칩이 어땠는지 생생하게 담긴 편지를 기다린 모양이었다. 엄마는 답답할 뿐이었다. 세 자매는 알 길이 없었다. 엄마가 보낸 간식과 수리한 닌텐도와 새로운 칩, 편지지를 받은 적이 없었기 때문이었다.

---

39 음식을 삼키지 않고 입안에 머금고 있다가 화장실에서 뱉었던 일이 들통났기 때문이다.
40 저렴한 문방구에서 구매한 편지지로 여러 장의 다양한 디자인의 편지지가 수록되었다.

80.

추석, 설날과 같은 휴일엔 언제나 엄마와 함께였다. 부산에서 동대구를 달리고 엄마의 고향까지 다시 버스를 타고 시골로 내려갔다. 오후에 엄마를 만나면 밤 11시가 다 되어서야 경북에 위치한 시골까지 갈 수 있었다. 엄마와 함께 타는 기차는 즐거웠다. 역 안에서 먹는 패스트푸드와 구슬 아이스크림, 기차 안에서 먹는 음식과 간식 차는 설렘으로 기다려졌다. 네 사람이 마주 볼 수 있게 의자를 돌리면 서로 발장난을 칠 수 있었다. 누가 엄마 옆에 앉느냐, 앞에 앉느냐, 창문 자리는 누가 앉느냐며 아웅다웅할 때면 다시 부산으로 돌아가는 날, 반대로 앉자며 합의를 보곤 했다. 기차를 타면 설레는 부분이 또 있었다. 바로 간식 차였는데 뭘 사달라고 말하지도 못하면서 간식 차가 오기만을 기다렸고 괜히 엄마가 먼저 "이거 먹을래?" 물으면 괜찮다는 답변이 오더라도 사 주길 바랐다. 간식 차는 생각보다 늦게 찾아왔다. 엄마는 피곤했는지 뜬눈으로 세 자매의 먹는 모습, 조잘대는 모습을 보다 눈을 감으셨다. 자는 엄마를 보며 장난을 치면 엄마는 어떻게 알고 웃으셨다. 그러곤 한결같이 말했다.

간식 차 오면 엄마 깨워.

신기하게도 그 말을 하면 5분도 안 돼서 간식 차가 들어왔다. 세 자매는 다가오는 간식 차와 엄마를 번갈아 보았다. 드르륵 끄는 소리에 엄마가 깨기를 기다리면서.

 엄마를 깨울 수 없었다. 피곤해 보였고 이것저것 사달라며 애원하는 세 자매도 아니었다. 엄마가 먼저 눈을 떠, 묻길 바라던 세 자매였다. 간식 차는 매번 그렇게 떠났다. 아쉬움을 뒤로한 채, 그러면서도 안심한 채로.

 휴…. 돈 아꼈다….

 조금이라도 아끼면, '나'로부터 절약이 되면 보육원에서 좀 더 빨리 나갈 수 있을 거란 믿음에 엄마를 깨우지 않았던 세 자매는 자는 엄마를 깨우면 안 되었다. 엄만, 간식 차가 다음 호차로 넘어가면 부스스 눈을 떴다.

 간식 차는? 갔어?

 눈뜨자마자 하는 말이었다.

 응. 엄마 자고 있어서 안 깨웠어.
 그래도 엄마 깨우지. 사 주려고 기다리고 있었는데….
 아니야. 엄마 더 자. 피곤하잖아.

 엄마는 매번 간식 차가 오기 전에 잠들다 지나가면 눈을 떴다. 같은 말과 같은 대답을 내뱉으며 아쉬움을 숨겼다. 기차를 타기 전에 먹었던 패스트푸드와 구슬 아이스크림으로 위안 삼으며 음식의 맛을 상상에 맡겼다. 동시에 스스로를 위안했다. 돈…. 더 안 썼으니 됐다며.

81.

부산에서 동대구역까지 달리는 시간은 긴 시간이 걸렸다. 서로 장난을 치다 잠이 들고 또 눈을 뜨면 어느새 해가 져, 창밖이 어두웠다. 무엇보다 기차 안이 조용했다. 꽉 차던 승객들이 저마다의 역할을 위해 정해진 장소에 내렸다.

세 자매는 엄마와 동대구역에서 내려 버스를 타고 엄마 고향까지 달렸다. 깜깜해진 길을 엄마 손을 잡고 걸으면 아무도 다니지 않는 길이 나왔다. 그때부터 소의 응가 냄새가 코를 찔렀다.

으악…. 엄마, 똥 냄새 나.

아람이 코를 막으며 말했다.

똥 냄새 나? 소 키워서 그래. 비 오니까 더 나지.
아~ 그럼 소똥 냄새야?

아니~ 그건 아니고, 거름이라고 소 대변으로….

소 응가 냄새를 맡으며, 엄마와 이야기를 나누며 걷다보니 집 한 채가 보였다. 가로로 긴 집에 높이가 낮은, 마당에는 하얀 개 한 마리가 꼬리를 흔들며 짖는 집. 시멘트로 만든 한 칸 계단엔 진흙이 묻은 하얀 고무신 두 켤레와 그 옆으로 친척들의 알록달록한 신들이 정리되어 있었다. 드르륵대며 덜컹거리는, 바람 한 올 막아주지 않는 문을 열면 연탄으로 땐 따듯한 온기가 그들을 감쌌고 그 바닥에 앉아 있는 할아버지, 할머니가 반겨주셨다. 시골집은 방이 3개였다. 큰방은 할머니, 할아버지 방으로 같이 식사하는 곳, 다른 방은 주방, 또 다른 방은 큰삼촌 방이었다. 할아버지, 할머니 방은 쉽게 들어가지 않았다. 저학년에서 고학년으로 올라갈수록 더더욱 그랬다. 어린 나이에는 옆에 앉아 텔레비전도 보고 방 안에 있는 빨간 집 전화기로 장난을 치면 할아버지께서는 시골 전화번호를 알려주셨다.

054 - 995 - 0035[41]
할아버지가 보고 싶으면 여기로 전화해. 알았지?

할아버지의 가라앉은 듯 얇은 잠긴 목소리.
이제는 들을 수 없는 목소리.

---

41 당시 핸드폰 없어 연락을 하지 못했고, 핸드폰이 생긴 13살 무렵엔 번호를 저장은 했지만 연락하지 못했다. 엄마와 친척과의 관계가 좋지 않기 때문에 쉽게 전화하기란 어려웠다.

큰삼촌 방은 신기한 게 많았다. 뒤로 똥똥한 작은 텔레비전부터 안경 쓴 하얀 곰돌이와 향수, 로션들…. 이건 뭐지? 저건 뭐지? 이리저리 만지면 큰삼촌은 늘 소리쳤다.

하아람! 신기해?!

큰삼촌은 목소리가 컸다. 버럭이랄까. 화가 나 보이진 않았으나 말이 없으면 화나 보였다. 처음 큰소리를 들었을 땐, 겁나서 무서웠지만 들을수록 재미졌다. 뭐랄까…. 장난기가 숨어 있는 목소리였달까…?

아람은 탁상 위에 올려진 왁스인지 향수인지를 손에 뿌렸다. 향기로운 익숙한 향이 스멀스멀 올라왔다. 아람은 그 손을 머리에 갖다 댔다. 좋은 향이니 이리저리 묻히면 더 향기롭겠지 생각한 아람이었다. …응? 머리와 손바닥이 맞닿으니 기름지면서 머리칼이 떡지듯 뭉쳐졌다. 아람은 향수가 다 그런 건가 보다 하며 텔레비전을 보고 있는 엄마 옆에 앉았다.

어린이는 조용하면 사고 치는 중이라더니, 맞는 말인가 보다.

아람이 엄마 옆에 앉자, 엄마는 냄새를 킁킁 맡았다.

아람이, 혹시 삼촌 거 발랐어?

엄마가 아람을 바라보며 물었다.

어? 응…. 저기 향순가? 궁금해서 손에 발라봤는데?

아람이 얼버무리듯 답했다.

으흐흐흫. 그랬어? 그거 남자 향순데. 좋아?
아, 그래? 헤헿…. 머리에 묻혔더니 이렇게 굳어졌어.

엄마가 아람의 굳어진 머리칼을 자신의 코에 가져다 대며 말했다.

왁스네. 향수 아니고.
왁스? 왁스가 뭐야?
남자들 머리 멋 내는 거. 그걸로 막 머리 올리고 하잖아.
아~~ 그래?

아람은 굳어진 자신의 머리칼을 다시 코에 가져다 댔다. 특유의 남자 향이 다시 코를 찌르자, 처음 맡았던 기분 좋은 향보다는 남자의 향이 번져 살짝 인상이 구겨졌다. 아람이 멋쩍게 웃자, 엄마도 향이 진하게 난다며 재밌었냐고 개구지게 웃으셨다.

잘 시간이 되었다. 화장실이 따로 없었기에 주방에 같이 있는 방(?)이 있었다. 음…. 은색으로 되어 있는 문과 상반신은 모자이크처럼 사람의 형체가 어렴풋이 보이는 유리문이었다. 동그란 손잡이를 열면 회색의 시멘트로 된 바닥이 나왔다. 겨울이 되면 겨울 바다처럼 엄청 찼다.

아! 차가.

그곳은 불이 들어오지 않아 어두웠고 찬물만 나와서 따듯하게 데운 물로 씻어야 했다. 아무리 따듯한 물을 들이부어도 시멘트 바닥은 쉽게 따듯해지지 않아, 발은 엄청 차다 못해 시렸다.

으으으으…. 추워. 엄마.

씻는 내내 춥다는 말과 춥다는 말만이 오갔다. 엄마는 세 자매가 감기에 걸리지 않도록 최대한 빠른 속도로 씻기고는 자신을 씻었다. 시골은 보일러가 따로 없어서 연탄으로 방을 데워 보송하게 씻고 나오면 찜질방보다 더 뜨거운 방에 열기가 올라왔다. 얼마나 뜨거웠는지 큰삼촌 방 어느 구석에는 새까맣게 탄 흔적이 고스란히 남겨져 있을 정도였다. 그 위치는 어느 위치보다 따듯했으며 자고 일어나면 땀이 나도록 뜨거웠다.

할아버지, 할머니 방에는 벽에 작은 다락이 있었다. 잉? 공중에 문이 있는 것도 신기한데 그 문을 열면 작은 방처럼 공간이 있는 건 아람과 고운에게 마법이었다.

고운아, 일로 와봐.

아람은 고운에게 손짓했다. 신기한 걸 발견한 듯, 호기심 가득 담긴 눈은 고운을 이끌었다.

이것 봐. 여기 문 있어.

아람은 열던 문을 다시 닫고 열기를 반복했다.

어? 우와. 벽에 어떻게 문이 있어?

고운이 신기하다는 듯 다락을 둘러보았다.

오와…. 우와…. 짱 신기해.
그지! 우리 들어가 볼래?

아람이 호기심 어린 눈빛을 날렸다.

들어가져?
높이가 있어서 어렵겠지??

고운과 아람은 서로를 마주 보며 킥킥 웃어댔다.

시골의 화장실은 무서웠다. 어릴 적엔 메마른 가지만이 남아 있는 낙엽 뒤에 숨어 보곤 했는데 겨울이라 바람이 찼다. 더 커서는 구석진 곳에 좌변기가 있었다. 하얀 유리로 된 좌변기가 아니라…. 나무로 만든 공간에 가운데는 뻑! 하니 뚫려, 그 양옆으로 널따란 나무판자로 발판이 고정된 화장실…. 소변볼 때에도, 대변볼 때에도 부들부들 다리가 떨렸다. 뻥 뚫린 작고 기다란 직사각형 안을 들여다보면 가지각색의 대변과 반짝거리던 용변들 속에 **쑥!** 하고 빠질까 긴장되었다. 가끔 오래 앉아 있어 다리가 아파 살짝 움찔거리면 고정 발판이 움직여 얼마나 철렁했는지…. 당시 변비라 화장실에 긴 시간 있었는데, 너무 오래 돌아오지 않아 엄마께서는 빠졌다고 생각하실 정도였다.[42]

82.

추석을 시골에서 보내고, 친척들과 헤어지는 날이었다.

할아버지 할머니께 인사를 드리고 시골을 나오는데, 자꾸 할아버지께서 엄마에게 만 원권 몇 장을 네모나게 접어 보태라며 주려는 것이었다. 엄마는 그런 아버지의 돈을 거절하셨다. 괜찮다고 아버지 쓰라며, 정말 괜찮다고. 거절하는 엄마에게 버선발로 나오시며 계속 주려는 할아버지와 엄마는 아웅다웅했다.

---

42 ?? 왜 구하러 안 와!!!

괜찮아요. 아버지. 아버지 써요~ 괜찮아요.

그렇게 할아버지와 거리가 멀어졌다. 그런 아버지를 보내고 엄마는 아람과 고운의 손을 잡았다. 할아버지는 다시 시골로, 엄마와 세 자매는 정류장으로 향했다. 모녀는 정류장에 도착하여 전광판 없이 유리벽에 붙은 갈색으로 바래진 시간표를 보며 버스를 기다리고 있었다.

…?

저 멀리서 익숙한 옷차림과 발걸음이 보였다. 옷부터 신발까지 하얀 할아버지였다. 할아버지께서는 허리를 꼬부랑거리시며 놓칠세라 잰걸음으로 엄마와 세 자매를 쫓았다.

어? 할아버지다!
어디? 왜?

모두 할아버지에게로 시선이 쏠렸다.

아버지! 왜 마중 나와요…. 추운데~
아니. 애들 맛있는 거 사 맥이라고. 으잉?

할아버지께서는 엄마가 거절한 만 원권을 손에 쥐여주셨다.

괜찮은데…. 아부지…! 이거 주려고 나오신 거예요?
이잉. 어여 가. 건강 조심허고.

할아버지께서는 그제야 마음이 놓인 듯 다시 길을 돌아 걸으셨다. 뚜벅뚜벅.

83.

보육원을 나오고 근 4여 년이 지났을까. 아람이 서류를 떼는 과정에서 할아버지가 **'사망'**했다는 사실을 알게 되었다.

야, 할아버지 돌아가셨어?

아람이 고운을 불러 세웠다.

어? 갑자기? 왜?
여기. 할아버지 '사망'….

아람이 고운에게 서류를 보여주었다.

어엉??

고운은 놀란 토끼 눈을 하며 아람을 바라보았다. 무소식은 희소식이 아니었다. 곧바로 엄마가 떠올랐다. 끊어진 연락을 이어야 하는지 그곳에 있는 엄마께 언제 알려야 할지 막막했다. 고민 끝에 고운과 아람은 이 사실을 나중으로 미뤘다. 엄마가 '돈'으로 인해 벌인 사정과 이를 알게 된 친척들이 연락하지 않은 이유는 왠지 모르게 이해가 되었다. 1년 후, 엄마께서 교도소를 나오고 보름이 지났을까. 고운과 아람은 서로 눈빛교환 후, 아람이 입을 열었다. 더는 숨길 수 없었으니까.

최대한 아무렇지 않게, 아무렇지도 않게, 아무 일도 아니라는 듯이.

엄마, 있잖아. 혹시 할아버지 돌아가셨어?
…어? 뭐라고?

엄마께서는 눈을 동그랗게 뜨고 다시 물으셨다.

아니, 우리 필요한 서류 있어서 떼는데 여기에 사망이라 적혀 있어서.
어디? 서류 줘봐.

아람은 엄마에게 서류를 건넸다. 눈을 다시 떠도, 비벼도, 다음 날 봐도 아주 선명한 명조체로 **'사망'**이라고 쓰여 있었다.

…아후.

엄마는 복잡한 숨을 내뱉었다.

와…. 진짜…. 진짜…. 너무하다….
어떻게…. 아버지가 돌아가셨는데 연락 하나 없냐….
어떻게 그래. 아무리 내가 미워도…. 내가 딸인데…. 내 아버진데…. 아버지 장례식인데…. 아무도 연락을 안 하냐…. 오와….

엄마께서는 한탄하셨다. 할 말이 없는 듯, 어안이 벙벙하듯 계속 같은 말을 반복했다. 그러다 자신에게로 탓을 돌렸다. 자신의 삶으로.

84.

엄마께서는 어린 시절, 불우했다. 다니던 국민학교는 남동생들이 다녔고, 할아버지께서는 술만 마시면 폭력을 해댔다. 그런 엄마를 지키는 이는 없었다. 유일하게 할머니의 어머니인 엄마의 할머니만이 따뜻하게 어루만졌다. 힘든 일도, 슬픈 일도, 기쁜 일도 함께였고 남동생들 몰래 용돈을 주며 엄마를 위로했다. 그런 할머니가 돌아가시자, 엄마의 아버지는 술을 마셔댔다. 엄마의 보호막이 깨졌다. 엄마는 할아버지의 큰소리와 날아오는 손과 물건들을 저항

없이 맞았다. 엄마는 울지 못했으며 점점 메말랐다. 그렇게 엄마는 중학생이 되자마자 집을 나왔다.

엄만, 제일 편안하고 안심해야 했던 집을 나와 더 춥고 차가운 사회에 일찍이 나섰다. 10대의 사회 첫걸음은 쉬운 것이 아니었다. 집보다 더 위험했으며 무서웠으나, 집을 떠올리면 한숨부터 나와 사회에 발걸음을 내딛는 수밖에 없었다.

집을 나온 엄마는 급히 일을 구해야 했다. 단기간에 많은 돈을 벌 수 있는 곳.

공장

공장에서 엄만 막내였다. 막내란, '막'노동은 '내' 것이었다. 모든 것은 엄마 몫이었다. 잡일도 엄마 것이었다. 엄마는 감내해야 했다. 술만 마시면 때려대는 집엔 들어가기 싫었다. 무서웠다. 갑갑했다. 엄마는 강해야만 했다. 독해야만 했다. 자신의 미래를 생각하며 묵묵히 꾹 참아야 했다. 누가 뭐래도 삿대질해도 막 굴려도 엄만 참았다. 억울해도 말없이 들었고 분해도 말없이 받들었다. 참으면 되는 줄 알았다. 자신만 참으면 살아지는 줄 알았다. 그렇게 엄마는 20대가 되고 자아 없는 30대가 되었다.

30대. 엄마 주변인들은 모두 결혼을 하고 아기를 낳았다. 아기가 어느덧 4~5살이 되던 해, 엄마는 급하게 소개를 받고 결혼까지 나아갔다. 주변의 조바심이었다. 지금의 아빠를 만나, 마치 속전속결로 모든 게 진행되었다. 서로를 알아가기에는 부족했던 탓일까. 결혼 후, 어느 순간 많이 다퉜다. 고래고래 소리를 지르며 또 아무 말 못 하는 엄마. 그런 엄마가 답답한 아빠. 그 상황을 지켜보는 세 자매. 싸움의 원인은 알 수 없다. 예측할 뿐이다. 엄마의 '돈' 문제가 아니었을까. 그로 인해 모든 것을 뒤늦게 알게 된 아빠가 자신의 직장에 몇 번이나 찾아온 그들이 수상하여 캐낸 모든 조각들이 맞춰진 것이 아닐까. 그에 대한 결과가 **이혼**이었다.

엄마의 시간이 흐르는 동안, 남동생들도 저마다의 길을 찾았다. 엄마의 집은 엄마를 찾지 않았다. 그저 학교를 잘 다니고 있는 막내만이 보였다. 엄마의 집은 막내에게 기대기 시작했다.

85.

아람과 고운은 엄마의 바람이었다. 미소를 출산하고 엄마는 외동이니 동생이 있길 바랐다. 엄마는 아빠에게 한 명만 더 낳자고, 혼자라 외롭지 않게 딱 한 명만 더 낳아보자고 간절히 말했다. 반면 아빠는 미소로 충분하다고, 미소면 됐다고, 외동이니 미소에게 온 신경을 쓸 수 있으니 됐다고 생각했다.[43] 그럼에도 고운과 아람이 세상의 빛을 보게 된 것은 엄마의 반복된 부탁이었다.

86.

이모는 미소를 낳을 때도, 쌍둥이를 낳을 때도, 산후조리까지 모두 엄마가 관리했다며 언성을 높였다. 미역국도 먹지 못했고 뭘 먹어도 구토로 인해 모유도 나오지 않았다. 30kg까지 몸무게가 빠졌음에도 집안일과 육아까지 도맡아 했다. 이모는 아빠께서 엄마가 힘들 때, 보이지도 않고 엄마를 보러 오지도 않았다며 세 자매를 볼 때마다 아빠를 원망했다. 엄마가 있는 자리에서도 이모의 험담은 끝이 없었으며 엄만 말없이 듣기만 할 뿐이었다.

아람은 생각했다. 정말 그랬을까.

87.

말이 안 맞았다. 만약, 결혼 전부터 이모를 알고 있었고 그때부터 '돈'과 어떤 문제를 일으켰다면 미소도 부담이 아니었을까 하는 생

---

43   아람이 생각하기에는 미소도 '신경섬유종'이 있었기에 다음 세대까지 이어지기 싫었던 건 아니었을지 추측해 본다.

각이 들었다. 알지 못했던 엄마의 모습을 아빠가 눈치챘더라면 아빠의 행동이 이해되었다. 단순히 돈을 벌려는 것보단 돈을 갚으려는 아빠의 생존법이었다면, 찾아오지 않을 법도 했다. 결혼 후부터가 아니라 결혼 전부터 엄마나 이모가 빌렸던 돈을 아빠로부터 찾아온 것이라면 아빠께서는 생각보다 오래전부터 홀로 빚을 갚은 건 아니었을까.

어느 날, 엄마께서 말씀하셨다. 쌍둥이를 낳기 전 두 번의 유산이 있었다고. 그럼에도 아이를 더 낳고 싶어 품은 것이 바로 쌍둥이라고. 더구나 병원에서도 의사가 2명 중, 한 명은 포기해야 한다며 산모가 위험하다고 강하게 말했다. 엄마는 쌍둥이를 놓을 수 없었다. 다시 자신에게 찾아온 2명의 생명에 날카로운 기구를 가져다 댈 때, 모니터를 통해 보이는 작은 아기집들이 도망 다니기 바빴다. 살아가려고 아등바등 움직이는 점들이 엄마는 힘들어도 살라며 자신들을 세상에 비추라며 말하는 것만 같았다. 결국, 엄마는 제왕절개를 통해 두 명의 생명을 품에 안겼다.

아람의 생각이 바뀌었다. 아빠는 쌍둥이를 **원하지 않은 것**이 아니었다. 아람은 아빠가 반복되는 유산의 어려움으로 첫째 미소로 끝내고 싶어 하셨던 건 아닌지, 엄마의 섬유종과 자신의 직업이 유산에 영향을 끼쳤을 수도 있겠다는 죄책감이 들었던 건 아니었을까 하는 생각이 들었다.

아빠의 직업은 매일 하루도 빠짐없이 일산화탄소와 화학물질을 마주해야 했을 테니까.

88.

엄마는 공장을 시작으로 세 자매를 보육원에 보내고 점차 김밥천국과 감자탕집을 넘어 부업까지 하며 수입을 늘려갔다. 세월 탓일까, 삶 탓일까. 처음 엄마를 보았던 때 강하거나 독했던 엄만 보이지 않았다. 약하고 쉬운, 연약한 힘만이 겨우 붙잡아 살게 하는 듯 위태로워 보였다. 세 자매를 보며, 세 자매의 웃음을 생각하며, 언젠가 세 자매와 엄마가 꿈꾸는 평범한 가정을 떠올리며 끊어지려는 가는 동아줄을 겨우 붙잡는 듯 보였다.

89.

제대로 된 거처 없이 방황하며 지내던 엄마가 벌었던 돈들은 보육원을 나가기 위한 눈물이었을까, 돈을 벌어 이모와 벌이기 위한 수단이었을까, 빚을 갚기 위한 애원이었을까.

90.

 시골에 가지 않은지 한참이 흘렀다. 어느샌가 엄만 세 자매와 시골에 내려가지 않았다. 원인도 모른 채. 그러려니 분위기를 보고서 '아…. 그렇구나.' 고개를 끄덕였다. 세 자매도 시골이 마냥 편한 것만은 아니었다. 술을 마시면 얼굴이 붉어져 같은 말을 반복하는 할아버지와 마주할 때마다 큰소리 치는 첫째 삼촌, 점점 자신의 삶을 개척해 나가는 막내 삼촌을 보면 편하지 않았다. 게다가 여자들만, 여자들만이 집안일을 한다는 것이 굉장히 불쾌했다. 커갈수록 보이지 않는 것들이 보였고 그것들은 엄마에 대한 안쓰러움과 동정으로 부풀었다. 엄마를 한없이 작게 만드는 그들이 세 자매를 더 불편하게 만들었다.

 그 이후부터였을까. 혹은 엄마를 보지 않는 기간 동안의 알지 못하는 사실 때문이었을까. 시골로 가는 길은 현저히 줄어들다 없어졌다. 그렇게 간 곳이 지방의 한 아파트였다. 거실과 연결된 넓은 방 한 칸과 화장실이 전부였던 그곳. 엄마의 아파트인 양, 모든 것이 신기했다. 베란다 옆에 컴퓨터도 있었는데 세 자매는 물풍선을 터트리는 게임을 번갈아 즐겼다.

 아파트로 오는 것은 매번 신기했다. 냉장고를 반복적으로 여닫았고, 화장실 불도 어떤 화면을 눌러야지만 켜지는 불이라, 반복적으로 장난치면 엄만 말했다.

야들아, 고장 난다. 그만해.

화장실 안에는 작은 욕조가 있었다. 그 조그마한 하얀 욕조엔 세 자매가 쏙 들어갔다. 따듯한 물을 받고서 일렬로 누우면 신기하게도 딱 맞았다. 욕조는 처음이라 누구 하나 오래 있고 싶어 했다. 엄마는 얼른 나오라며 씻겨주셨고 세 자매는 가위바위보로 순서를 정했다. 그 욕조가 뭐라고 홀로 남겨진 욕조 안이 뭐가 그리 신기하다고 욕조 안에 더 오래 머물려고 그렇게 애를 썼다.

샤워를 마치고 나른해진 몸을 누우면 엄마는 마지막까지 신경 써주셨다. 바로 팩이었다. 그릇에 회색의 가루와 물을 적당히 섞고 붓으로 섞으면 완성이었다. 미소부터 나란히 누워 재잘거리면 어느새 고운과 아람은 엄마가 어떻게 팩을 바르는지 보려고 몸을 일으켰다. 부드러운 붓에 회색의 팩을 잔뜩 묻히고 광대부터 펴 바르면 눈과 입을 제외한 얼굴 전체가 회색으로 덮어졌다. 미소는 가렵지도 않은지, 팩을 바르자 잠에 빠졌고 고운과 아람은 그런 미소를 깨웠다.

언니 자? 안 간지러워?
…….
언니? 언니! 언니, 자?
…응? 응….
언니 잔다. 애들아, 깨우지 마. 이제 고운이 누워봐.

미소가 끝나면 쌍둥이는 가운데 엄마 자리를 두고 누웠다. 엄마는 고운과 아람의 얼굴에도 팩을 펴 발랐다.

윽! 차가!! 으히히.

입꼬리가 올라갔다. 웃음소리가 새어 나왔다.

*웃지 마. 웃지 마. 팩 잘 안돼.
차갑고 간지러워.*

차가운 붓의 간질거림이 두 아이를 계속 웃게 했다. 웃지 말래도 간지러움은 참을 수 없었다. 아마 간지러움보다 엄마와의 시간이 간질거렸으리라.

팩은 다음 날 아침이면 없었다.

*어? 엄마. 얼굴에 팩이 없어졌어.
어~ 그거 자면서 저절로 흡수되는 거야~
그래? 우와! 신기해! 그럼 오늘 또 해줘!!
너무 자주 하면 안 돼~ 엄마 만날 때마다 해줄게~
그래!*

아람은 다음에는 기필코 밤새며 팩이 흡수되는지 지켜봐야겠다

고 생각했다.[44]

91.

그 아파트는 둘째 삼촌의 도움으로 살던 엄마였다.[45] 자신을 숨길 수 있는 공간이 필요했던 엄마. 세 자매를 이 아파트로 이곳으로 이끌던 엄마. 아무것도 모르고 그저 좋아라 했던 세 자매. 이를 보며 웃었던 엄마. 구석엔 눈을 붙인 인형들이 쌓여 있던 날들이었다.

그 아파트는 시골 대신 내려간 곳이었기에 자연스레 친척들과는 거리감이 생겼다. 엄마에겐 한때 세 자매와 시골로 내려가는 길이 반가움이었을까, 두려움이었을까. 함께하는 동안, 엄마 불편했을까, 무서웠을까.

아람은 알지 못했다.

92.

보육원의 처벌은 내리사랑이었다. 몇 년 전부터 이어져 온 훈육

---

44 보육원을 나오고 나서 엄마의 왈: 그거 엄마가 떼어냈지~ 어떻게 흡수가 돼 ㅋㅋㅋㅋㅋㅋ.
45 미소의 말로는 둘째 삼촌이 유일하게 엄마를 많이 도왔다.

이 어느 순간부터 내리갈굼 되었다. 당연했다. 받은 사랑이 훈육이었으니, 줄 사랑도 그것뿐이었다. 참 이상했다. 안 되는 걸 알면서도, 잘못된 훈육법이란 걸 알면서도 그들은 계속 같은 훈육을 하는 것 같았다. 남자부는 유독 심했다. 무조건적으로 손과 발이 날아왔다. 덩치를 이기지 못한 어린 아동들은 날아갔고 놀라운 반사로 일어났다. 여자부는 주로 뜀박질을 했다. 두 손으로 양 귀를 잡고 구부려 앉아 마당이나 식당을 몇 바퀴 돌고 혹은 일명, 오토바이 자세로 훈육이 이어졌다. 이상하게도 여자부의 훈육은 웃음소리로 시작하고 끝났다. 남자부에 비해 너무 가볍다는 생각도 들었지만 아람 역시 자신도 여자이기에 남자부에 뭐라 할 대응이 없었다. 그렇다고 아람도 오토바이 자세나, 뜀박질이든지 하지 않은 것은 아니었다. 그렇다고 해서 안 맞은 것도 아니었다. 남자부에 있던 오빠들과 보육교사는 여자부에 손찌검을 **잘** 하지 않았다. 미소는 그렇게 생각했다. 생각보다 여자부들은 안 때렸다고. 반감이 섰다. 아람의 머릿속에 남자 선생으로부터 맞은 기억이 되살아났다. 게다가 누구로부터 맞아온 건지 혹은 그것을 바라봄으로써 배워온 건지 여자부의 언니들은 손이 매웠다. 손뿐만 아니라 입도 험악했으므로 장난으로도, 자신의 화를 이기지 못해 언제나 손이 날아왔다. 저항하지 못하고 괜찮은 척 웃음을 날렸다. 조금이라도 표정에서 드러나면 그것은 곧바로 응징이었기 때문에 가면을 늘 쓰고 다녔다.

93.

어느 공부 시간이었다. 모든 원생들이 모여 조용히 공부하고 있던 날, 아람은 모란에게 혼이 났다. 이유는 모른다. 원체 이유도 모른 채 맞았으므로, 타인의 화가 아람에겐 자신의 탓이었으므로 그들의 화를 받아들였다. 모란은 공부 시간이 끝나면 앞방에서 엎드려뻗쳐 있으라며 명령했다. 아람은 기죽어 작게 답했다. 이어진 그 말이 더 무서웠다. 바닥에, 맨바닥에 머리를 대고 손은 땅을 짚는 대신 허리 뒤로 유지한 채 자신이 올라올 때까지 하고 있으라는 것이었다. 아람은 공부 시간이 끝나자마자 식당을 나왔다. 누구보다 먼저 도착해 엎드려 있어야 했다. 불 꺼진 앞방에서 아람은 맨바닥에 머리를 박았다. 두 팔을 허리 뒤로 올린 채, 오직 머리와 발끝으로 자신의 몸을 지탱하며 버텼다. 소란스러움이 들렸다. 제발…. 부디 빨리 올라오기를…. 일부러 늦게 올라오지는 않기를 바랐다…. 모두의 발걸음이 한곳으로 향했다. 그곳은 바로 TV가 있는 중간 방이었다. 요일마다 챙겨보는 드라마와 예능이 있었으므로 그 시간에는 모두 한방에 옹기종기 모여 보곤 했는데 그것이 오늘이었다. 아람 역시 알고 있었다. 아람은 누구라도 먼저 앞방에 들러주기를 바랐다. 아람의 간절한 바람은 모두의 신난 발걸음으로 향했다.

혹여 드라마로 자신을 잊은 건가. 그런 거라면 어떡하지. 머리 아픈데, 방에 들어올 때 머리 박고 있을까. 아람은 머리를 굴렸지만 쉽게 몸이 움직이지 않았다. 들킬까 하는 두려움이 먼저 밀려왔다. 아람은 불 꺼진 앞방에 홀로 엎드려 버티고 있었다. 겨울이었는데도 등과 얼굴에 땀이 주르륵 흘러내렸다. 중심이 흔들려도 아람은 바로 다시 자세를 잡았고 지끈대는 머리를 참았다. 중간 방에서는 언니들과 동생들의 수다스러운 소란스러움이, 즐거운 웃음이 들렸다. 아람은 버텼다. 드라마가 끝이 나기를, 어서 해산하기를.

1시간이 지났을까. 중간 방을 나오는 소리가 들렸다. 모두 각자의 방으로 이동하는데 누군가 불 꺼진 방의 불을 환하게 켰다. 모란이었다. 연달아 미소와 정설, 유정이 들어왔다. 아람은 저도 모르게 긴장이 풀렸는지, 중심을 잃었는지 자세가 풀려 그들과 눈이 마주쳤다. 눈에서는 눈물이 머리에서 턱까지 땀이 흘러내렸고 등과 엉덩이까지 흠뻑 젖었다.

…? 니 왜 그러고 있는데?

모란이 말했다. 모두 아람의 몰골을 보더니 상황 파악이 되지 않은 모양이었다.

공부 시간에 모란이 언니가 공부 끝나면 엎드려뻗치고 있으래서요.

아람이 기어들어 가는 목소리로 말하자 그제야 기억이 난 모란이 활짝 웃으며 말했다.

아~ 그랬나. 그면 지금까지 엎드려 있었던 거가.
…네.

기억에서 잊은 그는 덧붙였다.

그래도 요령껏 하지. 그걸 지금까지 누가 하냐.

아람은 아무 말도 할 수 없었다.

자신이 내뱉은 말을 잊은 거구나…. 더 속상했던 것은 중간 방에 모두 모여 있을 때조차 아무도 아람을 찾지 않은 것이었다.

94.

공부 시간에 변화가 생겼다. 그중, 큰 변화는 고학년의 언니들은 그 시간에서 배제되었다는 것이다. 학년이 올라갈수록 반항은 커져갔고 그 반항이 보육교사들을 손 놓게 만들었다. 그렇게 식당에는 저학년들이 자리 잡았고 아람과 고운은 중학생이 되기만을 기다렸다. 당시 6학년이었던 두 아이는 찬 바닥에 앉아 공부하는 것보다 바람이 차단된 방에서 공부하고 싶었다. 중학생이 되면 고학년 언니들처럼 자신들도 식당이 아닌 방에서 공부하길 기다렸다.

중학생이 되었다.

…두 아이는 다시 식당으로 향했다.

95.

공부 시간에는 졸거나 딴짓을 하거나 주의가 산만한 원생을 보기 위해 각 부의 보육교사들이 함께 있었다. 어렸던 원생들이 어느 정도 컸을 때였을까. 점점 보육교사들이 그 자리를 빠지기 시작했다. 어느 날은 모든 보육교사들이, 또 어느 날은 몇몇의 보육교사[46]들이 자리를 빠졌다.

뭐지? 왜지? 회의하나?

의문을 가진 채, 보육교사를 기다리면 언제나 돌아오지 않았다. 이러한 날이 반복되자 원생들은 보육교사들이 자리를 비우길 바랐고, 자리를 비우면 다 함께 약속이라도 한 듯 떠들어 댔다. 그러다, 그 자리 중 제일 연장자가 조용히 시키면 입을 다물다가도 그분의

---

46 음…. 대부분의 보육교사들이 여자였기에 그들 사이에서도 이렇고 저런 일이 있었나 보다.

시작으로 다시 떠들어 대다 공부 시간이 끝이 났다. 종종 보육교사가 자리를 비우면 식당 안으로 치킨이나 삼겹살 냄새가 나곤 했는데 그러려니 했다. 보육교사들은 회의를 하겠거니 생각했고 음식 냄새는 바로 앞집에서 풍겨오는 거라 생각했다. 물론, 착각이었다. 공부를 마치고 사무실을 지나면 그 안에는 보육교사들이 앉아 계셨다. 사무실 문 너머로 보이는 그들의 모습. 그들은 얘기를 나누며 치킨을 뜯거나 노릇하게 익은 고기를 싱싱한 쌈에 싸서 먹는 모습이 보였다. 매일 같이 자리를 비운 이유였구나…. 아람은 생각했다.

96.

보육원에서는 한 달에 한 번 용돈을 받았다. 사실상, 신청하는 것이었다. 각자 개인 통장을 가지고 있어 부서별로 도톰한 가계부를 활용하여 통장의 금액을 확인할 수 있었다. 연령에 따라 신청할 수 있는 금액이 정해져 있어 매달 2,000~5,000원 이내로 신청했다. 그렇게 신청한 용돈을 받으면 생각해 두었던 물건과 간식거리를 사 먹곤 했었는데 아바타가 유행이었던 시절, 한 달에 한 번 계절에 맞춰 나오는 스티커를 구매했다. 아바타는 어린 초등학생들이 모두 빠질 정도로 인기가 많았다. 아바타 북 한 권을 사면 여러 장의 스티커를 사도 모두 붙일 수 있었기에 신상이 나오면 무조건 사야 할 물건이었다. 아바타 북은 '캐릭캐릭 체인지'로 디자인되어 한 장 한 장 넘기면 두껍게 인쇄된 종이 냄새가 폴폴 풍겼다. 스티커를 떼었다 붙였다 반복하면 찢어질 때면… 아악! 절망하는 소리가 들렸다. 스티커는 꽤나 접착력이 있었기에 잘 떨어지지 않았지만, 손톱으로 떼어내면 모서리에 살짝 지문과 손때가 묻어 그 부분만 너덜거렸다. 그러다 공기가 스멀스멀 스며들어 가 완전히 떨어져 신발이나 양말 한 짝씩 잃어버리는 일이 다반사였다. 게다가 꽤나 얇았기에 너무나 쉽게 찢어졌다. 스티커는 손가락이나 옷깃 등 섬세하게 표현되어서 부드럽게 뜯긴다고 좌라락 뜯으면 바로 찢어졌다. 그렇게 완성된 아바타 북은 나날이 새로운 스티커와 디자인의 옷들로 채워졌고 개개인이 동화 같은 이야기를 만들어 가며 자신만의 북을 만들었다.

97.

아람은 내심 언니들이 바르는 화장이 부러웠다. 특히나 입술을 반짝이거나 윤기 나게 해주는 립스틱을 한 번이라도 발라보고 싶었다. 당연하게도 보육원에서 화장은 금지였다. 아직 어려 피부가 연약하니 다 커서 하라며 호기심을 짓눌렀다. 당시 아람의 나이는 10살, 초등학교 3학년. 용돈을 받았고 마침 문구점엔 1,000원 하는 글리터 립스틱을 판매하고 있었다. 사실 몇 달 전부터 판매하던 것이었지만 금지란 말에 꾹꾹 사고픈 욕구를 참았다가 유정 언니와 고운과 다음 달에 몰래 사자고, 들키지 말자며 약속했었다. 그들의 약속은 지켜졌다. 용돈을 받자마자 기다린 듯이 함께 문구점으로 향했다. 반짝이는 글리터, 길쭉한 병. 문을 열면 계산대 바로 앞에 진열된 기다란 병은 더 빛났다. 투명색, 분홍색, 붉은색으로 각자 한 가지 색을 구매하여 한 번씩 발라보자며 색을 골랐다. 같은 날, 새로 산 립글로스를 얇게 바른 채, 낮 시간을 함께 보냈다. 혹여 들킬까, 괜히 입술을 입 안쪽으로 말며 걸음을 재촉하여 돌아다니던 때였다. 고운이 앞장을 섰고 아람과 유정이 그 뒤를 따르던 때에 그만 마주 오는 보육교사와 몸을 부딪쳤다.

어. 미안~

보육교사와 몸을 부딪친 고운이 서로 눈이 마주치는 순간, 상황이 뒤바뀌었다.

어? 입술에 뭐 발랐어?

고운은 아무 말도 못 했다. 거짓말을 하기에는 양심이 찔렸고 사실을 말하기엔 가지고 싶어 오늘 산 제품을 빼앗길까, 또 자신 뒤를 따르던 아람과 유정에게도 피해가 갈까 입을 다물었다. 보육교사가 자연스레 고운 뒤를 따르던 아람과 유정을 향해 고개를 올렸다. 그 둘의 입술도 투명하게, 분홍빛으로 반짝반짝 빛나고 있었다.

니 둘도 발랐어? 뭐 발랐어?
….

고운과 아람, 유정은 입을 앙다물고 아무 말도 못 했다.

립글로스 발랐지? 바르지 말라니까. 몸에 안 좋아. 얼른 반납해.

보육교사가 그들 앞에 손바닥을 내밀었다. 그들은 한 번 바른 립스틱을, 오늘 산 립스틱을 쉽게 줄 수 없었다. 아람과 유정은 괜히 고운이 미웠다. 고운으로 인해 들킨 것만 같았다. 그 생각을 읽은 걸까. 보육교사가 달래듯 말했다.

니들은 피부가 아직 어려서 화장은 안 돼. 연약해서 트러블 올라올 수 있거든. **나중**에 *다 커서 하자. 그때, 돌려줄게.*

그렇게 보육교사의 손바닥 위로 3개의 립글로스가 놓였다. 기약 없는 **나중**은 돌아오지 않았다.

98.

고학년이 되었을까. 아람에겐 이상한 강박이 생겼다. 보육원을 나가고 싶은 생각에 안 믿던 하나님을 믿고 기도 강박이 생겼다. 기도를 하루라도 빼먹으면 스스로를 자책하고 비난했다. 귀찮아도 짧게라도 하라며 자신을 나무랐다. 기도뿐만이 아니었다. 사소한 것이라도 지나가면 속에서 이상한 속삭임이 들렸다.

기도하지 않으면 엄마 일찍 돌아가신대/내일 보육원 못 나가/내일 선생님께 어떻게든 혼날 거야/안 그럼 고운이 더 아파….

마음에서 구구절절한 비명소리가 끊임없이 들려왔다.

나 때문에…. 나 때문에…. 나로 인해 부정적인 결과가 나온다는 것이 아람은 두렵고 무섭고 공포스러웠다. 이러한 이유로 기도를 멈출 수 없었다. 기도뿐만 아니었다. 단순히 두 갈래의 길이 나오면 오늘은 왼쪽으로, 내일은 오른쪽으로 가면 될 것을 깊게 고민해 버려 '무얼 하지 않으면 ~해.'라는 생각이 아람을 덮쳤다. 스트레스였다. 짜증이 팍 올라왔지만 멈춰지지 않았다. 생각을 스스로 잠재우기 어려웠다.

이는 보육원을 나오고서도 계속되었다. 엄마가 그곳에 있고 미소는 짜증을 계속 내니 의지할 곳이라곤 고운과 나 자신이었다. 나 자신은 똑같이 스스로를 채찍질해 댔다. 당근보다는 더 강하게 채찍을 날렸고 끊임없이 나오는 불안은 아람을 집어삼켰다. 자신 때문에 가정이 없어질까 봐, 엄마를 더 이상 볼 수 없을까 봐, 고운이 세상을 떠날까 두려웠다. 아람은 이곳에서 벗어나야 했다. 어떻게 해서든.

99.

아람과 고운은 단어에 민감했다. 장난삼아 던진 그 말들과 저들끼리 하는 말인데도 들려오는 단어에 썩 기분이 좋지 않았다. 친구들끼리 장난스럽게 오가는 비속어도 비하도 반갑지 않았다.

도라에몽 숏다리, 노진구는 **찌질이…**.

고운과 아람에게 도라에몽은 없었다. 노진구만 있을 뿐이었다. 다리가 짧다는 도라에몽의 숏다리를, 매일 질질 우는 진구의 찌질이를 당사자의 동의와 배려 없이 사람들은 신나게 부르며 놀려댔다. 외면으로 보이는 모습이 사람의 본모습이 되는 순간, 그것은 사실이 된다. 그들은 고운과 아람에게 말했다. 웃어도 찌질하다고, 울어도 찌질이라고. 마음에 안 든다며 **찌질이, 찌질이, 찌질이!!!**

아람의 행동에 상응하는 눈빛과 고개. 기분 나빴다. 찌질하다는 그 눈빛과 비웃음, 그들의 언행은 계속해서 이어졌다.

실컷 장난치고 나면 갑자기 손이 날아오거나 순전히 자신의 화를 이기지 못해 날아오는 손을 막지 못했다. 방어하지도, 막지도 못하고 맞기만 했다. 머리를 휘날리듯 옆통수, 뒤통수, 또 머리. 딱, 빡 소리가 나면 또 같은 말을 내뱉었다.

돌대가리가. (비속어) **단단하네.**

아람은 그게 복수라 생각했다. 맞는 자신도 아팠지만 때리는 그의 손이 아팠다면 그걸로 됐다고 스스로 다독였다. 맞는 행동이 반복되면 작은 움직임에도 움찔하기 마련이다. 사람의 반사적 반응이라 생각했다. 그의 손이 아람의 머리로, 눈으로, 어딘가로 향하면 저도 모르게 움찔거렸다. 지나가다가, 앞에 있다가 그 손이 날아올까 주춤대면 언제나 내뱉었다. 웃으면서.

쫄지 마라, 안 때린다. ㅋ

웃으면 복이 온다, 웃으면 복이 온다, 웃으면 복이…. 왔을까. 즐거워서 웃었는데, 눈 마주치다 웃어 보였는데, 멋쩍어서 웃은 거였는데 그들이 하는 말은 언제나 똑같았다. 장난스럽게 던진 말이 비수처럼 부끄러움으로 밀려왔다. 그럴 거면 웃지를 말 것을, 웃고 있던 입꼬리가 순식간에 내려갔다. 민망해졌다. 부끄러웠다.

웃지 마라, 정든다.

'걔', '쟤', '야'라는 지시는 무시당하는 기분이었다. 손가락으로 가리키면서, 걔, 쟤, 야. 아람은 누군가에게 '걔' '쟤' '야'일 뿐이었다. 아무것도 아니었다. 보육원뿐만 아니라 학교 교실에서 단순히 풍기는 냄새에도, 본인들의 실수로 잃어버린 물건에도 저들이 하는 행동이 아닌 이상, 모든 것의 원인은 언제나 정해져 있었다. 눈짓과 눈빛으로, 행동으로.

'개', '쟤', '야'

그들은 울면 또 짜냐고, 바라보면 뭘 꼬라보냐고, 고갤 숙이고 있으면 눈 내리깐다고 똑바로 안 쳐다보냐며, 어른도 아닌 그들은 어른인 양 아람과 고운을 하대했다.

100.

아빠는 세 자매를 언제나 걱정하였다. 이혼 후, 어디서 지내는지 서로 전혀 알지도 못한 채, 아빠는 익어갔고 세 자매는 무럭무럭 자라났다. 아빠도 엄마도 다시는 겪지도 보지도 못할 세 자매의 8살과 6살의 성장에서 기억이 멈췄다. 아빠께서 세 자매를 위해 간식을 여러 번 보냈다며 뿌듯함에 귀까지 웃음 짓는 아빠였는데 간식을 받아보지 못한 세 자매는 아무런 소식이 들려오지 않으니 당연히 세 자매는 아빠와 멀어졌을 수밖에.

101.

아람은 고운에게 무자비했다. 강약약강이었던 어린 아람이었다. 어쩌면 아람은 보육원 언니들의 모습을 보고 배웠을지도 모른다. 자신이 싫어하며 경멸했던 그 행동이 어느덧 고운에게로 향했다. 추운 겨울 머리를 말리는데 제 성질을 이기지 못하고 드라이기를 던진다든가, 초등학교에서 나눠준 물병을 고운은 애정했는데 그 물병이 든 가방을 던져 깨뜨렸다. 심지어 그 물병 안에는 물이 들어 있어 가방에서 줄줄 새어 나와 고운은 홀로 그 물을 닦았다. 아람은 욱하는 자신을 이기지 못했다. 풀어야 했다. 올바르게 푸는 방법을 모른 채, 자신의 감정을 부정적으로 표출했고, 이는 고운에게 상처로 향했다. 모두가 있는 앞에서 아람은 고운에게 말했다. 절대 해서는 안 되는 말을, 고운 자신에게도 예민한 단어를 아람은 직접적으로, 직설적으로 툭 내뱉었다. 후회가 바로 찾아왔지만 이미 고운에게 들려온 말은 뇌를 지나 마음에 찾아왔다. 짙게 깊게 고운의 마음속을 파고들었다. 믿었던 아람에게서, 그 말만은 하지 말아야 할 아람에게서 고운은 아람에게 배신감과 상처를 받았다. 그런 고운이 오랜 시간이 지나 물었다.

아람아. 나랑 다니는 거 괜찮아? 나는 솔직히 모르겠어. 언니가 언니 입으로 말했잖아. 중학생 때는 나 되게 쪽팔려 했다고…. 친구가 동생이냐고 물었는데 모른다고 했던 거…. 언니도 그때, 왜 그랬는지 모르겠다고…. 그런 언니인데 같이 산책

할 때마다 진짜 괜찮은지, 안 부끄러워하는지 확신이 안 돼. 밖에 돌아다닐 때에도 막 사람들이 쳐다보면 오히려 자기가 막 흥분해서 쳐다보는 사람이 먼저 눈 거둘 때까지 노려보고, 지나가면서 왜 쳐다보냐며 소리치잖아. 난 그게 더 부끄러웠거든. 괜히 안 쳐다보던 사람들까지 나 쳐다보는 느낌? 가끔…. 그래. 정말 나랑 다니기 괜찮은지, 안 부끄러운지….

아람은 잠시 생각에 잠겼다.

아무렇지 않은데~?
그래?

고운은 더 복잡해진 듯 되물었다.

응. 진짜 정말 아무렇지 않아. 그게 의식되면 이렇게 손 조물딱, 조물딱거리겠어? 옆에 이렇게 착 달라붙는데.

아람이 고운에게 기대자, 고운이 웃어 보였다. 생각이 많은 듯 쓸쓸해 보이는 미소였다. 그땐, 왜 묻지? 사람들이 의식되나? 싶었지만, 이제는 알 것 같다. 비록 미소 얘기를 하며 꺼냈지만, 그 미소가 고운의 마음속에는 과거의 아람이었음을. 욱하며 내뱉던 그 상처가 아물지 않았다는 것을. 과거의 아람이 뱉은 말과 전혀 다르게 행동하는 아람을 보는 고운은 어땠을까.

102.

고운은 아람이 부러웠다. 고운의 눈에는 아람이 언제나 행복해 보였다. 줄곧 혼자였던 고운은 늘 주변에 친구들이 있는 아람이 부러웠다. 고운도 웃고 싶었다. 아람처럼 친구들과 함께이고 싶었다. 고운은 자신이 아람과 달라 친구들이 자신을 싫어할 거라 생각했다. 놀림과 괴롭힘, 방관은 학년이 올라갈수록 이어졌고 그런 익숙함은 시간이 지남에 따라 당연하듯 매년 같은 결과를 불렀다. 고운은 보육원에서도 고집 있게 울기라도 하고, 소리를 지르며 다소 폭력적이었던 아람이 화를 표출한다는 것이 부러웠다. 감정에 자유롭던 아람이, **머리 묶기**와 같이 모든 혼자 할 수 있는 아람이, 잘 웃던 아람이 모든 게 부러웠다.

고운의 느낌과는 반대로 정작 아람은 점점 감정을 잃어갔다. 잘못된 방법으로 감정을 표현한 건지 상대방은 더 큰 화를 냈다. 아람의 감정은 점점 상대로부터 묵살되었다. 아람은 감정이 묵살될수록 더 갈구했다. 그럴수록 그들은 아람을 무시했다. 빈정대거나 약 올리거나 검지로 머리를 까닥까닥 손대거나 자신들의 방식으로 아람을 대했다.

눈을 바라보면 뭐 해.
눈 깔아라[47] 하는데.

눈 깔면 뭐 해.
어딜 보냐며, 턱을 치켜올리는데.

웃으면 뭐 해.
쪼개지 마라는데.

울면 뭐 해.
찌질하다며 짜지 마라는데.

수다 떨면 뭐 해.
닥치라고 아가리 다물어라는데.

반복적으로 옛 기억이 앞을 가렸다. 아람은 그렇게 자신의 감정을 잃어갔다. 표현만 하지 않을 뿐, 감정은 감정대로 느끼는데 왜 시간이 흐를수록 어떤 감정인지 느껴지지 않을까. 내 감정을 돌봐주지 않아서일까? 표현하지 않아서일까? …감정을 느끼지 않으려 해서일까?

---

47 바라보고 있는 눈을 아래로 내려라.

감정을 애써 괜찮은 척, 아무렇지 않은 척하다 보니 정말 아무런 감정이 들지 않았다. 심각할 정도였다. 모두가 슬퍼할 때, 아람 혼자 의문을 품었다. 왜 슬퍼하지? 그게 왜 슬프지? 그게 슬픈가?

누군가의 선물로 기분이 좋아도 로봇처럼

    …어. 고마워.

끝이었다. 당연, 상대는 실망했다. 좋아할 모습을 생각하며 몇 날 며칠을 지새우며 골랐을 시간에 대한 감사를 아람은 표현하지 못했다. 무뎌진 감정은 표현하지 않음에서 점점 도토리 속 빈 껍데기처럼 아무런 감정이 느껴지지 않았다. 말 그대로 '무(無)'였다.

학교에서의 생활도 고운의 예상과 반대로 환하지 않았다. 아람의 학교생활도 그다지 즐겁지는 않았다. 은근히 무시한다거나 얕본다거나 험담하며 구설수가 늘 따라붙었다.[48] 웃기게도 아람은 언제나 구설수의 주인공인 것을 뒤늦게 알았다. 아람은 생각했다. 언젠가 오해가 풀리겠지. 오해가 풀릴 때, 스스로를 반성하며 되돌아보기를 바라던 아람이었다. 신의 장난인지 그러한 친구들은 언제나 아람의 근처에 있었다. 일렬로 줄을 서면 **항상, 매번** 그들은 아람 뒤에 섰다. 보이지 않는 시선에서 보이지 않은 선으로 그들은 아람을

---

48   이상하리만치 매년 구설수가 붙었다. 왜지?

따라붙었다.

이런 아람이었는데 부러웠다니…. 고운의 세계가 궁금해졌다.

반대로 아람은 고운이 부러웠다. 고운은 많은 수술을 받았다. 그럴 때마다 반복된 병원 생활로 엄마가 고운을 간병했다. 아마도 목 수술이었겠지.[49] 목 수술을 한 고운은 중환자실에 누워 있었다. 저녁 공부 시간 30분 전, 보육교사가 고운을 보러 가자며 말했다. 아람은 괜히 설레었다. 온종일 혼자 있다가 고운을 본다니…. 얼른 고운을 보고 싶었다. 병원에 도착하니 엄마와 미소가 보였다.

엄… 엄마….

한껏 움츠러든 엄마와 그 옆을 지키던 미소는 원장을 보자 꾸벅 인사했다. 아람은 원장과 보육교사와 함께 중환자실에 들어갔다. 빼곡히 차 있던 중환자실…. 환자 곁을 지키는 보호자들과 기계 소리가 울렸다. 아람은 누워 있는 고운을 보았다. 작은 몸으로 수많은 줄을 홀로 견디고 있었다. 입과 코…. 쇄골 아래의 얇은 줄까지…. 고운은 여러 장치에 의지하며 숨을 쉬고 있었다.

고운아….

---

[49] 다른 수술 할 때에는 잘 부르지 않았다. 어린 마음에는 뭔가…. 큰돈이 나갈 때에만 엄마를 부른 느낌이었다.

아람이 살며시 고운을 불렀다. 고운이 감은 두 눈을 살며시 떴다. 밝은 빛이 들어왔다. 고운이 아람을 보며 웃어 보이곤 다시 눈을 감았다. 눈부신 천장 빛과 힘겨운 숨소리를 내며 고운은 누워 있었다. 아람은 눈이라도 감은 고운을 보았다. 땀에 젖은 머리와 얄팍한 몸…. 손으로 고운을 쓸어주고 싶었다.

이제 가자.

원장이 말했다. 고운을 본 지 겨우 5분도 되지 않은 것 같은데, 발걸음을 재촉했다. 더 보고 싶었다. 더 오래 담고 싶었다. 쉽게 걸음이 떨어지지 않았다. 떨어뜨리고 싶지 않았다.

얘 힘들다. 쉬게 냅둬.

이번엔 보육교사가 말했다. 아람은 아쉬움을 뒤로하고 발걸음을 돌렸다. 중환자실을 나오고 잠시 엄마와 원장이 대화를 나누었다. 일반적이고 형식적인 대화였다.

자, 이제 가자. 미소는 여기 남고 니는 가자.

원장이 말했다. 아람이 고개를 들어 미소와 엄마를 바라보았다. 아람도 함께 곁을 지키고 싶었다. 아니, 그렇게 해서라도 엄마를 보고 싶었다. 철없게도 엄마 옆에 있고 싶었다. 엄마의 보드랍고 따듯한 손을 잡고 고운을 지키고 싶었다.

미소 네가 엄마랑 같이 있고, 니는 **어려서** 안 돼.

그놈의 어려서, 어려서, 어려서.
어리다는 이유로 배제되는 것은 억울한 일이었다. 언제까지 어리다는 이유로 매번 장녀만이 남게 한단 말인가. 어리다는 것은 미숙하다는 것이 아니었다. 어려도 함께하고 싶은 것이었다. 겨우 2살 터울이던 미소는 장녀라는 이유로 엄마 곁을 지켰다. 모두가 어렸고 아이였을 것을, 아람은 언제까지나 **어렸다**.

아람은 미소가, 그리고 고운이 부러웠다. 이렇게라도 엄마를 더 본다는 것이.

병원 밖을 대기하던 노란 차가 보였다. 어두운 밤, 차는 달렸고 아람은 우울했다. 누워 있는 고운과 엄마와 함께 있을 미소가 자꾸 맴돌았다.

나도…. 나도…. 같이 있고 싶은데…. 언니도 어린데…. 나도…. 엄마 보고 싶었는데….

속으로 생각하니 덜컥 눈물이 났다. 눈동자 안에 눈물이 고여 있을 때였다.

다 왔다. 내려.

눈물이 쏙 들어갔다. 겨울의 찬 바람 때문인지, 차가운 현실 때문인지 금세 외로움이 사라졌다. 아람이 터벅터벅 걸으며 여자부로 올라갈 때였다.

씻고 공부하러 가.

보육교사가 말했다. 아람은 알고 있었다. 다만, 직접적으로 현실을 직시하니 속이 꽉 막혔다. 공부 거리를 챙겨 식당에 내려오니 공부 시간 직전이었다. 아람은 병원에서의 감정을 털어내려 아니, 잊으려 일기를 써 내려갔다.

.
.
.

이 부러움을 아람은 느끼면 안 되었다. 곧 알게 되었다. 현실을 직시했다. 잘못된 부러움이었음을.[50] 고운이 말했다. 엄마가 왔어도 본인은 잘 보지 못했다고. 엄마보다 원장을 더 많이 봤다고.

---

50 아직 남아 있다는 것은 부러움이겠지.

나의 자존감에게

103.

2013년. 5월. 엄마가 다시 보육원으로 왔다. 미소가 말하길

우리 여기서 나가니까 챙길 거 다 챙겨라.

아람과 고운은 마냥 엄마와 2박 3일을 함께하는 줄로만 알았는데 미소의 말에 놀라움과 기쁨을 감추지 못했다. 엄마는 마당에서 세 아이를 기다리고 있었고 미소는 자신의 짐을 바리바리 챙기고 있었다. 뒤늦게 소식을 접한 보육교사는 미소를 말렸다. 미소는 보육교사의 말이 들리지 않았다. 짐을 싸고 나가기만 하면 이젠 이 지긋지긋한 보육원을 끝낼 수 있는데 말린다니…. 미소는 보육교사의 손을 뿌리쳤다. 포기한 보육교사가 짐을 챙기는 고운과 아람에게 향했다. 모든 짐을 챙긴 미소가 재촉했다. 보육교사는 일단 2박 3일 보내고 다시 돌아와서 챙기라며 타일렀다. 하지만, 고운과 아람은 지금이 아니면 나가지 못할 것 같았다. 어떡하지…. 마음이 무거웠다.

결국, 두 아이가 택한 건, 짐을 덜 챙기는 것이었다. 2층 침대를 썼던 아람은 1층 침대를 쓰는 동생 다연에게 짐을 모조리 다 던져 넣었다. 그 동생에게만 줘야 할 것 같았다. 그래야 마음이 편했다. 교회에서 받은 그렇게 원하던 노란 담요도, 갖고 싶었던 칠교놀이도 온갖 물건이 다연에게로 돌아갔다. 한참 짐을 마무리하려 하는

데 다연이 올라왔다.

언니, 밖에 지금 언니 엄마 있던데.

다연이 말했다. 반복되는 부러움은 결국 포기하게 만든다. 부러웠던 눈빛은 사라지고 초롱초롱한 눈빛이 감돌던 다연이었다.

우리 나간대.

아람이 말했다.

이것들 다 니 가져라. 다 니 꺼다.

다연의 침대를 가리켰다. 다연은 어땠을까. 자신을 찾아오지 않는 부모님이 그리웠을까. 보육원을 나가게 된 그들이 부러웠을까. 떠나보내야 하는 슬픔이었을까. 애써 자신의 감정을 외면했던 걸까.

그렇게 가볍게 짐을 꾸리고 지방으로 내려갔다. 생전 처음 보는 풍경과 낯선 거리. 왠지 엄마는 익숙해 보였다. 엄마를 따랐다. 뒷일이 어떻게 되는지도 모른 채…. 엄마가 부산에서부터 짐을 빼 정리하였는지 키우던 고양이가 반겼고 방 안에 짐들이 정리되어 있었다. 거실과 방 2개. 큰방에선 미소와 엄마가 지냈고 다른 방은 쌍둥이가 지냈다. 요 며칠은 다 같이 매트리스를 깔고 전기장판 위에 누워 TV를 보며 잠들었다. 환한 불빛과 포근하고 달달한 엄마 냄새. 내일도 엄마가 있을 거란 안정감이 희망을 품게 했다.

바로 전학 간 건 아니었다. 보육원을 나가고 며칠 학교를 빼먹었다. 당연했다. 부산의 다녔던 중학교에서는 사정을 알지 못했다. 친구들에게 문자가 쏟아졌다.

아프냐, 어디냐, 학교 왜 안 오냐, 무단이래….

보육원을 말할 수 없었다. 상황 설명이 부족했다. 그런데도 신났다…. 이젠 엄마와 함께할 수 있다. 엄마와 단란히 밥을 먹고 학교 가고 함께 자는 달달한 일상을 보낼 수 있음에 마냥 들떴다. 엄마와 미소는 학교나 보육원에서 오는 연락을 모두 무시하랬다. 이유는 알 수 없지만, 그 말대로 모른 척했다. 그때… 받았다면 지금은 어땠을지 모른다. 한 번의 선택이 미래를 좌우하는 것처럼, 일어날 미래가 많은 것을 변화시켰다. 그렇게 상황은 흘러갔다. 좋게도 나쁘게도 아니게.

104.

부산에 다시 올라갔다. 부산역 바로 맞은편에는 롯데리아가 있었다. 그곳에서 엄마와 세 아이는 아빠를 기다렸다. 아빠는 차가웠다. 그리고… 어색했다. 엄마는 그런 아빠를 설득했다.

며칠 전, 아빠가 보육원을 찾아왔다. 보육원을 나간다는 아빠의 허락이 번복된 날이었다. 어느새 찾아와, 사무실에서 원장과 긴 대화 끝에 다시 돌아갔다. 어느 대화가 이루어졌는지 알 길이 없었다. 얇은 귀가 없었고 가벼운 입은 굳게 닫혔다. 그 이후로 아빠를 처음 보았다.

다시 사자대면이 이루어졌다. 엄마가 먼저 설득했다.

애들이 나가고 싶다는데 허락해 주면 안 돼요? 미소 아빠?

엄마의 떨리는 목소리, 긴장된 눈과 강직된 몸. 고개를 젓는 아빠를 엄마는 계속 반복했다.

아니, 이 양반아. 아직 이르다고. 나가기에는.

애들이 나가고 싶대. 어? 매일 기도한대요. 여기 싫다고 빨리 나가고 싶다고.

엄마가 말했다.

그러니까, 나가도 때가 있지. 이렇게 급하면 안 된다니까~

아빠가 답답해하며 답했다.

　　미소 아빠. 미소 아빠 솔직히 우리 애들 잘 찾아갔어? 아니잖아. 난 **바쁠 때** 빼고 한 달에 한 번은 찾아갔어요. 근데 미소 아빤 아니잖아. 1년에 한 번 올까 말까 하면서 애들에 대해서 얼마나 알아요?

엄마의 욱하는 울컥한 목소리가 점점 커졌다. 아빠도 같은 말을 반복했다. 눈도 마주치지 않고서.

　　아니. 도대체가 왜 나가느냐고오. 아직 더 있어야 한다니까? 왜 내 말을 안 들어. 이 양반아. 내 말이 맞다니까?

　　…미소 아빠 진짜 실망이야. 아니, 애들이…. 애들이 나가고 싶다는데 허락해 주기가 그렇게 어려워요? 네? 미소 아빠. 말 좀 해봐요. 애들이 나가고 싶다잖아. …됐어. 실망이야. 아니, 미소 아빠 그런 사람이에요? 아니잖아. 애들 보는 데서 부끄럽지 않아요? 예? 미소 아빠…. 애들 좀 봐 봐요. 지금 눈도 한 번도 안 마주쳤잖아. 미소 아빠….

그제야 아빠는 상황을 보고 듣는 세 자매가 눈에 들어왔다. 물밀듯 어색함이 몰려왔다. 아빠에게는… 뭐였을까.

아빠…. 나가게 해주면 안 돼요?
허락해 주면 안 돼요? 아빠…?

세 아이도 어느새 아빠를 보며 설득했다. 조용했다. 아무도 없는 듯, 밝은 공간에 홀로 있는 것처럼. 아빠는….

허락했다.[51]

좋았다, 너무 좋았다. 큰일 하나가 해결된 듯, 그 이후의 일들은 쥐도 새도 모르게 흘러갔다.

아빠의 허락이 떨어지고 보육원장과 동구청에 가야 했기에 며칠 뒤, 다시 보육원에서 만났다. 원장은 엄마와 아빠, 미소에게 식사를 대접했다. 미소는 보육원 밥에 대해 너무나 잘 알기에 고집으로 먹지 않겠다며 말을 끊었고 엄마와 아빠 예의상 식당으로 향했다. 엄만 딱 한 번 먹어본 적이 있어 거절할 법도 한데 거절하지 않았고 아빤 처음으로 보육원의 밥을 먹는 것이었다.

언제나 그렇듯 어른 밥상엔 가지각색의 반찬들이 놓여 있었고 원생들이 먹는 반찬은 조촐했다. 원장은 엄마와 아빠를 어른 밥상으

---

51 아빠가 반대한 이유가 원장이 아빠와 엄마 사이를 이간질시켰다고….

로 대접했다.[52] 미소는 여자부에서 기다렸고 엄마와 아빠, 식사를 이어나갔다.

식사가 끝나고 네 사람은 동구청으로 향했다. 불만 가득 품고 있는 미소와 눈치를 살피는 엄마와, 나가지 말라며 설득하는 원장. 동구청 직원이 물었다.

미성년자여서 부모 동의와 보육원장의 동의가 있어야 해서요 ~ 다른 동생들도 퇴소하고 싶어 하나요?

네. 제 동생들도 나가고 싶어 해요. 나가게 해주세요.

미소가 날카롭게 말했다.

미소야. 나가게 되면 지금보다 더 힘들 거다. 그거 다 니가 감당 가능하나. 여기서 지내다가 동생들 대학생 되면 나가라. 그때 나가도 충분하다. 뭐 하러 힘들게 지금 나가려고 하노.

원장이 걱정 어리게 달랬다. 아빠도 원장 말에 거들었다.

---

[52] 엄마가 처음 밥을 먹었을 땐, 아이들과 똑같은 반찬으로 먹었는데 아빠 오시니까 다른 대접을 받았다…. 긴 시간이 지나서야 아빠께서는 보육원에서 지내게 한 것과 퇴소 반대를 미안해하셨다. 웬만하면 반찬 투정 하지 않는 아빠가 딱 한 번, 그곳에서 밥을 먹고 나서야.

그래. 미소야. 그렇게 계속 고집대로 할 수는 없어. 지금 쌍둥이도 어린데, 안전한 곳에서 충분히 보호받은 다음에야. 사회로 나갈 수 있는 거야. 왜 자꾸 나가려고 해. 지금 너희 엄마는 너희가 생각한 것보다 더 아닐 수도 있다는 거지.

아빠의 말에 미소는 더 욱했다.

싫은데요. 전 여기가 더 싫어요. 원장님이 뭔데 못 나가게 하는데요? 나도 나가고 싶고, 쌍둥이도 나가고 싶어 하는데 왜 자꾸 막냐고요. 아빠는 잘 찾아오지도 않았으면서 그런 말 할 수 있어요?

아빠는 할 말이 없었다. 자신이 알고 있는 사실을, 그 무거운 짐을 이 아이에게 털 순 없었다. 원장은 고집을 꺾지 않는 미소가 답답했다. 동구청 직원이 다시 말했다.

…본인이 저렇게 원하는데 허락해 주시죠. 이런 경우는 저희도 어쩔 수 없어요…. 당사자도 동생들도 나가길 원하면 동의하는 게 맞다 생각해요.

…아빠와 원장은 한숨을 내쉬었다.

알아서 해. 뭐.

아빠는 동구청 직원이 내민 종이에 자신의 이름을 적은 후, 등을 보였다. 그렇게 아빠와의 연락도 뚝, 끊겼다.

105.

학교를 이어서 다니려면 전학을 가야 했다. 그 과정에서 도움이 필요했으며 늘 엄마 옆에 있던 이모가 다시 나타났다. 어느 순간, 세 아이는 집에서 가까운 중학교 교무실에 앉았다. 엄마와 이모와 함께.

아무 말 없던 엄마와 무엇을 열심히 열연하는 이모. 그렇게 그 학교에 다니게 되었다. 어디서 구한 건지 어디서 받은 건지 모를 깨끗한 교복을 입고서….

처음 교복을 봤을 땐.

…? 헐

달랐다. 너무나 달랐다. 자연스럽게 옛 학교가 떠올랐다. 비교 대상이 됐다. 한 벌이면 됐던 동복은 넥타이와 조끼, 마이까지 추가되었고 춘추복과 하복이 두 벌이었던 하계 교복은 흔히 말해 스머프를 연상시켰다. 하복은 그런대로 예뻤다. 하늘색이 깃든 교복이 맑은 구름을 연상시켰다. …문제는 동복이었다. 와이셔츠와 넥타이, 조끼 그리고 마이까지. 뻑뻑함에 겨드랑이가 꼈고 넥타이는 왜 이리 불편한지 목이 졸렸다. 처음으로 매보는 넥타이는 어설펐고 와이셔츠 깃이 엉망이었다. 필드 재질의 마이와 치마는 전혀 따듯하지 않았다. 찬 바람이 솔솔 들어왔고 육안으로만 따듯해 보일 뿐이었다. 마이는 새빨간 색이라 멀리서 봐도 그 학교 학생임을 알 수 있었다. 눈에 익숙해진 탓인지 검은 치마와 새빨간 마이의 모습은 꽤 괜찮았다. 문제는 스타킹이었다. 무조건 검은색. 새까만 검은색이어야 했다. 학교를 가는 데 주재료보다 부재료에 더 많은 돈이 들었다. 그 전 학교에서는 스타킹을 신지 않았는데 들지 않았던 비용이 추가적으로 계속 들었다. 게다가 3명이었기에 배로 들었다. 미소는 말없이 묵묵히 신었고 고운은 스타킹이 흘러내렸다. 아람은 싫었다. 스타킹이 다리에 닿는 감촉이 이상했다. 가려웠고 불편했다. 찬 바람이 불 때, 스타킹에 맞닿는 바람에 벗고 싶었다. 익숙해지면 나아지겠거니 했지만 전혀, 고등학교 졸업할 때까지 적응하지 못했다. 시도 때도 없이 뒤 허벅지가 가려웠고 수업 중에도 엉덩이를 몇 번이고 들썩거렸다. 대놓고 손을 넣고 긁을 수가 없었다. 다른 부분이 가려운 척 슬쩍 긁어야 했고 그 결과, 기모였던 스타킹은 구멍이 났다. 쉬는 시간이면 화장실에 들어가 스타킹을 무릎까지 벗고는 박박 긁어댔다. 너무 시원했다. 아주 잠시지만 다리가 편안했다. 조이는 스타킹을 벗으니 다리가 숨을 쉬듯 시원했다. 여름이 오길, 가을이 오길 기다렸다. 엄마는 로션을 바르면 나아질 거라 했지만 소용없었다. 찐득한 로션 위에 신는 스타킹은 더 찝찝

했다. 아람은 하교하자마자 스타킹을 벗었다. 반면에 고운은 보호대로 교복을 입을 수 없었다. 고운은 제일 작은 체육복을 입고 등하교했는데 옷의 통이 커, 바람이 솔솔 들어왔다. 걷는 데도, 서 있는 데도 찬 바람에 뼈마디가 시려와 다리의 감각이 둔해졌고 벌겋게 변해 있었다. 미소는 새로운 환경의 학교에 적응해야 했다. 아무런 안면도 흔적도 없던 그들에게서 미소는 겉돌았다. 중학생 3학년, 모든 게 익숙해져 버린 학교와 끈끈해진 친구관계는 점점 헐렁해져 갔다. 미소는 하루 종일 책상에 엎드려 있었다. 쉬는 시간에도 점심시간에도 혼자가 싫어 홀로 반에 남아 기죽어 있었다. 이 때문인지 하교 후엔 인상을 쓰고 있었고 참고 있는 짜증이 고스란히 느껴졌고 고스란히 전해졌다.

세 자매는 이 달라진 환경에 적응해야 했다. 보육원을 나온 대가라고 생각했다. 전학 첫날이 되기 전, 학교 규정을 지켜야 했다. 두발은 귀밑 15cm였고 교복치마는 무릎 위 5cm까지였다. 이모와 함께 학교로 찾아갔을 때, 학생주임으로 보이던 선생을 마주했다. 그는 미소의 머리를 보고는 굳어졌다. 난감해하셨다.

  학교 규정상, 두발은 자유가 아니라서 조금 자르고 오셔야 할 것 같습니다.

학생주임은 조심스럽게 입을 뗐다. 미소의 표정이 굳어졌다. 순식간에 싸늘해진 분위기에 쌍둥이와 엄마는 미소를 살폈다. 그 옆에는 같이 따라온 이모가 있었다. 오랜 시간 동안 함께 무엇을 해 온 이모가 앙칼진 목소리로 말했다.

아니, 이제 졸업반인데 굳이 잘라야 해요? 애가 자르기 싫다는데 왜 자르라고 하냐고, 애써 기른 머리를.

이모는 말발이 셌다. 굳은 귀도 말랑해질 만큼 말은 공격적이고 날카로우며 뾰족했다. 맞는 말이면 족족 들어맞았고 아닌 말도 그럴싸한 말로 내뱉었다. 상대가 아무 말도 하지 못하게, 당황스러워하도록.

학생주임은 반복해서 말했다.

규정상 그런 걸 어떡합니까. 제가 이모님 마음을 왜 모르겠어요…. 학교 규정이라 제가 이러지…. 이 학생만 길면 같은 반 학생이 뭐라 하겠습니까, 이모님.

근데 다른 애들 몇 명은 염색도 하고 길던데요?

미소였다. 날카롭게 짜증스럽게 말했다.

그런 학생들은 개인적인 학원이나 다른 이유 때문에 그런 거지. 일반적인 학생은 규정상 안 됩니다.

학생주임은 애걸복걸하는 듯했다. 이모에게는 통하지 않았다. 쌍둥이는 지켜보았고 엄만 아무 말도 하지 못했으며 미소는 표정이 구겨질 만큼 일그러졌다. 교무실 안에 다른 선생님들이 들락날락하는 데도 멈추지 않았다. 오히려 들으라는 듯, 이모는 더 크게 대항했다.

그런 게 어딨어요? 걔네들도 다 똑같은 학생인데 걔는 되고 우리 애는 왜 안 되는데요? 지금 머리 긴 애들, 염색한 애들 뭐 때문에 허락한 건데요? 꼭 지금 이 시기에 기르고 염색해야 하나요?

일단은 진정하시구요. 이모님, 그 학생들은 학원을 통해서 정식 절차를 밟고 허락한 경우고요. 미소 학생 같은 경우는 일반 학생이잖습니까.

그럼 그 학생들은 연예인이라도 되나요? 다 같은 일반 학생 아닌가요?

학생주임은 계속해서 설득하려 했고 이모는 어떻게든 막아보려 했다. 창과 방패처럼.

106.

그날, 결국 미용실로 향했다. 미용사가 직감한 듯, 분위기로 재빨리 상황을 읽었다.

머리 자르려고요. 전학을 왔는데, 학교 규정 때문에….

엄만 쓸데없이 서론까지 말했다. 미소는 그런 엄마가 괜히 미웠다. 아무 말도 안 한 엄마가. 아무것도 못 하는 엄마가. 또는 자신이.

미소의 두꺼운 모발이, 허리까지 내려온 머리칼이 점점 짧아졌다.

싹둑싹둑….
　싹둑싹둑

미용사는 아무 말 없이 엄마 말을 따랐다. 미소는 울화를 참는 듯 눈에 힘을 주며 화를 억눌렀고 숨은 거칠어졌다. 점점 머리칼이 어깨에 닿았다. 귀밑 15cm 규정이 지켜지고야 말았다. 보육원에 있을 당시 자르기 싫던 머리칼이 매주 날려 서러움에 익숙했던 두 아이는 미소를 바라보았다. 미소에게는 짧다면 짧은 거라면, 쌍둥이에게는 헛웃음이었을 귀밑 15cm. 어떤 말도 없이 미소를 그저 바라만 봤다. 왜 그때, 미소가 무서웠을까. 화가 잔뜩 나고 성이 나, 무뚝뚝이 흘러내리고 소리를 지를 것 같은 표정 때문이었을까. 분위기였을까. 아무 말도 없었다. 엄마도 두 아이도.

다 됐습니다.

미용사가 검은 스펀지로 머리칼을 털어내고 하얀 가운을 벗기자, 미소는 거친 숨소리를 내며 의자에서 내려왔다. 계산하려던 엄마를 제치고 미소는 저 혼자, 집으로 향했다.

아휴. 저 성질머리….

엄만 속삭이듯 내뱉었다. 아람과 고운은 서로 마주 보며 같은 감정을 느낀 듯, 인상을 쓰며 고개를 내저었다. 이해할 수 없던 행동이었기에 더욱 화가 나는 행동이었으리라….

이제는 쌍둥이의 마음을 헤아릴 수 있을까. 자르기 싫었던 마음을, 억지로 의자에 앉아 차가운 가위가 목에 닿는 그 촉감을….

107.

보육원에서의 미소는 쌍둥이를 이해할 수 없었다. 머리를 자르기 싫어했던 쌍둥이가 억지로 매달 잘라야 했을 때, 미소는 자르기 싫다고 대들라며 반항하라고 말했다. 그럴 수 없었던 쌍둥이는 늘 의자에 앉아야 했고, 미소는 그 모습을 지켜보았다. 어느 날, 미소가 왜 쌍둥이만 잘라야 하느냐고 물었을 땐, 돌아오는 답은 항상 같았다. 지저분하다고. 자고 일어나면 머리가 다 뒤집혀 보기 싫다며. 미소가 짧으니까 그런 거 아니냐며 대들었지만 통하지 않았다. 미소 말이 맞았다. 그때 쌍둥이의 머리 길이는 한결같은 **거지존**이었다.

108.

보육원 퇴소 후, 이전의 미소 모습은 보이지 않았다. 왜인지 모르겠지만 새로운 환경에 적응해야 하는 막막함과 어려움 때문이겠지.

집에 가니, 미소의 입은 삐죽 나와 있었다. 그렇게 집안 분위기도 날카로워졌다. 미소는 까칠했다. 차가웠다. 예민했다. 자신의 머리를 보며 올라오는 화를 억누르려는 듯, 신경질적으로 대했다.

뭐. 아니. 어. 근데. 어쩌라고.

단답형과 차가움이 묻어나던 목소리. 늘 눈치를 봤고 언제 언성이 높아질지 몰라 미소를 피했다.

109.

　전학 첫날, 쌍둥이는 엄마의 요청으로 같은 반으로 배정되었다. 담임은 부장 선생님이셨고 반 학생들도 갓 초등학교를 졸업한 지라 말랑했다. 형식적인 인사를 마치고, 자리로 돌아가자 만화에서나 보던, 전학생에게 몰려들어 이것저것 물어보기가 눈앞에 펼쳐졌다. 어느 중학교에서 전학 왔는지, 왜 왔는지, 쌍둥인지, 몇 분 차인지, 키는 얼마인지…. 그 전과는 완전히 달랐던 환경과 배경. 눈이 새로웠다.

　미소의 학교생활은 어두웠다. 함께 친하게 지내던 친구들과 헤어져 외로웠다. 새 친구들을 사귈 의욕도 없었다. 다시 부산에 가고 싶었다. 책상에 엎드려 하루를 보냈고 급식도 먹지 않았다. 세상과 단절한 듯, 학교와 등을 돌렸다.

　쌍둥이도 나름 좋았던 것만은 아니었다. 전학 첫날, 학교 적응을 위해 도와줄 이로 대부분 학생이 손을 들 때, 담임이 채택한 이는 지은이었다. 새 학기엔 보통 성격이 비슷한 친구들끼리 무리가 정해진다. 지은 역시 자신의 무리가 있었다. 자신을 포함해 6명이었는데 자연스럽게 그곳에 끼게 되었다. 지은이와 그의 친구들이 학교 이곳저곳의 위치를 알려주었다. 함께 밥을 먹고 이동수업을 다니며 친해졌다고 생각했는데 아니었다. 아람은 아무렇지 않았던 고운이 그들은 불편했나 보다. 복도 곳곳에서 아람과 고운을 쳐다

본다는 이유에선지, 다른 이유에선지 알 수 없지만 점점 멀어졌다. 어느새 두 아이는 그 무리에서 배제되었고 자연스럽게 둘만 다니게 되었다.

　…이상하게도 오히려 그게 더 편했고 좋았다. 어째서인지 무리가 있으니 눈치 보며 비위 맞춰주는 일상은 늘 위태로웠다. 보육원에서처럼 친구들에게 먼저 웃어줘도 될 것을, 기가 죽어서 의기소침한 채로 고개를 숙이니 웃을 수 있는 학교생활은 아니었다. 게다가 반 친구들끼리 자연스럽게 놀면서 사용하는 비속어나 두 아이에게 예민한 단어들은 마치 자신들에게 한다는 느낌이 들어 거부감마저 들었다. 학교에서도 집에서도 마음이 편하지 않았다. 서로 눈치 보느라 바쁜 마음이 늘 긴장 상태로 있었기에 몸을 가늘게 떨고 있었다.

110.

　그들은 언제나 싸웠다. 사소한 다툼이 잦아 찢어지다 합치는 그런 일들이 다반사였다. 보은은 눈물이 많은 친구였는데 현실적인 지은이와 많이 부딪혔다. 그러다 화해하고 또 싸우다 편먹기가 반복됐다. 편이 나눠지자 두 무리로 갈라졌고 아람과 고운도 곤란했다. 반복되는 다툼에 어디에 맞춰야 할지 몰라 무리에 없는 것이 이로울 거라 생각했다. 저들끼리 싸우고 화해를 반복하는 동안 두 아이는 무리에서 빠져나왔다. 무리에 빠지고서도 그들은 참 많이 다퉜다. 편을 먹다가 화해하고 또 다른 형식으로 편을 먹다가 크게 싸웠는지 담임이 수업 시간에 자습을 주고 그들의 일부를 불렀다. 지은과 민정, 유빈을 부르다 점점 언성이 높아지더니 교실에 있던 주연과 보은을 불렀다. 주연 또한 언제부턴지 그들과 멀어졌다 가까워지기를 반복했다. 아람이 바라본 주연은 이들과 어울리려고 노력하던 아이였다. 반면에 그들은 그런 주연을 꺼렸다. 그들을 부른 담임의 목소리가 점점 더 커졌다. 아람은 생각했다.

 저 자리에 내가 있었다면…. 어우….

 아람은 고개를 내저었다. 그들 사이에서 어떤 일들이 있었는지 알 수 없지만 다행이었다. 고운과 다녀서, 고운과 다닐 수 있어서, 그들 무리에 끼지 않아 참으로 감사하고 감사했다.

 이후, 체육 시간이 되었다. 아람은 사실 궁금했다. 그들 사이에서 어떤 일이 있었는지, 담임이 어떤 말을 했는지. 사람은 참…. 간사하다. 그렇게 떨어져 다니게 된 지 오래됐는데도 먼저 다가오는 친구가 좋아 와락 안겨버리고 그들과 손을 잡아버린다. 그들 또한 곧바로 살랑살랑 고운과 아람에게 다가와 웃어 보였다. 민정이 말했다.

 아, 그때, 고주연이 뭐라 말했는지 알아?

 응? 뭐라 했는데…?

순간 아람은 긴장했다. 혹시 험담을 한 건 아닐까. 아무것도 하지 않았는데 그들 사이에 있었던 일들 속에 혹시라도 자신이 관여되어 있던 건 아닐까 두려웠다.

담임이 뭐가 불만이냐고 물었는데 그때, 걔가 막 불만 얘기 하다가 "하아람은 가식 쩔고요."라고 했거든? 그랬는데 담임이 **"그건 니도 그래."**라고 하던데.

웃으며 민정이 말했다. 아람은 입꼬리를 어색하게 올렸다. 하핳…. 핳…. 뭐지? 싶었다. 이간질시켰나…? 다른 좋지 못한 감정을 가지고 있던 것도 아니었는데 긍정적으로 바라본 친구에게 그런 말을 간접적으로 듣는다는 건, 충격이었다. 아무렇지도 않았던 행동들에 문제가 있나. 스스로를 의심하여 더 작게 만들었다. 더구나 담임의 말을 곱씹었다. **"너도 그래."** 겨냥한 말일 테지만, 상대의 말에 대한 동의의 뜻으로도 받아들여졌다. 슬펐다. 친해지려 노력한 것뿐인데…. 더 가까워지려고 했을 뿐인데…. 가식으로 보였다는 것이….

그 이후, 주연과 그들은 뚝, 떨어졌고 주연은 다른 친구들과 잘 지내보려 애썼다. 나름대로 힘겨웠을 중학교 1학년에 비해 학년이 올라갈수록 친구들과 어울리고 자기관리를 통해 예쁜 자신을 찾아가던 그런 친구였다. 1학년이 마무리에 다다르고 아람은 생각했다. 고운과 아람의 돈독한 관계가 부러워서, 자신의 친구들보다 아껴

주고 항상 붙어 있는 그 둘이 부러워서 그런 거라고.

어쩌면…. 그런 생각으로 스스로 위안 삼은 건지도 모른다.

111.

만약, 전학 첫날 대부분의 학생들이 손을 든 날, 아람 바로 앞에 앉아 있던 부반장인 그 친구가 채택이 되었다면 어땠을까. 초롱초롱한 눈망울로 자신의 의지를 강하게 표현하며 손을 번쩍 든 그 친구는 마치 발표를 즐기는 어린아이처럼 보였다. 진심으로 즐거운 마음이 담긴 표정을 짓던 그 친구의 표정은 아직도 지워지지 않는다.

112.

엄마가 새로운 핸드폰을 사 주셨다.[53] 기존에 잠시 쓰던 폰보다 더 큰 화면과 무게가 괜히 설레게 했다. 기존에 쓰던 폰을 처음 만진 건, 아람이 아닌 보육원 언니들 손에 맡겨졌다. 연락처 저장도, 계정생성도, 연동되는 것도 모두 다 그들이 가져갔다. 이 때문에 아람과 고운은 핸드폰에 대해서 아무것도 몰랐다. 계정은 무엇이

---

53 무료 폰이었는데 어떤 이유에선지 주변에서는 '베레기'라 불렀다.

며, 왜 이 계정은 모든 계정에 연동이 되는지, 왜 내가 만든 계정은 없는 계정인지, 계정을 만들었는데 왜 비밀번호를 찾을 수가 없는지 한참을 헤맸다. 그 결과, 엄마가 사 온 핸드폰에는 이 세상 어디에도 존재하지 않는 계정이 만들어졌다. 당연히 비밀번호를 잃어버려도 연동된 계정이 아니기 때문에 찾을 수 없었다.

113.

학교를 마치고 엄마가 고운만을 따로 불러 어딘가로 나갔다. 어디로 가는지 정확한 목적지를 엄마는 고운에게 말하지 않았다. 고운은 느낄 수 있었다. 좋은 곳에 가는 게 아니라는 걸.

그렇게 발이 향한 곳은 어느 한 사진관이었다.

사진관?

고운의 감이 맞아떨어졌다. 무거운 마음으로 사진관에 들어섰다. 고운은 조명이 환하게 비추는 의자에 앉았다. 고운 앞에서 카메라를 들고 있는 사진관 아저씨가 카메라의 고운을 담았다. 연달아 찰칵 찍는 소리와 플래시가 고운의 눈을 비추었다. 고운의 표정이 점점 굳어갔다. 핏기가 사라져 하얗게 변했다. 눈치 없게도 사진관 아저씨는 웃으라며 계속 플래시를 날렸고 고운은 웃을 수 없었다.

웃음이 사라졌다.

　사진 속 고운의 모습은 어두웠다. 무표정의 얼굴과 자신의 모습이 적나라하게 드러나는 사진을 보며 고운은 그런 자신이 싫었다. 엄마도 미웠다. 사진관을 나와 엄마도 고운도 아무 말이 없었다. 고운은 바랐다. 엄마가 왜 자신을 사진관에 데려왔는지, 사진은 왜 찍었고 그것으로 무엇을 할 것인지 먼저 사실대로 말해주기를. 그것이 자신이 먼저 아는 것보다 나을 거라고 생각했다. 하지만 엄마는 말없이 고운의 손을 꽈악 잡을 뿐, 말이 없었다.

　　왜 사진 찍었어?

고운이 먼저 물었다.

　　어…. 그냥. 엄마가 고운이 사진 간직하고 싶어서. 알다시피 너희들 어린 시절 사진이 한 장도 없잖아.

고운은 실망했다. 엄마 눈빛을 보니 찜찜했다.

　　그럼 예쁜 사진으로 하지. 나 되게 못 나왔는데….

고운이 다시 물었다.

아니야~ 예쁘게 나왔어. 왜, 마음에 안 들어? 다시 찍을까?

고운은 입을 다물었다. 더 이상 물을 수 없었다. 대답을 들으려는 고운과 그를 피하려는 엄마였다.

그러던 어느 날, 엄마와 고운이 함께 장을 보다 엄마의 지갑을 보았다. 우연이었다. 지갑 안쪽 면에는 고운의 사진이 들어 있었다. 카드 속, 실려 있는 자신의 모습이 드러났다. 그 진실을 고운은 자신이 스스로 알아냈다. 무표정인 자신의 모습이 복지카드에 실려 있었다.

114.

전학 후, 이사한 집에 익숙해질 무렵. 고양이가 집 안에서 야옹거렸다. 이전의 집에서 엄마는 집 앞을 떠돌던 길고양이를 돌보았는데 그 고양이가 집 안을 돌아다녔다.

고양이 이름은 길이였다. 집에 잘 들어오지도 않는데 언제나 발을 디딜 때마다 길이는 야옹거렸다. 장난감이라곤 깃털로 된 여우고리가 다였다. 초등학교 문방구에서 뽑기를 하면 받곤 했던 털 장난감이었다. 핸드폰 고리가 달려 그 고리를 잡고 위로 휘이휘이 하면 길이는 솜방망이로 호이, 호이 저어댔다. 가끔은 TV에 정신 팔려 놀아주지 않은 날도 있었는데 그럴 때면 길이는 바닥에 있던 그 장난감으로 저 혼자 놀곤 했다. 바닥을 치는 소리, 장난감이 떨어지는 소리, 길이의 동작 소리들은 웃음 나오게 만들었다.

보육원에서는 그런 길이가 잘 생각나지 않았다.
그런 길이었는데, 퇴소 후 보는 길이는 너무 반가웠다. 짧은 정이 더 무서운지 길이가 야옹 하며 다가왔다. 길이는 하교하고 문을 열면 야옹 울며 서로를 반겼다. 그런 길이 뒤를 졸졸 따라가면 길이는 비워진 자신의 밥그릇과 고운과 아람을 번갈아 보며 울어댔다. 미안함과 귀여움에 머리를 쓰다듬고 밥을 우랄랄라라 부어주면 와그작 씹어대던 길이. 놀거리도 없던 집에 잠자리라곤 쿠션으로 되어 있던 잠자리가 다였다. 스크래치라곤 없었고 캣 타워도 이들에겐 무리였다. 길이는 의자에 올라와 등받이에 붙어 있던 쿠션으로 스크래치를 해댔고 미소와 엄마는 의자가 엉망으로 된다며 길이를 나무랐다. 정작 의자에 앉는 이는 고운이었다.

길이는 선물이었다.

야옹 울어대던 목소리도, 아람이 아플 때 발치에서 같이 자주던 따듯했던 그 몸도, 교복이나 가방 위에 앉아 꾹꾹이를 하던 그 손도 아람에게는 너무 소중한 선물이었다. 아람은 길이 사진으로 핸드폰을 도배하였고 작은 움직임의 차이도 삭제하지 않고 보관하였다. 1,000여 장이 넘어 저장 공간이 없다는 알람이 떠도 아람은 필요 없는 앱이나 사진들을 삭제하면서 저장 공간을 늘렸다. 그렇게 만들어진 공간은 또다시 길이로 찼지만…. ㅎㅎ

그렇게 길이와 인연을 맺고 추억을 만들어 갔다.

115.

고운은 수요일마다 오전 시간에는 재활로 학교를 빠졌다. 그 시간에 혼자였던 아람은 고운이 오기를 기다리며 4교시를 보냈다. 점심시간쯤이면 끼니를 거를 아람을 위해 전주 비빔 삼각김밥을 손에 들고 오던 고운의 모습은 지쳐 있었다. 학교가 산이었기에 오르고 또 올라야 했던 학교. 헉헉대며 길을 오르던 고운은 교실 문을 열면 아람에게 언제나 환하게 웃어주었다. 아람도 고운이 없으면 혼자였기에 4교시 마치고 오는 고운이 너무 반가웠다. 특히나 오전에 이동수업이 있거나 체육 시간에 강당에서 자율학습 시간을 주면 50분을 혼자 있어 수요일의 이동수업은 너무 싫었다.

116.

자그마한 TV로 어느 예능을 보고 있을 때였다. 이른 저녁을 먹고 하나같이 출출하다며 배고프다고 말한 어느 날, 밖에서 구수한 기계 소리가 들렸다.

찹싸알~ 떠억, 메미일~ 무욱.

저 멀리서 들리는 가락 소리가 점점 가까워졌다.

찹쌀떡 아저씨 지나간다, 야들아.

엄마가 리모컨을 손에 쥐고, 말했다. 반응은 가지각색이었다.

그러네?
오와~ 찹싸알~떠억,
맛있겠다. 엄마!!

야들아, 우리 하나만 사서 먹을까?
어엉어!!

엄마의 웃음이 밴 물음에 미소와 아람, 고운은 동시에 고개를 끄덕였다. 엄마는 서둘러 창문으로 달려가 창문을 활짝 열고 아저씨를 불렀다.

아저씨~~~!!

그런 엄마의 모습에 웃음이 새어 나왔다.

아저씨~ 잠시만요! 한 팩에 얼마에요~?

엄마가 서둘러 집을 나갔다. 아람은 창문을 통해 엄마와 아저씨를 바라보았다. 엄마의 들뜬 소리가 집 안까지 들렸다. 얼마 지나지 않아 엄마는 집으로 들어왔고 구수한 찹쌀떡 소리는 점점 약해졌다. 보일러로 뜨듯하게 데운 바닥에 앉아, 얇게 포장되어 있는 비닐 팩을 뜯었다. 하얀 전분 가루가 묻은 찹쌀떡을 집으니 바닥에 가루가 후두둑 떨어졌다. 네 가족은 손을 받쳐 쫄깃하고 부드러운 떡을 한입 베어 물었다. 입안 가득 달콤한 팥이 삐져나왔다. 덕분에 출출했던 배는 금세 든든해졌고 얼굴에 웃음이 번졌다.

117.

보육원을 나가고 3년 동안은 괜찮았다. 전학 간 중학교도 괜찮았고 집도 무난했다. '수급자'[54]라는 개념도 괜찮았다. 엄마와 함께하면 뭐든 좋았다. 맨바닥에 매트리스와 이불을 깔고 나란히 누워 TV를 보다 잠들고 학교를 마치면 엄마가 양손에 쿠키셰이크를 들고 기다리는 것도 행복했다. 언제나 남몰래 꿈꿔오던 상상이 현실

---

54   솔직히 수급자인지도 몰랐다….

이 되어 일어났다. 그 순간만큼은 너무 좋았다.

게다가 길이[55]도 있었기에 더할 나위 없었다.

중학생 때까지는 엄마께서 빨래와 청소를 해주셨다. 물론 모두 엄마가 한 것은 아니었다. 주말이면 엄마 옆에 앉아, 빨래를 개고 청소기를 돌리며 엄마의 부담을 덜고자 했다. 원룸이라도 옥상이 있었는데 햇볕이 내리쬐면 기분이 좋았다. 이불과 빨래를 널면, 햇빛 냄새가 가득 풍겼다. 처음 엄마를 도왔을 땐, 엉망이었다. 미소도 아람도 대충대충 설렁설렁 "그게 뭐 어때서?"라며 넘겼다. 반면에 엄마는 수저도 하나하나씩 씻었고 빨래도 겹치지 않게 양말도 모양을 잡고 널었다. 그러던 엄마였다. 대충 하는 미소와 아람에게 제대로 하라며 잔소리하던 엄마였다. 그런 엄마였다….

그렇게 3년 후, 다시 이사 갔다. 그곳은 엄마 친구, **이모**가 사는 빌라였고 그녀를 통해 알게 된 집이었다. 해가 잘 들어온다며 이사를 한 그들은 그곳에서 많은 풍파를 겪었다. 새로운 환경에 적응하며 엄마와 꿈꾸던 하루를 보내던 집이었다. 그런 공간이었는데…. 갑작스레 엄마의 부재가 **하나하나** 생겨났다.

---

[55] 앞서 말한 고양이

118.

 그 집으로 이사 간 후, 엄만 분식집에서 일했다. 엄마는 가끔 1인분의 떡볶이와 튀김, 어묵탕을 사 오셨다. 엄마가 비밀번호를 누르고 오면 손에 들린 하얀 봉지를 더 반겼다. 이른 저녁을 먹고 잘 준비를 끝낸 채, 엄마를 오매불망 기다렸다. 엄마 손의 떡볶이를 보면 이불 끝자락을 걷고 네모난 상을 펼쳤다. 하얀 플라스틱에 담겨 있는 빨간 떡볶이와 뜨끈한 어묵탕, 기름에 젖은 튀김 종이를 뜯고 맛보았다. 달콤하고 살짝 매콤한, 쌀떡이라 쫄깃했던 떡볶이와 식지 않고 온기를 유지한 어묵탕, 바삭했던 튀김들이 입안을 감돌았다. 엄마와 함께 먹는 야식은 즐거웠다.

 엄마와 함께 살고 정전이 종종 일어났다. 정전이 되기 전부터 화장실 전기부터 따뜻한 물과 가스레인지까지 불이 들어오지 않는 날들이 늘어갔다. 고장인가 싶다가도 느낌으로 알 수 있었다. 달마다 내는 공과금이 밀린 것이었다. 그때마다 세 자매는 버너를 이용해 밥을 먹었고 버너를 활용해 따뜻한 물을 끓여 찬물과 섞어 씻었다. 어두운 화장실에서 핸드폰 손전등을 비추면서, 촛불로 방 안을 따듯하게 만들면서.

 한번은 정전이 되기 바로 전날, 엄마가 퇴근 후 떡볶이를 사 들고 오셨다. 엄마는 맛있게 먹는 세 자매의 모습을 보고 배부른 듯 웃어 보였다. 바로 다음 날, 하교하는데 집 안의 불이 꺼져 있어선지 분위기가 어두웠다.

정전인가?

익숙했다. 보육원에서도 정전이 일어났기에, 이를 신기해하며 즐겼기에, …예상했기에 아무렇지 않았다. 하얀 촛불이 방 안을 밝혔다. 촛농이 뚝뚝 떨어지며 촛불이 점점 작아졌다. 촛불에 의지한 엄마의 손에는 공과금이 들려 있었다. 한숨을 내쉬며 그 종이를 바라보던 엄마에게 이모는 날카롭게 말을 날렸다.

어제 떡볶이 살 돈으로 내기나 하지.

엄마는 아무 말이 없었다. 작게 한숨을 푹푹 내쉬었다. 아람은 뜨끔거렸다. 어제 자신의 모습이 떠올랐다. 엄마보다 떡볶이를 반겼던 자신과 맛있게 먹은 자신이 부끄러웠다. 엄마에게 미안했다. 떡볶이를 먹지 않았더라면 엄마가 이모에게 들을 말은 아니었을 텐데…. 하면서도 이모가 미웠다. 보육원을 나오고 종종 이모를 만났는데 이상하게도 반갑지 않았다. 아무런 사실을 모르는 상태인데도 이모가 그다지 달갑지 않았다. 그래선지 이모가 엄마에게 하는 말이나 행동들은 못돼 보였다. 엄마를 얕잡아 보는 것 같았다. 떡볶이를 사 온 엄마도 밀린 돈부터 내야 한다는 것을 알고 있었을 것이다. 엄마로서는 적은 돈으로라도 세 자매의 웃는 모습을 보고자 설레는 마음이 더 컸을 것이다. 그 모습을 보며 엄마는 하루를 위로받고 오늘의 걱정을 잠시 잊고 싶었던 것이 아니었을까.

이후로 어떤 영문인지 엄마는 집을 비우는 날이 잦았고 자연스레 세 자매만 남는 날이 늘어만 갔다.

119.

이사 간 그 집에서는 길이와 오랜 인연을 이어가지 못했다. 만남이 있으면 이별이, 이별이 온다면 만남이 있다는 말이 하늘나라에서도 유효한 것일까.

따듯하고 애틋했던 길이와 이별의 시간이 다가왔다.

원륭에 살았던지라 길이의 울음소리는 이 집 저 집에 울렸고 이웃들은 냄새난다며 엄마를 혼냈다. 더구나 엄만 미소와 고운이 비염이 있어 키우면 안 된다고, 방 안 곳곳에 털이 날린다며 반대했다. 아람은 길이와 정리할 시간이 필요했다. 애교부리며 배를 보여주는 길이를, 함께 잠을 자는 길이와 헤어지는 날이 예고도 없이 다가오고 있었다. 아람이 학교 다녀온 사이에 모든 것이 이루어졌다. 어디로 간 건지 알 수 없었고 길이의 흔적이 보이지 않았다. 하교 후에 항상 밥 달라고 울어대던 길이가 보이지 않자, 혹시 하는 마음이 확신으로 커져갔다. 엄만 애써 아람을 위로했다. 언니들이 비염이 있다며, 교복이나 사방에 털들이 난리라며 길이도 이해할 거라면서.

아람은 엄마의 위로가 닿지 않았다. 갑작스러운 이별에 아람은 애써 눈물을 참았다. 저장된 길이의 사진을 보며, 야옹 울며 놀던 길이의 영상을 보며 달래었지만 한번 품 안에 안아본 길이의 따스함은 느껴지지 않았다. 아람은 말이 없었다.

그렇게 일주일이 지나고 맞이한 주말, 엄마가 일찍 집을 나가 얼마 지나지 않아 들어왔다. 길이의 물품을 들고서! 곧이어 엄마는 길이를 안고 집 안에 들어왔다. 길이는 야옹거리며 엄마의 품 안에서 재빨리 벗어났고 침대 밑으로 숨어 들어갔다. 아람은 고양이 울음소리에 벌떡 일어났다.

길이? 엄마, 길이 왔어?
어. 니가 하도 보고 싶어 하길래 다시 데려왔다.

엄마가 말했다. 길이는 여전히 침대 밑에서 나오지 않았다. 아람이 허리를 숙여 침대 밑을 바라보았다. 어둠에 눈동자가 동그랗게 커진 길이의 눈. 오랜만에 보는 길이의 모습은 두려움으로 가득 차 보였다. 길이는 좀처럼 예전 같지 않았다. 울지도 않고 밥을 먹지도, 놀지도, 그렇게 좋아하는 햇빛도 보지 않았다. 걷는 것도 엉거주춤 걸었다. 길이가 아닌가? 생각도 들었다.

길이에겐 다시 돌아오게 된 집은 어땠을까.

아람은 길이가 예전처럼 돌아오길 기다렸다. "길이야~" 이름을 부르고 머리를 쓰다듬으며 다시 울 때까지. 어느새, 길이는 침대 위에서 함께 자고 햇빛을 보고 야옹거리며 털을 날렸다. 어쩌면…. 울지 않았던 때가 좋았을지도 모른다. 길이의 울음소리가 들리자 또다시 주민들의 항의가 이어졌다. 미소도 교복을 포함한 옷가지와 수건에 털이 떨어지지 않는다며 키우기를 반대했다. 엄마는 길이를 옥상으로 보냈다. 옥상에 길이의 잠자리와 밥그릇을 두고 아침부터 밤까지 길이를 밖에 보냈다. 넓은 옥상이었지만 위험했다. 난간이 있어도 동물들이 지나가기에는 틈이 넓었기에 다칠 수도 있겠다는 생각이 들었다. 길이는 드넓은 공간에서 놀다 위태롭게 난간 틈을 빠져나와 지붕에서 야옹거리며 엄마가 오길 기다렸다. 발을 헛디디면 바로 아래로 떨어질 위태로운 상황에 엄마는 난간을 건너 길이를 구했다. 떨리는 소리로 울어대던 길이는 엄마가 주는 밥을 야금야금 먹었고 엄마는 길이를 다시 보낼 준비를 하고 있는 듯했다. 그걸 모르는 아람은 하교 후에 길이를 보러 올라갔고 머리를 쓰다듬고 뒹구는 길이의 배를 만지며 놀았다. 그러던 엄마가 말했다.

길이…. 택시 삼촌한테 보낼 거야.
…어?
솔직히 말해서 털 감당 안 되잖아. 미소도 그렇고 고운이도

그렇고 지금 비염 때문에 안 돼.

······.

알고 있었다. 비염을 악화시킨다는 것을. 미소도 참고 있다는 것을.

엄마와 이모에게서 장문의 문자가 왔다. 서로 같은 말이었다. 지금은 못 키우더라도 나중에 키우자면서, 보내기 싫은 마음 이해한다며, 길이를 보내는 게 더 현명할 거라면서. 읽기 싫었다. 엄마의 서툰 문자와 바른 이모의 문자. 길이와의 이별이 그렇게 또다시 찾아왔다.

120.

2014년 5월 31일. 엄마는 길이의 짐을 싸고 있었다. 아람도 거들었다. 길이의 마지막을 보고 싶었다. 길이도 짐작했는지 야옹거리며 울었고 엄만 재빨리 걸음을 옮겼다. 집 앞에는 부산에서 달려온 택시 삼촌이 기다렸고 차 트렁크가 열렸다. 길이의 짐을 차곡차곡 넣었다. 길이의 눈이 글썽였다. 길이도 이별을 확신하는 듯 계속 울었다. 엄마는 인사도 없이 바로 트렁크 문을 닫았다. 아람도 그대로 인사도 없이 집으로 들어갔다. 엄마와 택시 삼촌은 짧게 인사를 한 후, 헤어졌다. 아람은 집 현관 앞에 앉아 울었다. 길이를 보냈다. 언제 볼지 모르는 길이를, 어떻게 지낼지 모를 길이를···.

흔적도 없이 사라졌다. 그때 아람의 눈에 택시 삼촌의 차가 지나갔다. 쌩~ 하고…. 아람은 길이를 이제 볼 수 없다. 엄마는 계속 아람을 달랬지만 쉽게 진정되지 않았다. 지금도 어떻게 지내고 있을지 모를 길이…. 냉정하게 나이로 인해 죽었을 거란 엄마와 미소의 말…. 아람도 알고 있었다. 동물의 수명은 짧다는 것을. 어쩌면 정말로 죽었을 수도 있다는 것을…. 그럼에도 살아 있었으면 좋겠다고, 택시 삼촌의 연락이 우연히 닿아 한 번이라도 볼 수 있었으면 좋겠다고 아람은 간절히 바랐다.

121.

점점 더 큰 풍파가 찾아왔다. 오후 햇살이 창문을 뚫고 들어온 어느 날 오후였다. 갑자기 초인종 소리가 들렸다. 고운과 아람은 초인종 소리에 예민했다. 혹여 누군가 쳐들어와 위협하진 않을까 둘만 있는 시간대에는 초인종 소리가 들리면 아무 소리가 들리지 않을 때까지 쥐 죽은 듯 소리를 숨겼다. 이날은 달랐다. 엄마와 함께였다. 엄마는 문을 열어주었다. 남성 두 분이 집에 들어왔다. 한 분의 손엔 회색빛의 종이가, 다른 분의 손엔 빨간 압류딱지가 쥐어진 채로.

회색빛의 종이에는 먼 과거의 날짜와 어린이를 위한 책의 제목과 그의 가격이 여섯 칸을 채웠다. 10여 년이 지난 만큼 가격은 몇 배로 불러 있었고 그만큼 그의 가치도 높아졌다. 고운과 아람이 어린 시절, 엄마가 빌린 책들을 반납하지 못한 것이었다. 엄마는 까맣게 잊고 있던 모양이었다. 빨간 압류딱지를 들고 있던 아저씨가 집 안을 둘러보더니 있는 가구 중에서 고가의 제품 안쪽에 압류딱지를 붙였다. 프린터기, 냉장고, 전자레인지, 컴퓨터, 아빠가 주신 김치냉장고까지…. 총 5개의 압류딱지가 집 안 곳곳에 숨겨졌다. 회색 종이를 쥔, 아저씨가 입을 열었다.

이 기간까지 밀린 돈 안 내시면 이 물건들 가져갑니다.

아저씨는 빈 공간에 사인하라며 엄마께 펜을 건넸다. 엄마는 덜덜 떠는 손과 걱정되는 눈빛을 숨긴 채 공백에 자신의 이름을 적었다. 자신의 일을 마친 2명의 아저씨는 그 길로 집을 나갔다. 그 후, 엄마는 긴장이 풀렸는지 안도의 깊은숨을 내쉬었다. 처음 보는 빨간 압류딱지는 그렇게 크지도 작지도 벌겋지도 않았다. 다홍빛과 갈색빛이 겉도는 불그스름한 종이였다. 이 딱지를 보고 바로 든 생각은 미소였다. 돈에 예민한 미소가 집 안 곳곳에 숨은 이 딱지를 찾게 되면 어떤 말이 나올지 머릿속으로 그려졌다. 엄마의 상황은 고려하지 않고 엄마의 과거는 헤아리지 않고 자신의 말만 버럭 소리 지르는 미소가 떠오르자 엄마가 걱정되었다.

보이지 않는 곳곳에 붙여진 덕분이었을까. 다행히도 미소는 전혀 몰랐다. 엄마의 얼굴을 흘깃 바라보았다. 어떤 생각인지 어떤 걱정인지 엄마의 얼굴은 볼 때마다 어두워졌다. 엄마의 눈은 깊었는데 해가 질수록 엄마의 눈은 밤처럼 더더욱 깊어졌다. 내일이면 이 압류딱지가 없어지겠지 매일을 생각했다. 그런 나날이, 꽤 오랜 시간이 흘렀는데도 여전히 그 압류딱지는 남아 있었다. 그런데도 그 가구들은 사라지지 않았다. 여전히 그 자리를 차지하고 있었다. 집을 찾아온 그 아저씨들도 더 찾아오지 않았다.

122.

점점 더 큰 풍파가 밀려왔다. 엄마와 다시 헤어질 조짐이 보였다. 왠지 모르게 엄마의 핸드폰을 확인하고 싶어졌다. 누구와 통화하는지, 누구와 문자를 하는지 영 불안해 보였다. 엄만 항상 피했다. 세 자매의 질문도, 엄마와 연락을 하는 당사자의 대답도 모든 것을 피했다. 아무것도 아니라며.

아무것도 아닌 게 아니었다. 날이 갈수록 엄만 더 불안해했고 심지어 처음 갖게 된 핸드폰마저도 엄마는 자주 빌렸다. 돈을 받아야 하는데 새로운 번호로 재촉하려는 것이었다. 진실일까 하면서도 아람과 고운은 빌려주었다. 점점 아람도 엄마의 부탁을 거절하다 고운이 더 많이 빌려주었는데 이로 인해 모르는 번호가 자주 걸려왔다.

엄마는 이젠 알았을까. 만약 재촉하는 상황이라면, 자신에게 돈을 갚으라고 하는 이의 마음을 조금이라도 이해할 수 있지 않을까 했지만, 빌려 간 저 말은 진실인지 알 수 없다.

123.

고운은 불안했다. 핸드폰을 빌려달라는 말에 흔쾌히 수락한 이유도 불안 때문이었다. 빚 독촉 때문에 고운은 늘 불안정했다. 자신 때문이라는 생각이 떠나질 않았다. 어렸을 때부터 아팠던 자신을 탓하며 돈을 빌린 까닭은 자신 때문이라 여겼다. 돈을 빌린 이유도, 갚지 못하는 이유도 다 자신이 아파서라고. 모든 게 다 자신 탓이라 생각했다. 주위에서 아니라 해도 쉽게 불안과 죄책감은 사라지지 않았다. 고운은 자신의 도움이 누군가에게는 좋은 결과를 낳길 바라며 거절하지 않고 언제나 습관처럼 "그래, 괜찮아~"하며 흔쾌히 허락했다. 늘.

모든 건,
고운 탓이 아니었다.
아니, 고운 탓이 아니다.
누구의 탓도 할 수 없다.
무엇보다 탓하기를 시작하면 끊임없이 자기 비하와 함께 원망이 시작될 것이니.

124.

 엄마가 핸드폰을 빌린 후부터, 불안해진 고운과 아람은 엄마의 핸드폰을 보았다. 엄마의 전화와 문자는 외줄타기처럼 흔들거렸다. 전화를 할 때면 엄마는 상황을 피하려는 것 같았고 상대의 목소리가 전화기 너머로 울리면 소리를 낮췄다. 고운과 아람은 눈을 마주 보며 상황을 어느 정도 파악했다. 문자에는 저장되지 않은 번호로 서로 주고받은 문자가 보였다. 금액과 날짜가 보였다. 마지막 구절엔 상대방의 답답함과 불안, 조급함과 간절함이 보였다. 문자 내역을 위로 올려보았다. 마지막 구절이 항상 반복되어 왔다.

 계속 이런 식이면 더 이상 못 참습니다.
 저도 당신처럼 **딸** 같은 아이가 있어 참는 겁니다.
 전화도 안 받고 문자 답도 없으면 법으로 할 수밖에 없습니다. 법적 조치 하겠습니다.

 늘 이러한 구절이 반복되었다. 불안했다. 또다시 헤어질까 봐. 두려웠다. 다시는 못 볼까 봐. 무서웠다. 매일 반복될까 봐.

 날이 갈수록 엄마 핸드폰에는 갚으라는 말을 넘어 **법**과 **재판**이라는 단어까지 나왔다. 조금은 예상했던 일이었다. 또 헤어지겠구나. 또…. 시작됐구나….

125.

어느 날, 우편함을 보는데 처음으로 보는 숫자가 눈앞에 보였다. 처음엔 공과금인 줄 알았으나 아니었다. 공과금 같은 연 노란색의 종이를 뜯어 펼치니 엄마가 빌린 돈과 추가된 이자까지 합해진 금액이 보였다. 엄마가 빌린 금액도 금액이지만, 이자 금액이 어마무시했다. 뒤에 숫자가 연달아 있었다. 무수히 많고 큰 숫자였다. 뒤에서부터 이어진 수의 개수를 세어보았다.

일, 십, 백, 천, 만, 십만, 백만, 천만…. 천만 다음에 뭐지…? 천만…. **억…?**

억…. 정말 억 소리가 나는 수였다. 맨 앞에 자리 잡고 있던 수 뒤로 연달아 3개의 숫자가 나열되어 있었다.

엄마가 이만큼 빌렸다고? 헐. 대박…. 야, 미쳤다.

아람의 말이었다. 큰 금액을 바로 눈앞에서 보는 것만 같았다. 믿기지 않았다. 아람과 고운은 그 사실을, 그 종이를 숨겼다. 엄마 자신도 알고 있을 거라 생각했다. 미소에게 알리기 싫었다. 집 분위기가 점점 어두워졌으므로 더 입을 다물었다. 집 안은 아람과 고운이 있을 때와 세 자매가 같이 있을 때, 엄마와 다 같이 있을 때 분위기가 다 달랐다. 늘 불안했고 불안정했으며 언제 일이 터질지 몰라 두려웠다. 제일 편했던 것은 아람과 고운이 함께 있을 때, 뿐이었다.

  예상은 정확했다. 엄마가 집을 비우는 날이 잦아졌다. 이모와 같이 어딘가를 간다거나 무엇인가를 해결하려는 듯 아등바등했다. 엄마의 부재는 세 자매에게 부정적으로 다가왔다. 사춘기에 접어든 세 자매는 서로에게 화를 냈고 다퉜다. 아무리 악을 써도 대화가 풀리지 않아 고운은 저 혼자 참았다. 자신이 참으면 된다고, 자기가 불편하면 된다며, 자신으로 인해 피해 보는 것보다 본인이 피해 보는 것이 훨씬 마음이 편하다며, 고운은 매일 자신의 감정을 욱여넣었다. 동시에 자주 부딪히는 아람과 미소를 보며 불안했다. 혹여 불똥이 자신에게로 튀지 않을까, 순간의 화를 참지 못해 극단적 사고가 일어나지 않을까 하면서. 보육원에서 다정했던 미소의 모습은 온데간데없고 언니 오빠들의 모습이 보였다. 억울했다. 다 같이 힘든 거, 서로 알아주면 되는 것을 개인의 감정에만 급급했다. 먼저 날아온 손을 아람도 함께 날렸다. 미소가 날린 강도만큼 세지 않아 더 답답한 아람이었다. 고운은 그저 그 상황을 불안하게 바라보며 싸움이 그치기를 기다렸다.

126.

  고운도 늘 아람이 편한 건 아니었다. 아람 역시 무의식 속에서 자신의 분풀이를 고운에게 풀었으므로 고운은 절대적으로 아람이 편했다고 말할 수 없을 것이다. 게다가 서로 싸우게 되면 의지하던 어깨가 사라지고 엄마까지 안 계시니 고운은 늘 외로웠다. 엄마가 보고 싶었다. 엄마가 있었으면 좋겠다고 생각했다. 집안이 어두울 때마다, 누군가가 싸울 때마다, 늘.

고운은 보호대를 언제나 착용하여야 했는데 쉽사리 얼음장 같은 집안에 도움을 요청하지 못했다. 빙판에 빠져버려 허우적거려야만 했다. 겨우 어렵게 용기 내어 건넨 도움은 아람도, 미소도 짜증으로 맞받아쳤고 조여주는 찍찍이를 일부러 강하게 잡아당겨 고운을 놀라게 했다. 몰랐다는 변명은 너무 무지했으며 배려를 몰랐다.

127.

중학교 3학년이 되었을까. 엄마가 점점 자리를 비웠다. 일한답시고 너무 늦은 시간에 돌아왔고 오랜 시간 집에 들어오지 않았다. 슬프게도 어디 갔는지, 뭐 하러 갔는지 예상할 수 있었다. 엄마와 함께였을 때를 떠올렸다. 엄마의 슬픔과 걱정에 잠긴 얼굴. 받기 두려운 전화와 읽기 무서운 문자. 그리고 이모와의 통화. 고운과 아람은 엄마 휴대폰을 들었다. 후, 메시지를 들여다보았다.

돈, 돈, 돈

그놈의 또 돈이었다. 갚으라고, 지금 몇 번째 기다리고 있냐며 더 이상 기다릴 수가 없다고, 더 이상 지체되면 법으로 할 수밖에 없다고 반복적으로 같은 번호로 문자가 날아왔다. 화면을 올리자, 여러 번 그러한 말들이 연속됐다. 긴 문자를 보내는 상대에 비해 엄마는 한두 줄로 끝냈다. 미안하다고, 다음 주에⋯. 또 다음 주에⋯. 고운이가 아프다는 변명을 하며⋯.

그 사람은 별이었다. 별은 엄마와 이모에게 독촉했다. 꽤 오래전부터 이어온 인연인 양, 너무 많은 것을 알고 있는 듯했다. 이모는 별의 전화를 받지 않았다. 문자도 답하지 않았다. 말 그대로 무시했다. 그에 대한 결과는 엄마였다. 무시하는 이모를 대신해서 독촉했고 그나마 연락을 받는 엄마에게 계속해서 법과 재판, 돈이라는 단어가 오갔다. 무서웠다. 설마⋯. 설마⋯.

설마가 이루어졌다. 별은 신고했다. 엄마는 그 후로 돌아오지 않았다.

128.

그러던 어느 날, 머리를 말리고 있는 언니에게 동사무소에서 연락이 왔다. 학교를 마치고 바로 집에 오지 않고 근처에 있는 아동센터에 다니는 것이 어떻겠냐는 권유의 전화였다. 달갑지 않았다.

이전에 보육원을 나가기 전에도 아동센터를 다녔기에 가기 망설였다. 더구나 아직 익숙하지 않은 지역인 데다 성격 역시 극소심의 땅끝이었기에 더더욱 발을 딛기 싫었다. 학교조차도 큰 용기를 내어 간 장소였기에 새로운 장소와 새로운 인연은 당시 고운과 아람에겐 긴장의 연속이었다. 원치 않았고 바라지 않았고 피했다. 왜인지 '새로움'이라는 것이 무서웠다. 두려웠다. 상대가 '나'를 어떻게 바라볼지, 어떻게 생각할지 숨 쉬는 소리조차 신경 쓰였고 스치는 눈빛조차 예민했다. 그런데도 다니게 된 이유는, 언니 미소였다. 미소 역시 거절을 못 했다. 도움을 건넨 이의 손길을 거절하기도, 할 수도 없어 곤란했다. 고개를 젓는 아람과 고운을 보며 미소가 작게 속삭였다. 손에 쥔 핸드폰을 멀리 두면서.

우리 도와주려고 먼저 말해줬는데 거절하면 좀 그렇잖아⋯.
가면 공부도 하면서 간식도 준대. 어?

동의의 눈빛을 날리는 미소의 동그란 눈동자.
거절하기 어려운 듯 다니길 원하는 간절한 일그러진 얼굴.

쌍둥이가 선뜻 대답을 하지 않자, 기다림의 지친 숨소리가 핸드폰을 통해 들려왔다. 빠른 답을 해줘야 끝날 것 같은 상황에 결국, 아람과 고운은 미소의 부탁에 원치 않은 선택을 하며 그들의 뜻을 따랐다. 거절 시에 따르게 되는 미소의 행동이 무서웠기에 자신들의 선택보다 남들이 정하거나 원하는 선택지만이 답이었다.

미소는 다시 통화용 목소리로 성대를 바꾸며 아주 친절하고 가볍게, 통화를 마쳤다.

좋아하면서도 살짝 안심된 듯한 미소를 보며 왠지 모를 짜증과 어쩌면 자기 자신에게서 오는 분노를 느꼈지만, 감정의 표현도 감춰야 했다. 표현은 싸움으로 번질 뿐이었으며 이미 결정한 선택을 바꿀 순 없었으니까….

그렇게 아람과 고운은 아동센터를 다녔다. 제일 연장자라고는 그 둘만 존재했던 그곳은 초등학교부터 딱 6학년까지 존재했다. 쌍둥이보다 더 연장자라고 해도 국장님이라고 불리었던 그의 아들뿐이었다. 1년 후, 어느새 많은 변화가 일었다. 초등학생만 가득했던 공간에 다양한 연령대가 서서히 발을 디뎠다. 기존에 있던 아이들 몇몇은 보이지 않고 새로이 들어오는 아이들을 보며 이중감정이 공존했다. 보육원에 있을 때 다닌 아동센터와 퇴소 후에 엄마가 있지 않은 상태에서 다닌 아동센터에서 그곳에 다니는 아이들을 그런 시선으로 바라보고 있었다. 분명 아이들은 부모님이 계실 텐데도 안타까움과 동시에 부러움도 있었다. 학원 대신 다니는 아동센터라지만 학원과 다름없이 문제집을 풀며 공부하고 넓은 마당에서 뛰어놀며 저녁과 간식까지 챙겨주던 그곳. 이제는 완전히 교회로 바뀌었지만, 쌍둥이와 더불어 그곳에 다녔던 아이들에게는 추억으로 자리 남을 것이다.

129.

 엄마의 부재는 나날이 늘어갔다. 하나하나 늘어간 부재는 사채업자와의 싸움이었고 나날이 느는 엄마의 부재는 교도소였다. 미소와 아람은 허구한 날 싸웠다. 예민해진 대로 모두가 날이 섰다. 고운만이 그저 상황을 지켜보고 참고 또 참으며 이 시간이 지나가기를, 자신 옆에 엄마가 있기를 바랐다. 적어도 엄마가 있으면 아람과 미소가 덜 싸울 테니까. 엄마의 개입으로 그나마 분위기가 덜 가라앉을 테니까. 고운은 매일 불안했다. 둘이 싸울까, 불똥이 튈까 초조했다.

 엄마가 계시지 않는 집은 위태로웠다. 밥은 물론이고 학교생활 후, 이들을 보호해 줄 이가 필요했다. 그곳이 바로 아동센터였다. 그런 틈에 쉼이 찾아왔다. 고운이 그렇게 기다리던 엄마, 유일하게 숨을 쉬게 해준 엄마, 편안하게 집에 있을 수 있게 해준 엄마. 그런 엄마를 미소는 매몰차게 보냈다. 그 후로 엄마를 보지 못했다. 그곳에서 볼 뿐이었다.

 그날의 쉼이 그곳에서의 휴일인지, 휴가인지 알 수 없지만, 교도소에서의 짧은 외출이리라.

130.

엄마는 매번 숨겼다. 아무리 물어도 별일 아니라며 숨겼고 더 맛있는 음식으로 사랑을 주었다. 예상하고 있듯이 한 번 더 보려고 했고 안으려 했으며 함께 무엇인가를 하려고 했다. 반면에 미소는 전혀 눈치채지 못했다. 밖에 나가자는 엄마의 제안을 귀찮다며 거절했고 엄마의 불안을 미소는 몰랐다. 그러던 며칠 후부터 엄마가 종종 집을 비웠다. 이모와 함께 어딘가로 가서 어떤 무엇인가를 하겠지 생각했다. 이모의 꾸밈에 넘어가길, 이모는 엄마를 데려간 것 같았다. 엄마가 돌아오지 않았다. 고운과 아람은 서로를 바라보았다. 이러한 결말을 예상했듯이 아무렇지 않았다. 슬프지가 않았다. 너무 많이 예상해 버려서, 사라져 버린 엄마를 수도 없이 상상해 버려서 아무런 감정이 느껴지지 않았다. 그러던 어느 날, 하교 후 집을 들어오는데 반가운 신발과 정겨운 냄새가 고운과 아람을 반겼다.

엄마~~!!!
고운, 아람, 갔다 왔어? 배고프지. 저녁 먹자~

엄마가 주방에서 김치찌개를 끓이고 있었다.

엄마~ 어디 갔었어?
엄마, 보고 싶었어.
엄마, 오늘 같이 자?

엄마, 내일도 집에 있어?

질문이 쏟아졌다. 아무렇지 않았던 내면이 깨져버렸다.

저녁 먹고. 일단 밥 먼저 먹고. 배고프다.

오랜만에 엄마 밥을 먹었다. 음식을 먹는 고운과 아람을 생각하며 만들었을 찌개. 서로 마주 보며 대화하고 저녁을 보내는 시간을 상상했을 엄마에게 엄지를 보여주었다. 엄마의 정성과 사랑이 담긴 그날의 김치찌개는 그만큼 진했다.

저녁을 먹고 취침 준비를 하던 때였다. 침대에서 자던 고운과 아람은 엄마와 자고 싶었다. 왠지 오늘이 마지막일 것 같았다. 엄마 품에 안겨, 엄마의 냄새를 기억하고 싶었다. 잊고 싶지 않았다. 엄마의 손을 잡고 엄마의 따듯한 토닥임을 받으며 밤을 지새우고 싶었다.

…미소가 들어왔다. 미소는 엄마를 보자 버럭 소리를 질렀다. 엄마는 예상했을까. 혹은 미소도 어린아이처럼 방방 뛰며 좋아함을 그렸을까. 엄마는 미소의 소리에 놀랐다. 고운과 아람은 짜증이 올라왔다. 함께할 시간도 아까운 이 시간이 싸움으로 번지게 된 것이 미소 탓 같았다. 내일을 기대하게 만든 엄마가 미소 덕에 없을 것 같았다. 싸했다. 엄마의 사슴 같은 눈망울에 눈물이 맺혔다. 흐르지 못했다. 억눌러야 했다. 아람은 그런 미소가 미웠다. 자신이 먼저였던 미소가 엄마와 고운, 아람의 마음을 몰라주는 것 같아 원망

스러웠다.

 미소는 엄마에게 이제야 없는 엄마가 익숙해졌는데 왜 왔냐며 눈물을 터트렸다. 미소의 소리엔 항상 '**우리**'가 있었다. '**우리**'는 암묵적으로 고운과 아람이 포함되었다. 미소의 말과는 다르게 고운과 아람은 '**우리**'가 아니었다. 엄마가 반가웠고 내일이 없더라도 엄마와 있는 시간만큼은 소중히 쓰고 싶었다. 1초가 1분처럼, 1분이 1시간처럼 지나가길 바랐다. 그런 고운과 아람을 자신의 생각과 같이 만들었다. 두 아이는 그런 이야기를 한 적이 없었다. 미소가 다시 말했다.

> 이제야 **우리**끼리 생활하는 게 익숙해져 가고 있었는데, 왜 왔냐고! 오지 말지!!!

아람은 속으로 생각했다.

> 미쳤나? 엄마가 고팠을 텐데 왜 저렇게 말하지? 엄마가 내일 가면 어떡하지…?

생각을 읽은 듯 고운은 아람을 바라보았다. 둘은 고개를 푹 내렸다. 엄마는 말도 못 하고 미소를 보았다.

> 진짜…. 엄마 처음에 없었을 때 **우리**끼리 생활하느라 얼마나 힘들었는지 아나. 이제야 적응 다 됐는데 이렇게 찾아오면 또

어떡하라고. 왜 왔는데…. 진짜.

울먹이며 울음을 보이며 미소는 계속 엄마를 몰았다. 아람은 말리고 싶었지만 용기가 없었다. 엄마가 없는 동안의 미소는 예민했고 날카로웠으며 호랑이였다.

미안해. 엄마가.

엄마가 나지막이 말했다.

미안하면 뭐 하는데. 또 이렇게 되면 나만 나쁜 사람 되는 거잖아. 맨날 이렇잖아.
알았어. 미안해. 엄마가. 잠시 얼굴 보고 가려고 했어.
그럼, 얼굴 보고만 가지. 왜 또 자고 가냐고.
…미안해. 엄마, 내일 갈게. 응? 미소야, 엄마가 미안해.

엄마는 미안하다는 말만 되풀이했다. 아람은 미소가 싫었다. 엄마 마음을 몰라주는 미소가, 엄마를 내보내려는 미소가 정말 싫었다.

그날 밤, 잠자리가 차가웠다. 엄마 옆에서 자는데도 엄마의 미안함이, 엄마의 후회스러움이, 엄마의 차가운 눈물이 느껴졌다. 엄마의 손을 잡으며 속으로 괜찮다고 만지작거려도, 괜히 엄마에게 안겨보아도 엄마가 미소에게서 느낀 감정은 사라지지 않았다. 밤새

조잘거리며 엄마와 얘기 나누고 싶었는데…. 엄마와 같이 밤을 지새우고 싶었는데…. 그렇게 밤은 저물었다.

아침이 되고 미소는 분이 덜 풀렸는지 아침부터 날을 세웠다. 쿵! 탁! 퍽! 콰앙! 하며 아직 화가 났다는 걸 알렸다. 이러한 시간들이 귀하다는 것을, 자신의 감정이 훗날 후회와 누군가에게는 상처가 된다는 것을 미소는 몰랐다.

왜 저래.

아람은 속으로 생각했다.

고운과 아람은 등교할 준비를 마쳤다. 갑자기 무서워졌다. 하교 후에 정말로 진짜로 엄마가 안 계실까 봐, 따듯했던 엄마의 온기를 느끼지 못할까 봐 조마조마했다. 불안함에 엄마를 안았다. 엄마도 아람과 고운을 부둥부둥 안아주었다. 마지막이 아니길 바라며 집을 나섰다.

131.

이날은 학교를 일찍 마치는 날이었다. 괜스레 기대감에 부풀며 하교했다.

.
.
.

…냉기가 가득했다. 방 안은 오후의 햇살이 가득한데 사람의 온기가 느껴지지 않았다. 빈집 같았다.

야…. 없다….

아람이 실망한 목소리로 말했다. 방 안에 들어가니 책상 위에 쪽지가 있었다.

고운아, 이거 봐. 엄마가 남기고 갔나 봐.

초록색 사인펜으로 쓴 엄마의 글씨. 어떤 말을 적을지, 어떻게 자신의 생각을 표현해야 할지 고민의 흔적이 보였다. 파도처럼 글씨는 출렁거렸다.

엄마 잠시 외출해야 할 거 같아.
그동안 밥 굶지 말고 잘 챙겨 먹고 잇어
언니 말 잘 듣고, 싸우지 말고 알아지?
엄마가 미안해. 같치 못 잇어줘서 미안해.
찌개랑 반찬 조금 만드럿어. 데펴서 먹어. 우리 쌍둥이 엄마가

많이 사랑해.

울지 않았다. 슬플 뿐이었다. 무엇보다 화가 먼저였다. 엄마가 떠난 게 미소 때문 같았다. 전날, 그렇게 소리 지르지 않았더라면 지금 옆에 있을 엄마였다. 미소가 보기 싫었다.

집 안 곳곳에 엄마의 흔적이 고스란히 보였다. 정리되어 있는 책장과 깨끗한 방, 미리 끓여놓은 찌개와 만든 반찬거리들이 엄마를 더 떠오르게 했다.

그렇게 엄마는 한참 돌아오지 않았다. 어디에 갔는지 예상은 되었지만 고운과 아람의 예상일 뿐, 단정 지을 수 없었다. 그 후, 집 안은 더 차가워졌다.

132.

미소는 날이 갈수록 날카로워졌다. 등교 시간이 7시 50분까지였다면 새벽 5시부터 알람을 5분 단위로 6시까지 맞췄다. 5분마다 같은 음악이 흘러나왔다. 3명이다 보니 세수와 양치를 하다 보면 7시가 금방 된다며 6시로 알람을 맞춘 것이다. 매일 새벽 6시에 일어나다 보면 가끔은 뒤척이기도 하고 그러다 늦잠을 자기도 했다. 아무것도 모르고 단잠에 빠질 때에는 벌써 등교 준비를 끝낸 미소가 낮고 차갑게 툭 내뱉었다.

야. 일어나라.

그 한마디에 잠이 번쩍 깼다. 화가 나 있음을 알 수 있었다. 이해했다. 언니라는 이름으로 고운과 아람을 책임지고 있음을, 알람을 미소 혼자 맞추고 고운과 아람을 깨우려는 것을 안다. 자신도 더 자고 싶은데도 지각하면 안 되니까, 일어나야 하니까, 쌍둥이를 깨워야 하니까 화가 나는 것을 알고 있었다. 그런데도 아람은 미소가 싫었다.

미소의 행동에서 보육원의 일상이 묻어났다.

미소가 고등학생이 되고, 쌍둥이가 중학교 3학년이 되는 해였다. 두 아이가 아동센터에 다니기 전, 바로 집으로 하교했다. 바닥에서 자던 미소는 자신이 오면 청소와 빨래, 그리고 잘 준비까지 되어 있길 원했다. 추운 겨울이었기에 전기장판까지 미리 깔아놓고 불까지 켜놓으라며 부탁했다. 청소까지는 할 수 있었다. 함께하는 공간이니까. 하지만, 자신이 잘 공간을 다른 이가 준비하는 건 이해할 수 없었다. 부탁을 계속 들어주니 당연한 일상이 되었다. 저녁을 먹기까지는 기분이 좋았다. 고운과 함께 어떤 음식을 먹을지 고민하고 다양한 양념을 만들어 알 없는 알밥도 만들고 간단한 컵케이크도 만들며 추억을 쌓았다. 양념으로 조리할 때면 환기가 되지 않아, 집 안에 연기가 자욱하여 냄새로 가득 찼다. 미소가 올 때까지 그 흔적을 치워야 했다. 자신이 집 안에 들어올 때, 아무런 냄새도 없이 깨끗한 집이어야 했고 쌍둥이도 다 씻어야 했다. 자신도 얼른 씻고 자야 했기에 자신이 하교하기 전에 쌍둥이의 일상은 끝이 나야 했다. 미소가 하교하기 전, 고운과 아람은 장난도 치며 여유롭게 시간을 보냈다. 밥을 먹고 설거지와 청소를 하며 서로 꽁냥거리면서.

미소가 들어올 때는 항상 긴장했다. 특히나 양념 가득한 집 안의 공기가 미소의 심기를 건드릴까, 현관 소리가 들리면 움찔했다. 역시나… 냄새가 덜 빠졌는지 문 열자마자 코를 찌르는 냄새에 소리를 질렀다.

뭔 냄샌데! 환기 안 시키냐. 빨리 문 열어라.

이미 창문으로 환기를 시키고 있는데도 부족한 모양이었다. 고운과 아람은 서로 마주 보며 눈빛으로 미소를 욕했다. 동시에 서로 고개를 들면 뭐가 그리 좋은지 킥킥거렸다. 그러면서도 보육원과 무엇이 다른지 찾아오는 현실에 화도 났다.

133.

어느 순간, 세 아이의 일상에 또 다른 일상이 추가되었다. 고운과 아람이 모든 일상을 마치고 매트리스 위에 책상을 펴, 편지를 쓰는 것이었다. 미소는 엄마에게 한 장, 또 다른 분에게 한 장을 써, 아람은 이모에게도 쓰는 것 같았다. 고운과 아람이 재잘거리며 편지를 쓰던 때였다. 현관소리가 들렸다. 작게 한숨을 내쉬며 둘은 입을 다물고 아무렇지 않은 척, 편지를 써 내려갔다. …평소 미소의 모습이 아니었다. 언제나 무표정으로 집에 들어오던, 화가 난 듯 아무 말도 없던 미소의 얼굴엔 눈물 자국이 선명했다. 그러다 미소는 집이라 안심했는지 참고 있던 눈물을 터트렸다.

미소는 알고 있었을까. 믿어지지 않을 뿐, 엄마가 그곳에 있어 집을 비운다는 사실을. 자신만 알고 있는 그 사실을, 자신보다 2살 어린 동생들에게 말하는 것이 짐인 것 같아 말하지 않았던 자신의 무게를 그제야 털었다.

고운과 아람은 서로를 바라보았다.

?? 왜 저래?

고운과 아람은 마주 보며 왜 우는지 예상했다.

니들한테 언니가 말 안 했는데…. *(훌쩍)* 사실…. 엄마 거기 있다. 교도소에…. 알고 있었나. …니들 알고 있었나. 엄마 거기 간 거.

고운과 아람은 사실 알고 있었다. 미소가 울면서 들어온 이유도, 말하고자 하는 것이 무엇인지도. 모른 척할 뿐이었다. 뒤늦게 사실을 알게 된 미소는 충격을 받은 것인지 꽤나 운 모양이었다. 학교 내에서 담임 선생님께 그런 청천벽력과 같은 소식을 들었으니[56] 앞으로의 앞날이 까마득하겠지.

미소의 질문에 고운과 아람은 서로를 먼저 바라보고 답했다.

어. 알고 있었는데. *꽤 됐어.*

그러면서 미소가 미웠다. 정말 몰랐을까. 예측도 못 했을까.
교도소인지 어디서인지 잠시 세 자매를 보러 왔을 때에 매몰차게 엄마를 대하던 미소가 떠오르자 그녀의 눈물이 가식적으로 느껴졌다. 그렇게 울 거면서, 후회할 거면서, 보고 싶으면서 왜 차갑게 대했는지, 그깟 자존심이 뭔지 미소의 눈물이, 울음이 진심으로 느껴지지 않았다.

---

[56] 고등학교는 토요일마다 학교에 나와 자율학습을 하여 당시 담임이 미소에게 면회 가라며 등교하지 말라고 하셨다. 그때 알게 된 듯하다.

미소의 질문이 이어졌다.

언제? 어떻게?

고운과 아람은 서로를 한 번 쳐다보곤 다시 미소에게 고개를 돌렸다.

분위기? 언제부터 집 분위기가 안 좋았잖아. 엄만 돈에 관해서 연락 오면 계속 피하고, 얼굴에 그늘지는데 아…. 무슨 일 있구나 싶었지. 가끔 엄마 메시지 보면서 어느 정도 예상했어. 또 헤어지겠다…. 정말…. 재판까지 가겠구나….

아람이 담담히 말했다. 미소는 훌쩍였다. 자신의 예상을 전혀 예상치 못한 인물로 확신해야 했던 순간, 미소는 무너졌다. 담임으로부터 그 소식을 들은 미소는 믿을 수 없었다.

문자에도 법대로 하자, 재판 가자…. 이런 문자 꽤 있었어. 자주 보였는데….

그런 문자에도 아무것도 할 수 없었던 고운과 아람은 그제야 미소에게 털었다.

진짜…? 언니는 진짜 몰랐다. 아무것도 몰랐다. 처음에 교도

소에 있다고 했을 때, 안 믿기더라. 우리 엄마가 그런 곳에 있다는 게 진짜…. 지금도 안 믿긴다….

또다시 눈물을 흘렸다. 아무렇지도 않았던 마음이 울컥해졌다. 미소의 말 때문이 아닌, 엄마가 보고 싶어서였다. 엄마에게 관심이 없어서 그런 건 아닐까, 아람은 생각했다.

미소는 믿고 싶지 않은지 믿을 수가 없는지 반복해서 물었다. 들려오는 답은 이미 정해진 답일 뿐, 바뀌지 않았다.

미소가 크게 숨을 고르고 고운과 아람에게 물었다.

그럼 니들 혹시 부탁 들어줄 수 있나.

미소가 울먹거리며 말했다.

어떤 거?

아람은 애써 미소의 눈물에 공감하듯 물었다.

언니가 엄마랑 다른 사람한테도 편지 쓰고 있었잖아. 사실 그 사람 대법원장이거든.

대법원장한테 쓰라는 거겠지.

　미소의 말을 듣자마자 예상했다. 왠지 자신의 아픔을 이해해 달라고 느껴졌다. 모두가 아픈 이 시기를 자신이 더 힘들고 지쳤다며 울음을 보이면서 안아달라고 호소하는 것 같았다. 미소가 훌쩍이며 말했다.

　　언니가 대법원장한테도 탄원서 같이 쓰고 있었거든…. 엄마한테 편지 다 쓰고 니들도 같이 써줄 수 있나.

　　응. 알았다.

　고운과 아람은 고개를 끄덕였다. 미소를 위해서가 아니라 엄마를 위해서였다. 엄마를 더 빨리 볼 수만 있다면 뭐든 할 수 있었다.

134.

　엄마에게 궁금한 것은 아니, 세상 어른들에게 궁금한 것은 첫째는 왜 어른처럼 보이냐는 것이다. 아직 아이를 낳아보진 못한 입장으로서, 세상을 다 알지 못하는 청년으로서 묻고 싶다. 아람은 아직도 엄마에 대해서 모르는 것이 많다. 알고 싶어도 엄마는 말해주지 않으니 알 길이 없다. 유일하게 아는 길은 미소뿐인데, 미소에게 물으면 자세하게 말해주지 않는다. 엄마는 첫째라는 이유로, 2살 언니라는 이유로, 고운과 아람이 어리다는 이유로 미소에게만 전해준 것 같은데…. 두 아이가 미소에게 들려준 나이에 가까워졌을 때에도 아직 동생들은 어리고 첫째는 어른 같을까. 같은 나이를 거침에도 첫째아이에게는 성숙함을 동생들에게는 미숙함을 전해주는 것이 과연 맞는 것일까 생각이 들었다. 2살 언니더라도 미성년자일뿐더러 아직 어린아이일 뿐인데 언니라는 이유로 언니만이 알아야 하는 것들이 있다면 동생들은 이유 없는 언니의 소리에, 울음에 끊임없이 의문을 품을 것이다.

135.

편지를 쓰다 미소가 입을 열었다.

언니가 토요일마다 대구 간다이가. 그것도 사실은 엄마 보러 가는 거거든.

…솔직히 배신감이 들었다. 그렇게 혼자 아파하고 힘들어하면서 시간이 지난 후, 버럭 화로 분풀이할 거라면 귀띔이라도 해주지란 생각이 들었다. 꼭 자신만 알고 있는 상처를 화로 풀었어야 했을까. 교도소를 예상한 건 사실이었지만, 매주 토요일마다 학교 대신 엄마를 보러 간다는 것은 모르던 사실이었다. 엄마가 집으로 돌

아왔을 땐, 그렇게 싫어하던 미소였는데 홀로 엄마를 보러 간다는 말에 억울했다. 동생이라도 어리더라도 가족이었다. 2살 차이 나는 언니였지만 당시 미소도 어린 학생이었다. 언니라는 이유로, 동생이 어리다는 이유로 많은 것을 숨기고 감당한다면 동생은 어디까지 어릴 수 있을까 생각했다. 고운과 아람도 엄마가 보고 싶었다. 그런데 엄마를 매몰차게 외면하던 미소가 혼자 엄마를 보고 있었다는 게, 분했다. 두 아이는 이 분함을 티 내지 않았다. 미소는 말을 이었다.

 니들도 보러 갈래? 엄마가 니들한테는 아직 말하지 말라고 했는데 언니 혼자 계속 보기엔 좀 그래서…. 엄마 안 보고 싶나.

 보고 싶지.
 매주 토요일마다 가는 거야?

 어. 갈래? 같이?

…솔직히 고민이었다. 엄마를 보고 싶었지만 미소랑은 가기 싫었다. 서로 예민해진 사이를 보내기가 싫었다. 게다가 아람은 미소와 맨날 싸웠고 고운은 그 사이에서 눈치를 봐야 했기에 선뜻 대답하기 어려웠다.

 …그래.

고마워. 진짜….

미소가 고맙다며 연신 말했다.

편지를 다 쓰고 미소는 고운과 아람이 대법원장님께 쓴 편지를 읽어보았다. 일기를 검사받는 기분이었다.

이렇게 적는 거 아니다. 그냥 엄마랑 같이 살고 싶다고, 같이 지내게 해달라고 적으면 되는 거다. 우리 엄마 잘못 없다고.

미소가 갈피를 잡아주었다. 아람은 아리송했다. 대법원장께 적는 이유는 억울함을 호소하며 선처를 바라는 마음 아닐까 했는데 완전 다른 내용이었다. 대법원장께 편지를 적으면서도 이상했다. 이게 맞나 싶었지만 미소에게 반론하는 순간, 분위기가 얼어질 게 분명했다. 사실은 몇 번 그런 상황이 있었기에 섣불리 이러면 안 돼? 저러면 안 돼? 할 수 없었다. 미소는 끝까지 자신의 생각을 말했고 다른 상대가 받아들일 때까지 멈추지 않았다. 자신이 맞는 것처럼.

편지는 각자 두 장씩 나와 총 여섯 장이었다. 미소가 부탁했다. 시간이 안 맞으니 일찍 마치는 쌍둥이가 우체국에 등기로 보내라는 것이었다.

등기?

등기로 보내면 일반 우편보다 더 비싸거든? 여기 우리 생활비 있으니까 3,400원 챙겨서 보내면 된다. 등기로 보내야 엄마한테 갔는지 알 수 있다.

다음 날, 고운과 아람은 우체국을 들렀다. 처음 간 우체국이었다. 우물쭈물하던 고운과 아람에게 우편 창구 아저씨께서 먼저 물으셨다.

편지 보내려고?
네….
여기 무게 재게 올려볼래?

은색 판에 아람은 편지를 올렸다. 몸무게 재듯 초록색 숫자들이 삐리릭 움직였다.

일반으로 해? 등기로 보내줄까?
등기로요.
등기면 가격이 더 나가서 3,820원. 등기로 보내면 되지?
네.

아람은 집에서 가져온 생활비를 건넸다. 창구 아저씨께서는 붙여지지 않은 등기우표를 붙이며 도장을 쾅앙 찍었다. 4시 이전은 당일에 보내지고 그 이후면 다음 날 보낸다며 인사까지 해주셨다. 엄마와 대법원장님께 편지를 매일 썼기에 두 아이는 어느덧 우체국

아저씨와 친해졌다. 익숙하게 편지를 올려놓고 계산을 하고 인사까지 하며 처음과는 달라졌다. 편지봉투에 적힌 주소가 교도소인지도 인지하지 못한 채, 마냥 **엄마**에게 보낸다는 그 설렘에 우체국을 매일 들렀다.[57]

136.

사람은 시간에 익숙해지면 무뎌진다. 자신에 대해서도, 상대에 대해서도. 매일 같이 쓰는 편지도 지루했고 써 내려갈 말이 없었다. 매일 똑같은 일상을 보내고 같은 내용을 쓰는 편지는 점점 쓰기 싫어져 뜸해졌다.[58] 대법원장님께 쓰는 편지조차도 매번 쓸 때마다 같은 내용을 복사 붙이기 하듯 적어가는 편지지를 보는 대법원장이 떠올랐다. 수많은 편지를 읽어볼 대법원장님이 과연 읽어는 줄까? 읽더라도 지겹진 않을까 생각이 들었다. 더구나 대법원장님께 자유롭게 쓰고 있는 고운과 아람에게 틀렸다며 나무라며 고쳐주던 미소. 그 내용은 호소문처럼 느껴졌다. 쓰다 보면 문득 이런 생각이 들었다.

너무 같은 내용이면 지겹진 않을까?/탄원서를 진심으로 생각할

---

57 보육원에서도 편지를 주고받아. 엄마에게 보내는 편지가 익숙해져 **'엄마'**만을 생각했던 이유도 있다.
58 엄마가 편지를 기다리고 있었다며, 유일한 낙이었다는 것을 출소 후, 몇 개월이 지난 후에 말씀해 주셨다.

까?/이게 탄원선가?

쓰면서도 의문이었다. 속으로 의문을 삼킨 채, 반복적으로 탄원서를 썼지만, 의문은 진심을 삼켜 글의 진정성이 보이지 않았다.

역설적이게도 우편함에 꼽힌 엄마의 편지를 기다리면서도 세 자매의 편지를 기다리는 엄마를 생각하지 못했다. 교도소 안에서 기다리고 있을 세 아이의 편지가, 세 자매의 하루하루가, 세 자녀에게는 지루한 일상이 엄마에게는 그토록 바라던 하루였음을 알지 못했다.

137.

미소는 엄마 면회를 위해 대구까지 2시간 남짓 교통수단을 이용하여 토요일이면 새벽 5시에 일어나 준비했다. 엄마를 보러 간다면 같이 가고 싶었던 건 사실이지만 미소의 표정을 보면 묻고 싶던 질문도 들어갔다. 인상을 팍 쓰고 있던 미소에게 무언가를 묻기도, 말하기도 두려워 먼저 말 걸지 않았다. 미소가 묻지 않는 이상, 고운과 아람은 알 수 없었고 미소의 인상으로, 눈치로, 집 분위기로 파악해야 했다. 새벽에 일어나는 미소가 어느 순간, 곤히 자는 고운과 아람에게 들으라는 식으로 짜증을 내었다. 그동안 쌓여 있던 울화가 터진 모양이었다. 그런 미소가 먼저 같이 가자고 제안을 하다니…. 엄마를 보고 싶던 고운과 아람에게는 기쁜 제안이었다. 다만…. 편하게 기뻐할 수 없었다. 주마다 고운과 아람은 번갈아 가며 미소와 함께 엄마를 보러 가야 했다. 작은 행동조차도 조심해야 하는 그런 분위기에서 고운과 아람은 늘 긴장하며 엄마를 보았다. 초반에 미소도 자신의 욱하는 성질을 알고 있는지 최대한 부드럽게 말하며 배려해 주려는 것이 느껴졌지만, 잠시였다. 문제는 여기였다. 그 잠시가 문제였다. 고운과 아람에게 잠시는 상처로 남았다. 미소에게는 아무것도 아닌 잠시의 화가, 언행이 쌍둥이에겐 위축이 되었다. 미소의 잠시와 이어지는 행동으로 인해 주눅이 들어 있으면 원인을 모르던 미소는 더 화를 내며 부추겼다.

처음 보는 교도소였다. 입구에 들어가면 철창 같은 문 앞에 많은 사람이 대기하고 있었다. 아직 면회 시간이 다가오지 않아 문은 굳게 닫혀 있었다. 8시 30분이 되면 문이 덜컹 열렸고 차례대로 안에 들어갔다. 은행 창구처럼 직원들이 앉아 있고 면회 신청서 작성 후, 대기석에 앉았다. 많은 사람이 아무 말 없이 조용히 자신의 순서를 기다리고 있었다. 숙연했고 조용했다. 대기석에는 큰 TV가 걸려 있었는데 그 화면에는 수감자의 번호와 함께 이름이 보였다. 앉아서 시간이 가기만을 기다리고 있는데 기분이 이상했다. 울컥하지도 슬프지도 않았지만, 분위기 따라 숙연해졌다.

  엄마 보면 눈물 날 수도 있다. 언니도 처음엔 말도 못 하고 계속 울기만 했다.

미소가 말했다. 아람은 울지 않을 거라고 오히려 웃을 거라고 속으로 다짐했다. 10분 단위로 사람들이 나갔다 들어왔다. 엄마의 차례가 다가왔다.

우리 차례다.

미소가 자리에서 일어났다. 아람도 따랐다. 또 다른 문이 열리자 긴 복도가 보였다. 각 방마다 투명 유리문이 보였고 그 사이로 가족일지도 모르는, 연인일지도 모르는 사람들이 대화하고 손수건으로 눈물을 닦아내는 모습이 보였다. 엄마는 복도 끝에 자리하고 있었다. 아람은 엄마를 본다는 반가움에 걸음을 재촉했다. 투명 유리문을 통해 엄마가 미리 나와 의자에 앉아 있었다.

엄마~!

아람은 문을 열며 엄마를 반겼다. 엄마는 연두색의 옷을 입고 웃어 보였다. 어느새 머리는 어깨선을 넘어갔고 흰머리가 곳곳에 보였다.

…??

엄마가 입을 뻥긋거렸다. 목소리가 들리듯 들리지 않았다. 손가락으로 무언가를 가리키며 말했다.

눌러. 눌러야 들려.
뭐라고? 안 들려. 뭐라고??

귀를 유리문에 갖다 대며 물었다. 엄마가 그 모습을 보며 웃어 보였다. 미소는 엄마가 가리킨 무언가를 켰다. 그러자 엄마의 목소리가 들렸다.

우와~!!

신기했다. 유리벽으로 막힌 공간의 뒷문은 서로 다른 곳이었다. 엄마의 뒷문은 방이었고 세 아이의 뒷문은 출구였다. 엄마의 앞에는 세 아이의 모습이었지만 그들의 앞에는 얼굴 주변으로 작은 구멍이 여러 개 뚫린 유리벽이었다. 게다가 미소가 켠 기계에는 정 가운데에 붉게 시간을 나타내고 있었다. 면회 시간은 단 10분이었다. 엄마와 한마디 나누고 기계를 보고 엄마와 웃고 기계를 보니 시간이 빠르게 지나갔다. 8분…. 6분…. 5분…. 엄마와 더 긴 대화를 나누고 싶었다. 엄마의 모습을 더 기억하고 싶었다. 미소는 아무 말도 하지 않고 엄마를 바라보았다. 슬퍼서인지 혹은 고운과 아람이 엄마와 대화하라는 배려인지 알 수 없지만 미소는 말없이 10분을 보냈다. 언제나 10분의 끝은 같았다.

언니 말 잘 듣고, 싸우지 말고, 밥 잘 챙겨 먹고, 학교 잘 다니고, 항상 차 조심하고. 알았지? 사랑해. 우리 딸♥

엄마가 밝게 웃었다.

    나도 엄마 사랑해~
    나도 사랑해, 엄마.

고운과 아람은 큰 하트를 그리며 말했다.

    미소야, 미소는 엄마한테 사랑한다는 말을 안 해줘?
    …어? 허헣…;;;;

미소가 멋쩍게 웃었다.

    사랑해, 우리 딸~
    …나도…

미소가 내뱉었다.

10분의 면회가 끝나자 순식간에 엄마 목소리가 사라졌다. 그 문을 열고 나가야 하는데 엄마와 함께 더 있고 싶었다. 엄마는 자리에서 일어나 방문을 열고 들어갔다. 세 아이도 문을 열고 나갔다. 모든 문이 유리문이었기에 서로의 모습이 없어질 때까지 엄마에게 웃음을 보이며 손을 흔들었다. 서로 마지막 모습이 눈물과 슬픔이 아니라 웃음 가득한 모습이길 바랐다. 면회를 마치고 교도소를 나왔다. 따사로운 햇빛이 비추었다.

어떻드노? 안 슬프나.

미소가 물었다.

괜찮은데.

니들이 나보다 낫네. 언니는 보자마자 울었는데…. 진짜 갈 때마다 울기만 했다. 엄마랑 별 말도 못 하고….

그럴 수 있지.

니들은 안 울대? 안 슬프나? 엄마 보고 나면 하루 종일 기분이 좀 그렇더라. 좋지도 않고 싫지도 않고. 니들처럼 대화하고 싶었는데 나도 모르게 계속 울게 되더라.

미소가 말했다. 전에도 듣던 같은 말이었다. 계속되는 같은 말은 지치고 우울하게 만들었다. 어느 순간, 미소의 말들에 대응하기 싫어졌다. 공감할수록, 이해할수록 부정의 싹이 트는 기분이었다.

138.

　이러한 나날들이 반복되자, 고운과 아람은 둘이서 가면 안 되냐 물었다. 사실, 쌍둥이가 엄마를 보러 간 뒤로 길이 어느 정도 익숙해질 무렵에 미소는 귀찮아졌다. 닭똥 같은 눈물을 흘리며 엄마를 매주 보러 간다는 다짐은 온데간데없고 면회를 이유로 토요 자율학습을 빠질 수 있다는 생각에 실컷 잠을 자거나 핸드폰을 만졌다. 고운과 아람은 그 모습이 황당하고 웃겼지만, 마음은 편했다. 아주 편했다. 늦게 일어나도, 버스를 놓쳐도, 버스 안에서 깜박 졸아 정류장을 놓쳐도, 잘못 내려도 즐거웠다. 편한 누군가와 함께한다는 것은 감사한 일이었다. 고운과 아람은 그랬다. 교도소 문이 열리기 전부터 정숙한 분위기 속, 두 아이는 마냥 해맑았고 푸릇한 초록빛의 나무도, 하늘하늘한 하늘과 구름도, 더운 여름, 나무에 붙어 울던 세 마리의 매미도 모두 즐거웠다. 편안했다. 행복했다. 교도소 문이 열리면 온 순서대로 면회 시간을 작성하고 순서를 기다렸다. 키가 작은 쌍둥이라서 어른들에게 매번 밀리는 둘이라 모든 사람들이 다 들어간 후에야 면회를 신청하는 바람에 늦어지기도 했지만, 엄마를 편한 사람과 함께 볼 수 있어 행복했다. 하얀 유리 벽 사이로 대화할 수 있는 시간 10분. 10분 동안 엄마와 마주 보며 웃고 웃었다. 슬퍼서가 아니라 즐거워서. 엄마의 모습을 볼 수 있어서.

　엄마도 환하게 고운과 아람을 맞았다. 10분 동안 들을 수 있는 엄마의 울림 있는 목소리는 고운과 아람을 흥분시켰다. 짧은 시간

동안 하고픈 말을 해야 했기에 서로 입이 분주하게 움직였다. 엄마도 재잘대는 고운과 아람의 모습을 보며 환하게 웃으시며 자랑하듯 말했다.

  니들이 너무 자주 와서 같은 방 쓰는 언니들이 엄마 부러워한다~
  진짜? 다른 분들은 안 오신대?
  잘 안 오지…. 바쁘다거나…. 연락도 잘 안되나 봐….
  그래도 내 가족인데…. 너무해….
  엄마는 우리 딸, 너무 고마워. 새벽에 일어나서 이렇게 엄마 보러 와줘서….
  엄마 사랑하니까~

치지지…직

시간이 점점 줄어들었다. 서로의 음성이 갈라졌다. 3분…. 2분…. 1분…. 시간이 촉박해질수록 말은 빨라졌다. 1분…. 60초…. 그 1분은 언제나 같았다.

  건강해…. 언니 말 잘 듣고, 싸우지 말고… 알았지? 우리 딸,
사랑해….
  우리도 사랑해….

고운과 아람은 면회 시간이 다 끝나고 그 방을 나오면서도 투명한 유리에 비치는 엄마를 보며 손을 흔들었다. 방방 뛰며 방으로 들어가는 엄마의 모습을 조금만 더 보고 엄마의 모습이 사라진 후에야 고운과 아람은 교도소를 나왔다.

139.

면회가 끝나고 밖을 나오면 언제나 화창했다. 늘 맑았고 선선했다. 그 날씨를 두고 집으로 돌아갈 순 없었다. 더군다나 아침을 걸렀기에 허기가 있어 채워야 했다. 마침 바로 맞은편에 분식집이 있었는데 미소와 가면서도 언제 한번 먹어보고 싶었던 곳을 고운과 아람은 일탈이라도 하듯 미소 몰래 둘만의 추억을 만들었다.

아람은 고운과 함께 엄마를 보러 가는 것이 너무 편안했다. 서로 오랜 시간을 보낼 수 있어서, 둘만의 비밀을 간직할 수 있어서, 마음 놓고 속에 담은 이야기를 터놓을 수 있어서 아람에게 고운은 삶의 원천이었다.

두 아이가 엄마를 본 후, 미소는 부쩍 가는 길이 드물었다. 아무 말도 하지 않고 와서인지 혹은 잠이 먼저인지 또는 엄마 없이 보내는 일상이 익숙해졌는지 점점 잘 가지 않았다. 솔직히 좋았다. 미소와 단둘이 갔을 때에는 눈치가 보였다. 처음에 함께 갔을 때와는 전혀 반대되는 상황이었다. 늦잠 자면 그대로 내버려두었고 빨래가 있으면 널고 가야 했기에 자신의 옷만 널고 저 혼자 나갔다. 게다가 빨래 너는 것도 자신의 규칙이 있어 이를 지키지 않으면 예민하게 반응하여 하루하루가 눈치로 가득했다. 보육원에서 옷을 빨아도 꿉꿉한 내가 났다며 냄새에 예민해진 미소는 빨래를 할 때, 최대한 널널하고 달라붙지 않게 널었다. 새벽부터 일찍 일어나 빨래를 하고 먼저 가버리면 아람은 재빨리 뒤따랐다. 길을 아직 몰랐기에 혹여 길을 잃을까, 엄마를 보지 못할까 무서웠다. 달리는 버스에서 잠시 졸게 되면 혼자 내릴까 조마조마하여 뒤를 돌아 미소가 있는지 확인했다. 반대로 미소가 잠들면 아람은 깨워줬다. 눈치가 보여서…. 아람이 미소를 깨울 때마다 미소는 피곤하지 않냐며, 잠 안 오냐며 하품을 해댔다.

　미소와 엄마를 보러 가는 길은 서먹했다. 어색했다. 미소와 함께 있는 시간이, 공간이 미칠 듯이 가려웠다. 반면에 고운과 가는 길은 늘 신났다. 고운과 함께라면 갈 수 있었다. 뭐든 할 수 있었다. 서로 편하게 잠을 자고 버스를 놓쳐도, 잘못 내려도 미안하다는 말로 끝내며 즐거운 마음으로 엄마를 보러 갔다. 평소보다 늦으면 엄마는 실망할 뻔했다고 기다리고 있었다며 언제나 사랑으로 면회를 마쳤다. 교도소 앞, 정적이 흐르는 사람들 사이에서 고운과 아람은 즐거움을 찾아 나섰다. 재미를 발견하고 하늘을 올려다보며 구름을 그리고 주변을 보며 추억을 만들었다.

140.

8월 25일. 엄마의 생일이다. 이날이 다가오기 전부터 고운과 아람은 계획을 짰다. 엄마 생일에 면회를 가, 생일 노래를 부르자는 계획이었다. 좋아할 엄마를 생각하며 엄마 생일을 기다렸다. 엄마 생일이 다가와 엄마를 볼 생각에 벌써 마음이 들떠 있었다. 고운과 가는 길이 가벼웠다. 면회 시간이 되자, 고운과 아람은 긴 복도를 달렸다. 얼른 엄마를 보고 축하 노래를 불러주고 싶었다. 문을 열고 익숙하게 기계를 켜자 지지직과 함께 엄마 목소리가 들렸다.

잘 지냈어? 우리 딸~?
응응! 엄마는?
엄마도.
엄마 엄마, 우리가 뭐 준비한 거 있거든.

고운과 아람이 눈을 마주 보며 신호를 주고받자 엄마는 궁금함에 두 아이를 바라보았다. 고운과 아람은 다시 엄마를 보며 생일 노래를 불렀다. 박수를 짝짝 치고 부끄러움을 숨기며 엄마의 생일을, 1년에 한 번뿐인 나만의 날을 축하했다. 엄마의 얼굴에 깊은 미소가 번졌다. 슬픔과 미안함, 기쁨이 담긴 눈에는 글썽거림이 보였다.

우리 딸, 고마워~

엄마, 내년에는 맛있는 거 먹으면서 생일 보내자!

그래. 우리 딸, 어디 아픈 데는 없지? 학교는 어때, 괜찮아? 언니는? 언니는 오늘 같이 안 왔네? 같이 오지…. 처음엔 같이 오더니 요즘 안 오네….

그러게. 언니 요즘 짜증 많아졌어. 엄마.

그래? 그래도 싸우지 말고 있어. 언니도 언니 나름대로 힘들 거야. 우리 **마음씨 좋은** 쌍둥이가 언니 **이해**해 줘. 밥은 잘 먹고 있지?

응! 엄마는? 밥 맛있는 거 나와? 햇빛 안 보고 싶어?

엄마는 괜찮아. 엄마 살쪄서 이제 빼야 해.

아니야! 엄마, 안 빼도 돼. 지금 충분히 예뻐.

그래? 고마워. 역시 우리 딸밖에 없다. 다음에 올 때는 언니도 같이 와.

10분. 짧은 시간이 끝나고도 여느 때와 같이 서로의 모습이 보이지 않을 때까지 큰 하트를 보여 방방 뛰며 엄마의 뒷모습을 쫓았다. 10분. 순식간에 흘렀다. 고운과 아람은 교도소를 나왔다. 늘 면회를 마치고 교도소를 나오면 기분이 이상했다. 기쁘지도 슬프지도 않았다. 우울하지도 않았다. 알 수 없는 기분이었다. 엄마의 생일을 축하하는 길은 설레었는데 막상 축하 면회를 끝내니 그 끝은 허무했다.

밥 먹자. 이제.

고운이 말했다. 순식간에 그 허무함이 사라졌다. 고운과 함께하는 시간은 부정을 꺾었다. 고운과 아람은 고픈 배를 채우려 분식집으로 들어갔다. 떡볶이와 김치볶음밥을 먹고 저녁에 따로 먹을 꼬마김밥과 땡초 김밥을 포장했다. 김밥의 고소한 향이 버스 안에서 검은 봉지를 뚫고 코를 찔렀다. 승객이 많은 버스 안에서 고운과 아람은 서로를 바라보았다. 서로 같은 생각이었다.

…우리 하나 먹을까?

마주 보며 웃으니 통했다고 생각했다. 고운은 검은 봉지를 열고 땡초 김밥 하나를 아람에게, 또 다른 하나는 자신의 입에 쏘옥 넣었다. 땡초의 시원한 매운맛이 목을 타고 내려갔다.

와…. 좀 맵네…?
음~ 맛있엉….

그렇게 입에 넣고 오물오물 먹고 있는데 바로 앞좌석의 어린아이들과 눈이 마주쳤다. 고운과 아람은 괜히 찔려 서로를 마주 보며 웃고는 안 먹은 척 재빨리 음식을 삼켰다. 그 결과, 고운이 체했는지 장에서 신호가 왔다. 앞서 먹은 떡볶이와 김치볶음밥, 금방 먹은 김밥이 고운의 장을 건드렸다. 버스가 달릴수록 장은 더 꿈틀댔고 천천히 달리면 얼른 배를 편안하게 만들고 싶었다. 신호가 막힐수록 고운은 배를 부여잡았고 걸음을 재촉했다. 내릴 정류장이 다가오자 고운은 미리 문 앞에 나와 바로 기다렸고 문이 열리자 고운은 서둘러 내렸다. 저도 모르게 레이더마냥 화장실을 찾아냈다.

큰일을 치르고 저상버스를 타고 집에 가야 했다. 물론 놓친 적이 더 많았다. 자주 오는 버스였기에 흐르는 대로 흘러가도록 다음 버스를 기다렸다. 정류장 근처에는 편의점도 있었고 카페도 있었기에 추운 겨울에는 따뜻한 음료를 마셨고 더운 여름에는 시원한 음료를 즐겼다. 유달리 저상버스는 승객이 없었다. 늘 똑같이 자리가 비었고 고운과 아람은 같은 자리에 앉아 재잘거렸다. 혹여 너무 크게 웃어 뜨끔거려도 또다시 서로 조잘대며 버스는 달렸다. 낮 시간이라 버스에는 따뜻한 햇살이 넓게 들어왔다. 그런 날에는 고운과 아람은 얘기하다 말고 서로 마주 보며 눈을 감았다. 좌석이 관광버스마냥 넓었기에 신발을 벗고 새우자세로 자면 침대마냥 편하게 잘 수 있었다. 햇살을 받으며 자다 눈을 뜨면 어느덧 도착지 근처였다.

141.

솔직히 두려웠다. 엄마의 빚이 아람에게로 전해질까, 무섭고 겁났으며 싫었다. 엄마가 없으면 모든 걸 다 짊어져야 할 것 같았다.

.
.
.

엄만 재판에서 포기했다.

142.

기분이 묘했다. 만약 아람이 엄마에게 돈을 빌려준 사람이라면, 엄마의 파산을 받아들일 수 있을까. 그렇게 큰 금액을 파산으로 끝낼 수 있을까. 돈을 받아내려 재판까지 갔던 당사자의 무거운 짐이 훅, 느껴졌다. 당사잔 엄마가 미웠을까. 비겁했을까. 원망스러웠을까…. 이제는 독촉해도 받을 수 없는 돈이, 상대에겐 귀했을 돈이 파산으로 아무렇지 않게 돌아가 버린 현실이 답답했을까.

단 한 가지, 엄마에게 문자로 '법'과 '재판'을 반복적으로 말하던 그 별과 재판은 전혀 상관이 없다는 것이다.

143.

보육원을 나오고 고운은 부산에서 받아온 재활은 이어지지 않았다. 그게 시작이었는지도 모른다. 목에 섬유종이라는 혹이 다시 재발하고 있다는 걸, 그것이 더 큰 측만증을 불러온다는 것을.

어느 날, 엄마는 고운을 데리고 대구까지 외출하고 돌아왔다. 돌아온 고운은 어두웠다. 직감적으로 엄마가 고운에겐 말하지 않는 무언가를 고운이 스스로 알게 된 것이 느껴졌다.

내 몸에 딱 맞는 보호대를 착용하기 위해서는 내 몸 크기부터 알아야 했다. 고운은 얇은 흰 티만을 입었고 남성 앞에 섰다. 고운 눈앞에 석고가 보였다. 설마 하던 그 석고라 현실을 맞닥뜨렸다. 몸 크기에 맞게 제작되어야 한다며 다 벗으라는 아저씨와 부끄럽고 민망해 우물쭈물하던 고운, 그를 보며 나무라던 엄마. 고운은 결국 얇은 흰 티와 바지마저 벗고 속옷 차림으로 그 아저씨 앞에 섰다. 아저씨는 그런 마음을 모르는지 석고를 물에 풀어 따듯한 고운의 몸에 차갑게 철썩 붙였다. 앞과 뒤로 이루어진 작업이 길게 이어지고 고운은 눈물을 억지로 꾸역꾸역 삼켰다. 어쩌면 참아냈는지도 모른다. 끓어오르는 분노를, 화를 내지 못하는 자신을, 화를 내더라도 후회할 자신을, 자신을 알아주지 못하는 엄마를 고운은 깊게 심호흡을 하며 화를 가다듬었다. 작업을 마치고 고운은 옷을 입었다. 고운이 거친 숨을 내뱉으며 호흡을 가다듬고 이런 작업인 걸 왜 귀띔도 하지 않았냐며 물었다. 엄마가 답했다. 어쩔 수 없었다고. **다 너 위해서라고**. 혹은 미안하다고.

  고운은 그런 말을 듣고 싶은 게 아니었다. 그 말은 엄마를 원망하던 고운이 외려 엄마를 더 미안하게 하는 말이었다. 엄마는 언제나 똑같았다. 되려 엄마를 향한 마음이 미안함으로 물들게 했다.

  그렇게 고운은 보육원에서 꼈던 철사 보호대를 거쳐 석고로 맞춘 보호대를 착용했다. 받던 재활이 끊어지고 보호대로만 측만증을 교정하였다. 얼마 후, 엄만 곁을 다시 한번 떠났고 고운은 더 외롭고 추웠다. 온갖 짜증을 부려도, 이해해 주지 않아도 오직 엄마만이 다였던 고운의 세상이 무너졌다. 엄마가 교도소로 향하고 집 분위기가 갈라졌다. 고운과 아람은 어느 정도 예상한 일인지라 덤덤했지만 미소는 꽤 충격이 컸는지 하루 종일 말이 없었고 하교하면 인상을 찡그리며 명령했고 이에 쌍둥이는 눈치를 봐야 했다. 더구나 고운은 밤마다 보호대를 착용해야 했기에 더 눈치가 보였다. 아람은 행동이 아닌 말로만 자신이 싸우더라도 도와준다 했지만 쉽게 이루어지지 않았다. 고운은 아람과 싸우면 미소에게, 싸우지 않으면 아람에게 부탁했다. 매일 껴야 하는 보호대, 미소와 아람은 그 힘듦을 알지 못했다. 이해하지 않았다. 자신들의 감정을 앞세워 욱하는 마음을 억누르지 못하고 고운에게 풀었다. 보호대는 찍찍이로 고정하여 길이를 조절할 수 있었는데 살살 조여도 불편한 그 고정을 아람과 미소는 시동도 없이 바로 확 잡아당겨 붙였다. 고운은 놀라 불편해했지만 자신의 감정보다 타인의 감정을 먼저 생각했다. 옷이 배겨 불편해도, 확 잡아당겨 속이 불편해도, 살이 끼여도 고운은 묵묵히 참았다. 엄마가 늘 매일 언제나 보고 싶었다. 고운에게는 엄마가 필요했다.

고운은 점점 보호대가 싫어졌다. 초등 고학년 때부터 이어지던 보호대에 지쳐갔다. 점점 더 교정되기보다 휘어지는 것 같았다. 보호대의 불편한 점은 이만저만이 아니었다. 학교에서는 온종일 착용했어야 했기에 속이 불편해 밥을 적게 먹기 일쑤였다. 당연히 맛있는 반찬이나 가끔 나오는 과자나 빵은 못 먹었다. 아쉬운 건 고운이 더 아쉬울 텐데, 아람은 괜스레 고운에게 짜증을 부렸다. 아람은 '**혼자**' 하는 걸 싫어했기에 고운이 먹지 않으면 똑같이 안 먹었고 하지 않으면 똑같이 하지 않았다.

여름이 찾아오자, 고운은 보호대를 점점 멀리했다. 보호대를 해도 교정이 되지 않으니 필요성이 점점 떨어졌다. 지금 생각해 보면 아마 아람과 미소가 진심으로 보호대를 대하지 않아 그럴 수도….

그렇게 고운의 척추는 마음처럼 휘어졌다.

고운은 후회했다. 보호대를 꾸준히 매일 찼더라면 자신의 척추가 더 휘었을까. 목에 혹이 자라고 있어도 더 휜 척추 수술까지 했을까. 자신의 불찰을, 게으름을 탓했다. 아이러니하게도 아람의 기억 속에는 어떤 상황에서도 보호대를 매일 하려던 고운이었다. 자신이 불편하더라도 꼭 차려던 고운이었다.

세수를 하면 옷이 흥건하게 젖어, 축축한 옷에 보호대를 찼고, 밥을 먹으면 소화가 덜 된 채, 착용하여 속이 언제나 더부룩했다. 한여름 매미가 하루 종일 울어대던 날에도, 온갖 불편하고 불쾌한 환경 속에서도 고운은 묵묵히 보호대를 꼈다. 끼려고 했다. 하지 않은 건, 고운의 부탁을 거절한 건 미소와 아람이었다. 땀이 등을 타고 주르륵 흘러내려도, 흰 티가 배겨 온몸이 불편해도 고운은 불편함을, 짜증을 한번 내지 않았다. 자신의 짜증은 다른 이의 탓이 아니라며, 그러면 안 된다며 참았다. 자신보다 타인을 더 위하고 생각하는 고운이었다. 타인을 더 챙기고 아끼는 고운이었다. 눈물이 참 많은 고운이었다. 아픔도 상처도 슬픔도 걱정도 배신감도 쓸쓸함도 외로움도 많이 느끼고 느꼈던…. 여린 고운이었다.

144.

한동안 집 안의 인터넷 통신이 잡히지 않았다. 미소가 으름장을 놓았다.

내 올 때까지 와이파이 어떻게 해서든 연결해 놔라. 안 되면 두고보자.

긴 시간, 고운과 아람은 아무것도 하지 못했다. 이 방법, 저 방법을 써도 제자리였다. 그날 밤, 미소는 하교 후, 화를 시작으로 밤까지 통신을 연결하려고 애썼다. 와이파이 선과 컴퓨터 선이 연결되어 있었기에 데이터까지 켜가며 왜 연결이 되지 않는지, 어떻게 하면 연결할 수 있는지 검색해 보았다. 당시 데이터는 세 아이에게 큰 잘못 같았다. 데이터를 잘못 사용하거나 잠시라도 켜면 평소 나가는 요금보다 몇 배는 더 많은 요금이 나간다는 생각에 알아보면서도 불안해 미쳤다. 미소는 전선을 뽑았다 다시 꼽기를 반복했고, 쌍둥이는 인터넷 검색을 해댔다.

나오나. 뭐라는데.

화남이 느껴지는 말투에 아람과 고운은 그와 반대되는 투로 말했다. 화를 폭발하게 하고 싶지 않았다. 아무리 검색하고 글을 읽어봐도 어떤 말인지 이해되지 않았다.

검색하고 있나. 줘봐라.

미소가 날카롭게 아람의 핸드폰을 낚아챘다. 아람이 들고 있던 핸드폰이 바닥으로 떨어졌다. 자신조차도 소중히 다루고 있던 핸드폰이 그 한 번에 기스가 났다. 미소는 줍지 않았다. 당연하다는 듯이 주우라는 듯 아람을 바라보았다. 아람은 속으로 한숨을 쉬며, 대장이라도 되냐 중얼거리며 허리를 숙여 줍자 미소는 핸드폰을 가로챘다.

여 있네. 안 보이나? 눈 삐었나.

미소의 날이 점점 강해졌다.

아…. (비속어). 전선 다른 거 필요하네. 또 돈 나가네.

미소가 중얼거렸다.

야, 니들 나가서 이렇게 생긴 어댑터 사 와라.

미소가 화면을 보여주었다.

어.

둘은 황급히 집을 나왔다.

하아….

이제야 숨을 쉴 수 있었다. 아람과 고운은 시원한 바깥 공기를 마시며 화를 풀었다. 10분 정도 걸으면 콘셉트와 전선을 파는 가게가 있었다. 늦은 밤인데도 그곳은 환하게 열려 있었다. 화면과 가게에 널린 어댑터를 보며 비교했다. 다 똑같아 보이는 어댑터 중, 어떤 것을 골라야 할지 몰랐다. 길이만 다를 뿐, 같아 보였다. 화면과 제일 비슷하게 생긴 어댑터를 구매하여 걸음을 재촉했다. 집에 들어가기 싫었다. 일부로 느리게도 걸었지만 또 너무 늦으면 화낼 게 분명했다. 집에 도착하자마자 미소는 차갑게 말했다.

줘봐라.

미소가 새 어댑터를 뜯고 기존의 어댑터와 교체했다.

집주인 부르면 안 되나…?/꼭 와이파이가 있어야 하나…?/ 전선 똑같은 거 같은데…. 기계 오래되서 그런 거 같은데….

고운과 아람은 자신의 생각을 말하지 않고 미소의 행동을 바라보았다. 말 한번 잘못 내뱉었다가 책임을 넘길 게 선했고 화를 낼 게 뻔했다.

야, 니 한번 해봐라.

그때, 미소가 전선을 흔들며 아람에게 말했다. 아람은 인터넷과 영상을 통해 본 내용을 기억하며 전선을 잡았다. 기계 뒤편 LAN선에 꽂으면 된다는 인터넷 글이 떠올랐다. 아람은 제발…. 제발…. 연결보다는 이 무겁게 가라앉은 공기가 가벼워져 올라가길 바랐다. 어댑터가 덜덜 떨렸다. 긴장한 탓에 가늘게 아람의 손이 흔들렸다. 아람은 애써 태연한 척 어댑터를 꼽았다.

팍!!

순식간에 일어난 일이다. 미소의 손이 아람의 뒤통수로 갑자기 날아왔다. 미소의 손바닥이 아람의 머리를 감싸듯 가격했다.

내가 해봤다이가. 안 된 거 모르나. 안 봤나. 눈 어떻게 됐나. 니는 집에서 뭐 하는데. 알아보는 사람 따로 있고, 쓰는 사람 따로 있제. 어? 안 되니까 다른 방법을 써봐야 할 거 아니가. 다시 해봐라.

그 순간, **울컥** 올라왔다. 해본 것도 다시 해보고 시도하는 거지, 자신이 먼저 해본 걸 아니라고 판단하는 것은 옳지 않다고 생각했다. 손이 매워 따지지 않았다. 울지 않았다. 미소 앞에서 눈물을 보이고 싶지 않았다. 아람은 다시 한번 전선을 만졌다. 이건가, 이렇게 하면 되나 싶어 다양한 방법을 써보려는데 미소가 소리쳤다.

미쳤나! 그렇게 하면 애 망가지는 거 모르나! 그게 거기 들어가나. 안 들어간다고. 그렇게 힘으로 끼우면 어떡하는데. (비속어). 고장 나면 니가 책임질 거가. 비키라.

미소가 손가락으로 밖을 가리켰다. 아람은 뒤로 돌아가며 참고 있던 눈물을 흘렸다. 밤이었다. 나갈 곳이 없었다. 현관 앞에 앉아 소리 없이 엉엉 울었다. 억울하고 분했다. 잘못한 것도 없는데 잘못한 것 같았다. 아람은 작은 행동들이 모두 본인 잘못 같았다. 고운이 다가왔다. 고운이 미소가 때린 뒤통수를 따듯한 손으로 감싸주자 더 눈물이 나왔다. 화끈한 미소의 손바닥과 다르게 고운의 작고 하얀 손바닥은 너무 따듯했다. 고운이 안아주자 더 눈물이 났다. 훌쩍 소리를 내면 안 됐다. 미소가 더 때릴 것 같았다. 깊은숨을 들이쉬어 진정시키고 다시 방 안에 들어갔다. 미소는 포기한 듯 자신의 자리에 누워 있었다. 핸드폰을 보며 손가락은 스크롤을 내리고 있었다. 그 모습을 보고 왠지 답답했다. 스스로를 지키지 못한 자신이, 아무런 대항도 못한 자신이 너무 갑갑했다. 엄마가 보고 싶었다.

그 주 휴일, 결국 집주인을 불렀다. 컴퓨터를 켜고 클릭 한 번으로 웬 검은 창을 띄웠다. 하얀 자판들이 빠르게 올라갔다.

다 됐어요~

5분도 안 돼서 일주일간 붙잡았던 인터넷이 드디어 통신되었다.

감사합니다.

미소는 기쁜 자신의 감정을 숨기며 어정쩡하게 말했다. 집주인 아저씨가 나가자 미소가 다시 물었다. 의심한 듯 확인차 묻는 것 같았다. 감사 인사를 할 때와는 다른 톤이 낮아진 목소리였다. 미소는 기쁨의 숨을 내쉬었다.

　와이파이가 그렇게 좋나.

고운이 물었다.

　그거 없음 할 거 없다이가. 니는 안 좋나.
　있어도 되고 없어도 돼서….
　그럼 닌 쓰지 마라.

　? 갑자기 분위기가 다시 가라앉았다. 왜 이야기가 자꾸 다른 길로 새는지 주제가 잘못된 건지, 반응이 잘못된 건지 더 이상 고운은 미소에게 말을 걸지 않았다.
　인터넷이 되자, 일주일간의 기분이 사르르 풀렸는지 미소가 멋쩍게 웃으며 입을 열었다.

　그때, 머리 때려서 미안. 나도 모르게 손이 올라갔다….
　…괜찮다.

　괜찮지 않았다. 아람은 그날과 똑같이 미소에게 돌려주고 싶었다. 따지고 싶었다. 그런데도 아람의 입에선 계속 괜찮단 말만 나왔다. 반박하고 싶었지만 할 수 없었다. 또 손이 날아올까 봐 그 두려움에 항상 입을 다물었다. 괜찮은 척, 정말 괜찮은 척해야 했다.

    나도 왜 때렸는지 모르겠다. 그 순간 너무 화가 나서….

미소는 계속 멋쩍은 웃음을 보이며 말했다. 아람은 또 같은 말을 반복했다. 괜찮다고. 반복된 변명은 아람을 더 싫증 나게 했다. 아람은 싫증조차 낼 수 없었다. 답답한 자신이 싫었고 짜증 내며 괜찮다고 말할 용기가 없었다. 미소의 사과는 필요 없었다. 받을 마음도 없었다. 웃음과 함께 말하는 사과는 아람에게 진심이 느껴지지 않았다. 사과를 해야 마음이 한결 편안해지듯 미소의 사과도 그렇게 느껴졌다.

145.

고운은 늘 외로웠다. 보육원에서도 그랬지만 안전한 집에선 더 외로웠다. 그렇게 나가고 싶었던 보육원인데도, 엄마와 함께 살고 싶었는데도 어쩐지 고운은 불안하며 엄마가 고팠다. 아람이 있어도 늘 불안정했다. 보육원에 있는 동안, 쌍둥이와 미소는 다른 방을 썼기에 가까워질 시간이 없었다. 거슬러 보면 아무도 모르게 옆에서 지켜주던 미소였는데 어떤 이유에선지 어색했다. 서로를 알지 못한 채, 같은 공간에 함께 있어서인지 말이 없었고 미소는 한 없이 차가웠다. 까칠했다. 싸늘했다. 엄마가 있어도 그랬다. 대화가 없었고 TV 속에서만 말소리가 흘러나올 뿐이었다. 미소 말에 고운과 아람이 상처를 받으면 엄마는 언제나 같은 말을 했다.

쌍둥이가 이해해~/언니가 표현이 어색해서 그래~
언니보다 쌍둥이가 더 넓은 마음으로 헤아려 줘~/저래도 언니는 니들 생각 많이 해~ 마음은 안 그럴 거야.

그런 말이 듣고 싶은 게 아니었다. 언닌 그런 사람이라며 너희들이 다 받아주고 이해하라며 매번 같은 말만 반복했다. 미소도 마찬가지였다. 부산에서 자란 억양이 그대로 남아 있어 그런 것 같다며 어쩔 수 없다면서 고쳐지지 않았다. 미소의 감정은 같았다.

언니, 혹시 화났어?
아니.

일상적인 대화였다. 미소 표정을 보면서 분위기를 읽기 바빴고 행여 목소리 톤에서 약간의 짜증이, 행동에서 불만이 조금이라도 보이면 아람과 고운은 서로를 마주 보며 속으로 한숨을 내쉬었다. 그 불똥이 자신들에게 튈까, 조심스럽게 행동했다. 반면에 미소는 아무렇지 않았다. 화나지도 불만이 있지도 않고 가만히 있을 뿐이었다.

그런 미소에게서 오묘한 변화가 생겼다. 언제나 단답으로 답하거나 차갑게 묻던 문자에 물결이 늘었고 애교도 섞였다. 미소에게는 엄청난 용기였고 도전이었다. '어'라는 대답이 '엉' 혹은 '옹'으로 답이 왔다. 미소에게서 처음 받아보는 답에 고운과 아람은 마주 보고 크게 웃었다. 절대로 볼 수 없을 행동을 미소가 하다니, 할 수 있다니 놀라웠다. 그 행보는 계속 이어졌다. 미세하지만 조금씩 미소가 부드러워졌다. 덕분에 미소를 바라보는 생각이 변화되었다. 그동안의 미소를 향한 나쁜 감정들이 깨끗하게 씻겨내려 간 것 같았다.

미소가 변화한 건 고등학교 친구들 덕분이었다. 새로운 곳으로의 전학으로 중학교에서의 적응이 어려웠던 미소는 고등학교에서는 달랐다. 자신과 맞는 친구들을 사귀고 놀고 자율학습을 땡땡이 치며 즐겁게 보내는 듯했다. 미소는 그 친구들에게도 쌍둥이에게와 같이 단답으로 답했다. 친구들에게는 그러지 않을 것만 같았는데 미소는 누구에게나 한결같은 행동이었다. 미소 친구들은 언제나 무뚝뚝한 미소에게 쌍둥이와 같은 말을 했다. 화났냐며, 답을 좀 부드럽게 해달라며. 미소는 생각했다. 그렇게 무뚝뚝한가?

그 후로 미소는 조금씩 천천히 애교와 물결을 섞으며 사용했다. 그 변화는 대단했다. 미소의 표정도 한결 부드러워졌고 미소를 대하는 아람도 조금씩 편안해졌다. 미소의 변화의 동기가 되어준 고등학교 친구들에게 정말 고마웠다.

146.

아빠에게 연락이 왔다. 보육원에 있을 때, 가끔씩 찾아오던 아빠였다. 엄마와는 다르게 서로 멀찍이 떨어져 길을 걷던, 사이가 멀던 그였다. 보육원을 나가고 알아서 살라며 떠나던 아빠가 한동안 오지 않았던 연락이 전화번호 하나 바뀌지 않고 세 자매에게 찾아왔다.

도와주겠다고.

엄마의 빈자리를 채워주려, 다시 먼저 아빠가 손을 내밀었다. 어찌 된 영문인지 엄마가 교도소에 가, 세 자매만 집에 있는 것을 알게 된 모양이었다. 달에 한 번, 길면 1박 2일, 짧으면 당일로 혹은 전화로 찾아오셨다. 집에 오실 때면 반찬거리를 사 오시거나 만들어 주셨고 가실 때면 언제나 용돈을 손에 쥐여주셨다. 아빠는 집에 올수록 세 자매와 가까워지려고 부단히 노력하셨다. 장난도 치고 반찬도 만들어 주면서 애쓰셨다. 알 수 없는 건 미소였다. 아빠와 함께하길 바라면서도 어색한 건지 반응은 미적지근했다.

보육원에서 머리를 억지로 자른 후부터 길이에 예민해진 아람은 머리를 잘 자르지 않았다. 중학교 규정이 귀밑 15cm였음에도 딱 14cm를 맞추며 원하지 않는 이상 미용실에 가지 않았다. 그런 머리가 아빠 눈에는 길어 보였는지 장난스레 가위를 내밀며 말했다.

이 머리가 뭐야, 지저분하게. 잘라버려야지.

　순간, 그런 아빠에게 예민하게 반응했다. 곧바로 미안함으로 돌아왔지만 아빠는 아람이 왜 그런 행동을 하는지 알지 못했다. 이에 미소는 바로 표정이 싸해진 채, 아람을 바라보았다. 눈으로, 얼굴로 미쳤냐며 욕하는 미소를 보자 아람은 시선을 피했다.

　그런 미소가 아람은 이해되지 않았다. 미소는 알고 있었다. 억지로 머리를 잘라 길이에 예민하다는 것을. 다만, 그런 아람을 이해해 주지 않아서 그런 건만은 아니었다.

　아빠께서도 처음엔 어색한지 말이 없으셨고 있으셔도 분위기를 풀려는 듯 말이 길었지만, 세 자매와 대화하려고 애썼다. 들려오는 대답이 단답이어도 말을 계속 이었다. 했던 말 또 하고 또 하며 아빠와 있는 시간은 불편했다. 가깝지 않으니 시간도 느리게 흘러갔고 그렇다고 어른의 말을 듣는 척하기에는 예의 없었다.

　…하황;;;;/네…./네, 맞아요…./네;;;;

　어색한 웃음을 날리며 반응을 해줬고 중간중간마다 엄마 이야기가 나오면 어떤 반응을 해야 할지 세 자매 모두 고장났다. 엄마가 전부였고 아빠와는 정이 없었기에 아빠가 엄마 이야기를 꺼낼 때면, 아빠가 미웠다. 아람 스스로도 전부를 모르지만 아빤, 왜 엄마를 함부로 얘기하지? 생각하며 그런 시간들이 싫어졌다.

어느 날은 아빠께서 간식으로 집에 있는 계란을 삶아주셨는데 미소는 삶은 계란을 싫어했다. 그게 문제가 아니었다. 가격대가 있는 계란을, 아껴 먹고 있던 계란을 한꺼번에 삶아버린 아빠가 못마땅한지, 반기지 않았다. 과일 소쿠리에 삶은 계란이 포도송이처럼 쌓였다. 고운도 삶은 계란을 그다지 좋아하지 않았고 유일하게 먹는 사람이 아람이었는데 하룻밤만 보내고 가는 아빠와 먹기에는 너무 양이 많았다. 걱정되었다. 아빠가 떠나고 미소의 예민함이 아람에게 튈까 봐. 아람은 계란을 삶은 아빠와 표정 관리 중인 미소를 번갈아 보며 눈치를 봤다.

아빠는 들뜬 듯, 기쁜 듯 세 자매에게 무엇인가 해줄 수 있다는 마음에 신나 보였다. 미소의 표정은 점점 더 굳어졌다. 싫은 티를 낼 수 없었지만 일그러진 표정에서는 티가 나지 않을 수 없었다. 미소는 아빠를 반가워하는 건지, 조심스러워하는 건지, 어려워하는 건지 알 수 없었다. 아빠는 늘 혼자 말하고 웃기를 반복하셨다. 아빠가 가신 후, 한 아름 쌓여 있는 삶은 계란을 보며 아람은 눈치를 살폈고 미소는 인상이 구겨졌다.

아빠는 언제나 돌아가시기 전에 마트에 들러 간식을 사 주셨다. 미소와 함께 마트를 다녀오면 서로가 좋아하는 과자들이 널브러져 있었고 세 자매는 과자를 개수에 맞춰 나누었다. 한 달 단위로 정부에서 지원해 주는 수급비로는 턱없이 부족했기에 아빠께서 조금씩 주는 용돈을 생활비로 쓰면서 다 떨어져 가는 생필품을 구매했다. 제일 저렴하고 가성비 있는 제품만을 골라 구매를 하면 어느새 생활비는 깎여 있었다. 아끼고 아껴서 남은 돈은 다시 저금하고 비상일 때만 조금씩 꺼내 사용하며 먹을 것도 지나치고 입을 것도 얇게 입으며 최대한 아꼈다. 어떤 이유에선지 '돈'에 대해서라면 가족 모두가 예민했다. 저축의 목적이 어떤 것인지도 모른 채, 저금에만 목을 매달았다.

아람에게 '돈'은 어떤 의미일까. 돈을 모아야 하니까 모으는데 어떤 이유로 모으는지도 모른 채, 한 달에 한 번씩 찾아오는 현실에 부딪힌다. 자신에게 투자하지도 않고 하염없이 모으기만 하니 제자리걸음 하듯 런닝머신 타는 것만 같다. 누구에게나 어려운 돈이지만 돈의 굴레에서, 특히나 돈이 주는 부정과 걱정에서 벗어나고 싶다. 돈이 주는 대물림이 이어지지 않기를, 돈이 주는 행복과 감사를 느끼기를….

147.

엄마가 그곳으로 가고 청소와 빨래, 설거지는 아람과 미소로 분담되었다. 측만증으로 보호대를 껴야 했던 고운을 대신해서 둘이서 집안일을 나눴다. 이는 아마 고운에게 더한 눈치를 줬으리라.

사실, 미소 눈치가 보인 건 매일의 연속이었다. 화가 나 있지도 않은데 화나 보였고 틱, 툭 내뱉는 말은 오해를 불러 아람과 고운을 주눅 들게 했다. 미소의 중학교 3학년 생활과 집안일이 겹치면서 미소와의 시간이 불안했다. 엄마가 계시지 않아 날마다 번갈아가며 설거지를 했는데 미소는 고운이 얼마나 아픈지 몰랐다. 아람과 고운은 미소가 불편했기에 같이 설거지하게 되면 서로 걱정의 눈빛을 보냈다. 미소와 설거지를 하는 시간은 굉장히 불안했다. 미소가 거품을 묻히면 아람이나 고운이 헹구고 혹은 반대로 설거지를 했는데 느리거나 박자를 놓치면 불안함에 급하게 움직였다.

집안일은 미소와 아람을 더 멀게 했다. 안 그래도 예민해지고 눈치 보는 탓에 불편한데 엄마 없이 있으라니…. 기약도 없이 엄마를 기다리라니…. 앞날이, 하루하루가 짜증으로 가득 찼다. 사춘기까지 아람과 고운, 미소 모두 비슷한 시기에 만났기에 고운 외에 매일 싸웠고 서로 이해해 주지 않았다. 고운만이 그저 상황을 바라보고 홀로 위안을 얻으면서 혹은 그저 혼자만이 두려워했다. 매일 같이 싸우는 아람과 미소를 보며 늘 불안했고 그 화가 보호대를 차는 고운을 더 의기소침하게 했다.

미소는 엄마가 그곳으로 간 뒤로 집안일에 예민해졌다. 점점 깔끔해졌다. 더 꼼꼼히, 깨끗이, 깔끔하게. 대충 하던 설거지도, 설렁하게 널던 빨래도 냄새나지 않도록 옷끼리 붙지 않게 널었다. 보육원에서의 생활이 떠오른 건지, 한 옷장으로 세 자매와 엄마의 옷을 보관한 탓인지 옷에서 나는 냄새에 집착했다. 조금이라도 옷이 붙으면 화를 내면서 자기가 하겠다며 너는 뭘 제대로 하냐며 나무랐다. 아람은 제대로 하는 것 같은데, 미소를 보고 한 것뿐인데 미소는 마음에 들지 않는지, 소리를 질렀다.

그게 아니지! (비속어). 니 (비속어)이가.

미소의 소리를 들으면 아람은 곧바로 주눅이 들었다.

…어.
니는 집에서 뭐 하는데? 먹고 자고 싸고 하면 끝이가. 하는 게 뭔데. 하는 사람 따로 있고 벌이는 사람 따로 있제.

그런 미소가 이해는 되었다. 엄만 미소에게만 집안일을 알려주었으니까, 미소만이 엄마를 더 도왔으니까, 엄마가 계시지 않을 때, 자신이 거의 도맡았으니까 짜증이 나는 건 이해되었다. 아람이 미소가 불편한 건, 무시였다. 자신도 처음엔 미숙하고 서툴렀을 일을, 어려웠을 일을 완벽한 양 아람에게 시켰다. 자신만 할 수 없다며 아람에게 자신의 일을 분담했다. 이해했다. 그럴 수 있었다. 방법이 틀렸을 뿐, 아람은 충분히 자신에게 짜증이 날 수 있겠다며 미소를 이해했다. 다만, 조금 더 부드럽게 말할 수는 없었을까.

미소는 남이 싫은 일을 하는 것처럼 불만을 토로했고 그 불똥이 아람에게 튀었다. 음식물 쓰레기통을 가져와 주방세제로 씻고 다시 음식물이 쌓이면 'L'의 모양의 칩을 꽂아야 했는데 이 과정에서 많이 다퉜다. 쓰레기통 국물을 하수구에 버려야 했는데 버리는 과정에서 튀면 한 번, 주방세제로 씻는 과정에서 버벅대면 때가 벗겨지겠냐며 또 한 번, 그 주방세제 거품이 자신에게 튀면 또 한 번, 쓰레기통이 가득 차, 칩을 꽂을 때 부러지면 또 돈 나가게 생겼다고 한탄 한 번….

미소의 작은 말과 행동들이 아람을 멀게 했다. 아람은 그런 미소를 어려워했다. 어떻게 대응하고 맞춰야 할지 아리송했다.

미소는 더 무서워졌다. 그래야만 했다. 보육원을 나오고 중학교에서의 생활이, 엄마와의 생활이 자신이 생각했던 것과는 달랐다. 익숙하던, 자신의 주변으로 왁자지껄하던 친구들이 없어지고 안면 없는 친구들이 널렸다. 이미 너무 그들끼리 뭉쳐버린 탓에 미소의 중학교 3학년은 달갑지 않았다. 미소는 누군가 먼저 다가오길 기다렸고 먼저 다가가지 못했다. 전학을 오고 학교를 졸업할 때까지 점심도 굶은 채, 버텼다. 우울했다. 자유였던 그 전 학교와 달리 규정이 있었던 것도 석연치 않았는데 미소 주변이 미소를 웃게 하지 않았다. 미소는 점점 웃음을 잃어갔다. 화만이 늘어갔다. 이 때문이었을까. 미소가 집 안으로 오면 집 분위기는 가라앉았다.

뭐. 왜. 근데. 그래서. 어쩌라고.

미소의 대답이었다. 낮은 목소리로, 딱딱한 목소리로 내뱉은 목소리는 아람과 고운에게 눈치를 주었고 점점 서로의 거리를 멀게 만들었다. 엄마 역시 점점 미소의 목소리로 작아졌다. 미소가 저절로 풀릴 때까지 기다리다가도 미소의 화가 폭발할 때면 엄만 이러지도 저러지도 못한 채, 기다렸다. 집안의 제일 어른인 엄마가, 미소 눈치를 보기 시작했다.

148.

어느덧, 쌍둥이도 고등학생이 되었다. 고운과 아람은 각자 다른 고등학교에 진학했다. 고운은 같은 고등학교를 가길 원했지만 아람은 부담스러웠다. 함께 다닌 중학교 바로 앞에는 고등학교가 있어 중학교에 있던 친구들이 거의 대부분 진학하는 거라 눈치 보고 싶지 않았다. 중학교 3년 내내 아람과 고운끼리 다녔고 왠지 모르게 친구들을 의식했기에 다른 곳으로 가고 싶었다. 수많은 고민 끝에 아람은 자신의 고집을 택했다. 고운도 아람의 선택을 존중해 주었다. 아쉽더라도, 자신의 미래가 두렵더라도 티 내지 않고 아람을 바라봐 주었다. 반면에 미소는 아니었다. 고등학교를 선택하기 전부터 아람은 미소가 다니고 있는 고등학교에 간다며 귀띔도 했었는데 막상 간다고 하니 싫다며 고운이랑 같은 고등학교로 가라며 화를 냈다. 왜 화를 냈는지 알 수 없었지만 가족이라서, 친구들에게 아람을 알려주고 싶지 않아서라 생각했다. 아람은 미소의 으르렁에 다시 고운과 같은 고등학교로 진학한다고 말을 바꿨다. 이런 고민을 고운에게 털어내 봐도 고운은 아람의 선택을 기다렸다. 후회하는 건 자신이니까. 고운은 자신과 같은 고등학교에 오길 바랐지만 그 선택을 한다면 자신을 탓할까 봐 무서웠다. 이로 인해 고운은 섣불리 아람에게 이 학교가 어떠냐, 저 학교가 어떠냐 할 수 없었다. 아람이 선택하길 기다릴 뿐이었다. 알 수 없는 건, 고운에게는 학교를 선택할 여지 없이 곧바로 고등학교가 정해졌다. 알고 있는 친구들이 진학하고 중학교에 있던 일부 선생님께서 고등학교로 와, 어쩌면 배려일 수 있겠지만 고운은 그 선택을 당연하게 받아들였다. 고등학교 선택으로 중학교 담임 선생님께서 몇 번 찾아오셨다. 자신의 가정과의 시간을 아람에게 투자했다. 말도 꺼낸 적 없는 가정사를 알고 있는지 매번 고운과 아람을 걱정하는 것 같았다. 기간이 얼마 남아 있지 않아 이제는 결정해야 했다. 이미 아람의 결정은 나 있는데 말하기 쉽지 않았다. 가고 싶은 학교를 가게 되면 미소가 무서웠고, 고운을 따라가면 먼 훗날, 고운을 탓할 아람 스스로가 의심스러웠다. 아무 잘못도 없는 고운을 원망하고 싫어할까 봐 아람은 자신이 무서웠다.

3일을 남기고 아람은 담임 선생님께 문자를 보냈다. 자신이 원하는 고등학교에 가겠다고.

고운은 예상이라도 한 듯, 고개를 끄덕였다. 이해한다는 듯 아쉬운 듯 슬픈 듯 자신의 감정을 숨기며 아람을 바라보았다.

미안해….
아니야. 니 선택이 맞을 수도 있어.

고운은 언제나 그랬다. 자신이 아프더라도 타인을 먼저 생각했고 타인이 먼저였다. 자신이 손해 보더라도 상처받더라도 타인이 아니어서 다행이라고 생각했다. 타인이 상처받고 손해 봐서 화내는 것보다 차라리 자신이 손해 봐서 참는 게 더 편하다고 늘 말했다. 그것조차도 타인에게 티 내지 않았다.

매번 괜찮다면서 속으로는 늘 울고 있을지도 모른다.

고등학교를 진학 후, 입학식을 보내고 새로운 환경, 새로운 친구들을 만났다. 아람은 괜히 싱숭생숭했다. 미소를 알고 있는 선생님들 사이에서 아람이 있으니 자신을 더 지켜보고 있는 것만 같았다. 그러다 3월 중순쯤, 적응을 해나가고 있을 때 전학 이야기가 나왔다. 학교에 혼자 가는 고운이 마음에 걸린다며 다시 한번, 아람에게 전학을 요구했다. 아람은 고민에 빠졌다. 고운을 위한 길인지, 스스로를 위한 길인지 생각했다. 게다가 아람이 다니는 학교는 전학을 잘 보내주지 않았는데 전학을 가게 되면 그동안 가고 싶어도 가지 못한 학생들의 불만이 터질 터였다. 아람은 체념했다. 계속해서 선택지가 자신에게 오는 순간들을 되뇌며 전학을 가기로 결정했다. 아람에겐 같은 상황에 놓인 자신을 보며 자신의 선택이 틀리고 타인의 선택이 옳음을, 반복되는 상황이 찾아오는 이유가 전학

가는 것이 맞음을 알려주는 경고 같았다. 그렇게 받아들이자, 큰일 같았던 일이 순식간에 작아졌다.

그래. 갈게. 전학.
진짜? 고마워.

미소가 고운보다 더 고마워했다. 아람은 고운의 학교 교과서가 필요했다. 각 교과서의 출판사를 알아보며 필요한 교과서를 고운에게 알려주었다. 다른 학교임에도 같은 교과서가 있었고 같은 교육과정인데도 다른 교과서를 쓴다는 게 신기했다. 전학 절차를 밟고 있을 때였다. 학교에서 순식간에 전학을 간다는 소문이 퍼졌다. 수군거리는 소리와 친구들의 걱정이 들려왔다. 아람은 자신도 모르게 눈물이 터졌다. 이렇게 친구들을 많이 사귄다는 건, 쉽지 않았고 어려웠다. 초등학생 이후로 처음이었다. 중학생 때도 전학을 온 뒤로 고운과 다녔고 친했던 친구들 모두 멀어져 갔다. 아람 주변에는 싫어하는 이가 늘 있었다. 특히 중학생 때는 언제나 있었다. 대놓고 티를 내니 단번에 알 수 있었다. 늘 그들은 언제나 같은 반이었다. 그러다 고등학생이 되어서 친구들이 생겼는데…. 이제야 가까워지며 친해졌는데…. 이들과 헤어져야 하는 게 싫었다.

그 눈물이 어딘가로 퍼졌는지 전학은 다시 취소되었다. 어떤 이유인지는 모르지만 예상하건대, 중학생 때의 담임 선생님께서 고운의 고등학교와 아람의 고등학교에 그동안의 사정을 얘기한 것 같앉다. 전학을 가지 않은 건 감사했지만 마음은 편하지 않았다. 기대에 부풀었을 고운의 마음을 터트린 것 같아 미안했다.

고운은 이런 상황조차도 받아들였다. 이제는 서로 어떤 학교생활을 하는지 알 수 없지만 고운은 자신의 힘듦을 티 내지 않았다. 울지 않았다. 억울한 일이 있어도, 분해도 스스로가 먼저 깨우치길 기다렸다. 아람은 잘 지냈다. 친구들과 장난치며 더 가까워졌다. 고운을 두고 이래도 되나 싶을 정도로 친구들이랑 같이 있는 시간이 많아졌다. 하교 후엔 극과 극의 분위기에 눈치가 보여 고운에게 미안했다. 전학을 갔어야 했나 싶었다.

149.

고운과 아람은 고등학생이 되어서도 아동센터를 꾸준히 다녔다. 왜인지 야자를 하지 않고 방과 후 수업까지 마치면 버스를 타고 정류장에 내렸다.[59] 늘 내리던 정류장에는 고운이 기다리고 있었다. 작고 왜소한 체구의 고운이 빨간 가방을 메고 지나가는 버스를 보며 아람이 내리길 오매불망 기다렸다. 바람이 부는 추운 겨울에도, 해가 내리쬐는 더운 여름에도 몇 시간을 기다려도 누군가 고운을 흘깃 쳐다보아도, 의심스럽게 바라보아도 고운은 화내지 않고 아

---

59   스쿨버스 시간 때문이었나. 어떤 이유로 방과 후 수업만 하고 야자를 하지 않았기 때문에 야자에 대한 기억은 없다.

람을 반겼다.

150.

고등학생이 된 후, 아람도 토요일마다 학교에 가야 했다. 몇 오지 않는 학교이지만 토요일마다 가는 학교는 왠지 설렜다. 초등학생 때의 놀토처럼 신났다. 일찍 일어나는 게 귀찮긴 해도 몇 안 되는 교실에 앉아, 시간을 보내는 것이 마냥 좋았다. 같은 시간대의 햇살인데도 토요일은 유달리 따뜻하게 느껴졌다. 교실에 들어오는 햇볕이 평소와는 다르게 더 눈부셨다. 아람이 학교에 갈 때면 집에는 고운과 늦잠을 자는 미소만 남아 있어, 고운은 아람이 오기만을 바랐다. 버럭 화를 내는 미소가 무서웠고 눈치가 보였기에 아람이 보고 싶었다. 걱정과는 달리 그 시간 속에서 고운과 미소는 서로를 알아가며 더 가까워졌다. 아무 말도 없던 시간이 점점 대화로 가득 찼고 알지 못했던 공통점을 찾으며 서로를 알아갔다. 고운도 미소에 대한 반감이 조금씩 줄어드는 데에 반해 아람과 미소는 날이 갈수록 멀어져 갔다. 마주치면 싸웠고 손찌검이 날아왔다.

151.

아람에게는 5,000이라는 수도, 10,000이라는 수도 컸으며 50,000

과 백지의 수표는 거대하게 느껴졌다. 와아…. 감탄하며 막연하게만 생각했다. 당연했다. 매달 용돈을 2,000원, 많아도 3,000~4,000원으로 지내왔으니 돈에 대해 무지했으며 너무 몰랐다.

보육원을 나오고 정부에서도, 아빠에게 받은 용돈이 어느새 현금으로 1,000만 원 가까이 모았다. 혹여 도둑(?)이라도 들까, 혹하는 유혹에 휘둘려 흥청망청 쓸까 구석 모퉁이에 꽁꽁 숨겨두었다. 아끼며 덜 쓰고 덜 먹고 덜고 또 덜었다. 불 끄고 생활하기가 일상이었고 1을 1/4로 나누었다. 1/4 중 나머지 한 부분은 엄마 몫이었다. 엄마가 교도소에서 나와 기뻐하는 모습을 생각하며 엄마에게 꼭 주자며 세 자매는 약속했다.

152.

때는 2016년 가을. 엄마가 햇빛을 보러 완전히 나왔다.

153.

엄마가 교도소를 나오고 다시 일상으로 돌아갈 때였다. 엄마는 세 자매가 발버둥 치며 꽁꽁 숨긴 돈을 말없이, 소리 소문 없이, 또다시 이모와 만남을 시작해 공기로 흩어지게 했다. 돈을 사방에 흩

뿌리듯 사방팔방으로 1,000만 원이 사라졌다. 엄마가 돌아오면 모은 돈으로 다른 가정처럼 맛집을 돌아다니는 꿈도 부서졌다. 이를 알게 된 미소는 엄마를 향해 쏘아댔지만, 엄만 입을 꾹 다물 뿐이었다. 한번 터진 불만은 쌓였던 울화도 같이 터졌다. 미소가 먼저 화살을 던졌다.

　우리 보육원에 있을 때, 국가 지원금 많았을 텐데 그거 다 어딨는데? 보육원 나왔을 때, 원장이 줬을 거 아니가. 쌍둥이들 개인 용돈도 몇백만 원씩 있었는데 그거 다 어딨냐고?[60]

미소에 말에 엄마가 우물쭈물 답했다.

　진정해. 미소야. 일단 진정하고.

　진정하게 생겼나. 우리가 힘들게 모은 돈, 다 엄마가 이모랑 쓰고 있잖아. 그게 좋은 데에 쓰이는 거가. 어?

미소가 버럭 화를 냈다.

　미소야, 니들 나왔을 때, 엄마 받은 거 없어. 받아도 진짜…. 얼마 안 됐어….

60　보육원에 있을 때, 각자 개인 후원자가 있었다.

엄마는 기가 죽은 건지 억울한 건지 두 손을 흔들었다.

    그게 말이 되나. 그럼 그쪽에서 꿀꺽했다는 거가. 그럼, 우리 원에 있을 때, 시골에 내려가서 받았던 용돈들. 다 어딨는데? 그 돈도 엄마가 모았다가 우리 다 크면 준다며. 이것도 이모랑 쓴 거제?

엄마는 미소에게 사실 여부를 떠나 말할 수 없었다. 미소는 흥분되었고 진정될 기미가 보이지 않았다.

    미안해. 엄마가.

엄마는 이내 고개를 숙였다.

    내가 지금 그 말 듣고 싶은 거가. 이러면 나만 또 나쁜 년 된다이가.

미소는 자신의 가슴팍을 팍, 팍 쳤다.

    아니야…. 왜 그렇게 생각해…. 엄마가…. 엄마가…. 잘못했어. 미안해….

또다시 흐지부지 흘러갔다. 두 사람을 바라보던 쌍둥이도 슬쩍 눈치를 볼 뿐….

다시 시작할 힘도 체력도 바닥을 치던 여름이었다.

154.

어느 날, 고운이 모르는 사실을 알았다는 양, 입을 열었다. 중, 고등학교에서 받은 장학금이 생계비 통장으로 받아져 자신에게 남는 게 없다는 것이었다. 고운이 억울함과 분노를 참으려는 투로 말했다. 느껴졌다. 엄마를 향한 마음이. 안타까웠다. 자신을 향한 자책이.

고운은 남보다 자신을 탓했다. 어떤 것이든 무엇이든 남을 탓하면 시간이 지나 탓한 자신이 밉고 상대에게 미안해진다며 그런 마음이 싫어서 자신을 나무랐다. 나 때문이지, 나 때문이야. 내 잘못이야…. 하며, 그게 마음이 편하다며 언제나 고운은 자신에게 탓을 돌렸다. 그런 고운이 선잠을 자고 있는 미소를 두고 아람에게 털어놨다. 공과금과 핸드폰 요금이 다 빠져나가 고운 자신을 위해 쓴 건, 한 푼도 없었다.

고운은 많은 시간이 흐르고 용기 내 엄마에게 물었다.

엄마, 내 앞으로 학교에서 들어온 장학금 있잖아. 그거 왜 나한테 말 안 했어? 자주 받았던데….

엄만 니가 아는 줄 알았지. 학교에서 준 거니까 말한 줄 알았어.

전혀 영문 몰랐다는 엄마의 목소리.

아니야. 말 안 했어. 나 전혀 몰랐어.

고운의 투가 높아졌다. 억울함과 짜증, 화가 뒤섞인 목소리.

그래? 엄만…. 학교에서 줬으니까…. 아는 줄 알았지….

엄마가 투가 잠잠했다. 전혀 몰랐던 듯한 목소리.

…아니야…. 엄마…. 짜증 내서 미안….

고운은 말을 거뒀다. 억울함을 내뱉어도 같은 말만 되풀이될 뿐이었다.

155.

세 자매는 기초수급자였다. 보육원을 나오고 살다가 생계를 이어갈 수 없어 동사무소에 수급자를 신청하고 그렇게 생계가 이어졌다.

중, 고등학교에서는 다양한 장학금을 주셨다. 고운이 더 많이, 더 자주 선생님과 대면했다. 궁금함에 고운에게 물어보면 고운은 항상 같은 답을 했다.

몰라? 장학금 뭐라던데. 내 명의로 된 통장사본 가지고 오래.

그때부터였을까. 고운도 모르게 장학금이 들어온 것이.
수급자에 대한 학교 측의 배려였을까.

고운의 통장은 생계비 통장이었다. 세 자매의 휴대폰 요금과 공과금이 나가는 통장. 즉, 수입보다는 지출이 많은 통장. 누구도 수입하지 않는 통장이었다. 고운의 명의로 된 통장이 그뿐이었기에, 미성년자였기에, 아무것도 몰랐기에 받아들일 수밖에 없었다. 장학금은 계속해서 들어왔다. 장미여중, 장미여중, 장미여고, 장미여고. **띠릭, 띠릭, 띠릭.** 밀린 돈을 갚듯 계속해서 빠져갔다. 고운에게 남겨진 푼은 없었다. 당연하게도 너무나 당연스럽게 모두의 것이 되었다. 고운의 것이 아니라, 모두의 것. 사람이 아닌 어떤 단체나 기업에서 받은 것은 모두 고운의 덕이었음에도 모두의 덕이 되었다. 고운은 너무 일찍 알았다. 자신의 덕을. 그리고 이득을.

.
.
.

어쩌면 이용한 걸지도 모른다. 누군가는.

156.

…엄마가 나오고 그제야 아빠의 행동이 이해됐다. 아빠를 이해하기까지 많은 시간이 흘러서였다. 엄마가 없는 동안 생각했다. 아빠의 말과 언니가 고운에게, 그리고 아람에게 말해준 내용을 토대로 엄마의 일생을 그려나갔다.

뒤늦게 아빠께서도 보육원에 대해 알게 되었다. 어떤 계기로 어떤 경로로 알게 되었는지 모르지만, 보육원을 나가고 몇 년 뒤, 아빠는 바로 나가게 해주지 않아 미안해하셨다. 그제야 아람은 아빠를 바라보는 시선이 달라지기 시작했다. 생각이 변했다. 어린 시절, 아빠의 멈춰버린 기억에서 흐려진 기억을 다시 끄집어내 선명하게 만들었다.

157.

엄마의 아버지는 어렸을 때부터 술만 마시면 소리를 지르고 폭력을 해왔다. 유일한 증조할머니, 엄마의 할머니만이 엄마의 버팀목이었다. 집안에서 유일하게 엄마의 편이 되어 보듬어 주었다. 할아버지와 할머니께서 엄마를 돌봐주지 않을 때, 증조할머니께서는 엄마를 몰래 안아주었다. 그런 증조할머니께서 돌아가시자 엄마의 버팀목은 사라졌다. 유일한 쉼이 없어졌다. 게다가 3명의 남동생을 학교에 보내어 학비가 부족했기 때문에 다니던 국민학교마저도 중퇴했다. 엄만, 그와 동시에 집을 나왔다. 그들에게 고개를 떳떳이 들고 나타나기 위해 더 힘든 길을 걸어야 했다. 더 고된 선택을 하며 버텨야 했다. 공장에 막내로 들어가 구박을 받고 온갖 잡일을 떠맡더라도 참아야 했으며 배고픔을 느끼지 않고 조금씩 벌이가 되는 돈을 아껴야 했다. 공장에서의 기숙사 생활도 녹록치 않았다. 구박과 복종이 일상이었다. 엄만 공장 생활을 이어가던 중, 대학 친구라고 말한 이모를 만났다. 그때부터였다, 엄마가 흔들리기 시작한 것이. 이모는 엄마의 하나뿐인 친구였다. 엄마의 편이 되어주었고 엄마와 다르게 말을 톡 쏘아대는 이모가 엄마는 든든했다. 공장에서의 생활이 이어지던 때, 점점 주변인들이 결혼을 하고 아이를 낳았다. 엄만, 마음이 조급해졌다. 자신도 사랑하는 이를 만나 결혼을 하고 오붓하게 자녀와 하하 호호 지내고 싶었다. 주변인의 소개로 엄만, 지금의 아빠를 만났다. 둘은 서로를 알아가기에 너무 짧은 시간을 보냈다. 아빠 또한 늦은 나이에 엄마를 만났다. 아빠도 결혼을 서두른 듯했다. 급하게 들어간 결혼은 다툼을 일으켰고 이혼으로 이끌었다. 그 사이에도 엄마는 끊임없이 이모와 연락을 하며 '돈'으로 일을 부풀린 모양이었다. 공장에서 이어온 인연은 쉽게 끊어지지 않았고 이모의 술수는 누구도 막을 수 없었다. 어떤 이들이 엄마와 이모와 연관되어 있는지 알 수 없지만, 미소를 낳고도 엄만 멈추지 않았다. 엄만…. 돈이 고팠을 것이다. 어린 자신의 모습이 지금의 엄마를 만들었다. 어린 시절부터 돈이 궁했고 옛날 소시지도 동생들에게, 계란프라이도 동생들에게, 밥 한 그릇도 동생들에게 양보했던 엄마는 돈을 좇았다. 아빠는 알지 못했다. 엄마의 말을 믿었고 엄마를 믿었다. 언젠가는 엄마가 말해주길. 그 사이 돈은 부풀려졌고 엄마는 아빠를 설득했다. 아이 한 명만 더 낳자고. 아빠는 승낙했다.

…유산되었다. 엄만 슬픔에 잠기기도 전에 한 번 더 아빠를 설득했다. 첫째면 외롭지 않겠냐고…. 한 번 더 해보자고. 아빠는 긴 생각 끝에 결정했다.

158.

유산되었다.

자신에게 찾아온 2명의 생명이 얼굴 한 번 보지 못하고, 손 한 번

잡아주지 못하고, 이름 한 번 불러주지도 못한 채.

　아빠는 그 후로 엄마의 잠자리를 청하지 않았다. 일도 바빴을 뿐더러 아빠 또한 자신을 닮은 2명의 아이를 보내야 했기에 슬픔을 잠재워야 했다. 그 방법은 일이 유일했다. 때마침 바빠진 일거리는 아빠의 착잡함을 잊기에 알맞았지만 결코 좋은 방법은 아니었다. 엄만, 끝까지 포기하지 않았다. 아빠를 다시 설득했다. 간절하게.

　아빤…. 어려운 선택이었다. 또다시 아이를 잃는다는 공포에 쉽게 선택할 수 없었다. 엄만 강아지 같은 눈망울로, 눈물 맺힌 눈방울로 아빠를 바라보았다. 아빤…. 어려운 선택을 했다. 또다시 아이를 잃는다는 공포를 이겨내기로. 강아지 같은 눈망울을, 눈물 맺힌 눈방울을 믿어보기로.

159.

　그에 대한 결과는 성공이었다. 게다가 쌍둥이라니. 아빠와 엄마에게는 기적과도 같은 일이었다. 엄마와 아빠의 생각은 통했을 것이다. 두 번 보낸 아이들이 이 쌍둥이일 거라고. 첫째 미소와 멋진 아이로 키우자고.

　엄만, 쌍둥이를 품고 배가 점점 부풀었다. 제대로 앉지도 서지도 못했으며 입덧이 심해 음식을 보면 구역질이 올라와 아무것도 먹지 못했다. 엄마는 점점 말라갔으며 몸무게가 30kg까지 빠졌다. 쌍둥이가 이 세상에 나올 날을 기다리며 엄마는 입덧을, 통증을 견뎠다. 아빠도 일이 마치면 곧장 집으로 와, 엄마와 미소를 돌봤다. 쌍둥이를 품는 동안, 아빠는 미소와 손을 잡고 유치원을 등원했으며 미소의 먹거리와 옷차림, 목욕과 잠자리를 함께 했다.

쌍둥이의 예정일은 2004년 1월이었다. 엄마와 아빠 예정일만을 기다리고 있었다.

…갑작스레 태동이 느껴졌다. 양수가 새어 나왔다. 아빠는 급하게 119를 불러 병원으로 이동했다. 산전검사에서도 이상은 없다했던 의사가 산모와 아이가 안전하려면 지금 출산해야 한다며 애써 침착하게 말했다. 덧붙여 의사가 자궁이 좋지 않아 자연분만은 어렵다며 제왕 및 자궁절개를 조심스레 권유하셨다. 엄만, 아픈 배를 부여잡으며 울었고 아빤, 의사가 내민 동의서에 자신의 이름 석 자를 서명했다. 엄마는 수술실로 향해 하반신 마취를 통하여 쌍둥이를 출산했다. 의료진의 협동으로 고운이 먼저 나오고 1분 뒤, 아람이 빠져나왔다. 2003년 12월 23일. 09시 26분과 27분이었다. 고운의 얇고 높은 울음소리와 아람의 두께 있는 울음이 들리자 엄마와 아빠는 안도했다. 의료진의 안내에 따라 아빠가 쌍둥이의 두 팔과 다섯 손가락, 두 다리와 다섯 발가락을 두 눈으로 확인했다. 엄마도 쌍둥이의 얼굴을 보며 머리를 두어 번 어루만져 주었다. 쭈글

쭈글한 얼굴은 누굴 닮았는지 가늠이 되지 않았지만, 아빠는 짐작으로 엄마는 직감으로 알 수 있었다. 엄마의 신경섬유종이 쌍둥이에게도 전해졌음을.

쌍둥이를 출산하고 회복기를 가졌다. 아빠는 일을 해야만 했다. 아빠의 가정 또한 좋은 형편은 아니었기에 세 자녀를 양육하기 위해선 돈이 필요했다. 엄마가 산후조리를 하는 동안 아빠는 일에 전념하면서도 엄마를 알뜰히 살폈다. 이모 말[61]과는 다르게 출산과 산후조리는 아빠와 함께였다. 세 자매는 여느 아이들과 같이 개구졌다. 싸우고 다시 화해하는 것은 물론, 집 안에 어항 안에 신문지나 조각낸 휴지를 넣어 물고기를 보내고,[62] 밥상에서 싸워 양팔을 들어 혼나기도 하는 지극히 평범한 아이들이었다. 미소가 유치원에서 배워온 율동을 재롱잔치에서 뽐내고 또 그것을 동영상으로 담던 평범하고 평온한 일상을 보내던 나날이었다. 그 사이에도 엄마는 이모와 연락을 끊지 않았다.

160.

어느덧, 미소는 8살이, 쌍둥이는 6살이 되었다. 어느 순간부터

---

61 훗날 엄마께서 말씀하시길, 세 자매 있는 데서 이모께서는 아빠를 흉볼 때마다 마음이 좋지는 않았다고 하셨다.
62 물고기야…. 미안해. ㅠㅠ

아파트 내에 소문이 났다. 세 자매와 그들의 엄마 아빠가 부자라고. 사실이 확인되지 않은 소문은 더 크게 부풀려졌고 소문의 시작은 흐릿해졌다. 이 시기에 때마침 옆집이 이사를 가는 바람에 빈집이 되었다. 어디서 어떤 정보를 들어온 건지, 이모가 다시 나타났다. 엄마는 이모와 오랜만에 재회했다. 공장에서 만난 후, 몇 년 만에 만나는 것이니 반가울 법도 했다. 그 후로부터 엄마는 이모와 만나 수다를 떨거나 외출이 잦아졌다. 아빠는 이를 못마땅해하셨다. 첫인상이 좋지 않았던 이모로부터 싸함을 느꼈다. 아빤, 엄마를 설득했다. 엄만, 아빠를 반박했다. 아빠는 이모가 느낌이 좋지 않다며 싸하니 연락하지 않으면 안 되냐며 말했지만 엄마 딴에는 유일했던 친구를 남편인 아빠가 믿지 않는다는 것이 자신도 믿지 않는 것 같았다. 엄마는 자신이 힘들 때, 있어준 친구라며 나쁜 사람 아니라고 맞받아쳤다. 아빤 매일 포기하지 않았다. 그때부터였다. 아빠가 점점 엄마를 의심한 것이. 엄마는 점점 숨기는 것이 많아졌다. 예전과는 달랐다. 미세하게, 묘하게 점점 알아채지 못하게 변해가는 엄마를 보며 아빠는 불안했다. 설마가 그 설마가 아니도록, 결혼 전 자신의 믿음이 진실이며 자신의 의심이 거짓이기를 바랐다.

161.

그것이…. 아니었다. 아빠의 일자리로, 10년도 더 된 일자리에 처음 보는 얼굴이 아빠를 찾아왔다. 엄마와 이모가 자신들에게 빌린 돈을 갚으라며 그렇지 않음 자녀들까지 건들겠다는 협박까지 하며 그들은 아빠를 몰아갔다. 그사이 엄마와 이모는 이곳, 저곳을 돌아다니며 돈을 빌리고 부풀리고 잃다가 다시 빌리기를 반복했다. 집이 점점 흔들렸다. 아빠는 몰아쉬는 숨을 참으며 엄마를 찾았다. 세 자매는 기울어지는 집을 바로 잡고 싶었다. 어떤 일인지도 모른 채, 예전처럼 화목하게 단란하게 평범하게 돌아가고 싶었다. 부모의 다툼은 관련 없는 과거까지 뒤집었다. 아빠는 그동안의 믿음이 깨졌다는 것과 배신감에 분했고 엄마는 자신을 이해해 주지 않은 아빠께 분했다. 아빠는 먼저 말했더라면 해결했을 거라며, 왜 숨겼냐며, 이모가 싸하니 만나지 말라고 조심하라 당부했지 않았냐며 분을 터뜨렸고 엄마는 고운이 아픈 거 모르냐면서 병원 때문에 검사하느라 비용도 많이 드는데 어떡하냐며 한 번이라도 병원에 데려간 적 있느냐며 서로가 서로에게 쌓인 불만을 토로했다. 이야기의 주체가 '돈'에서 '엄마'로 '고운'으로 방향을 틀었다. 고운은 자신 때문인 것 같아 더 크게 울었다. 자신으로 인해서 일어난 일 같았다. 자신이 아파서, 자신이 아프기 때문에, 병원비가 점점 부풀려지기 때문에 모두 자신으로 인해 일어난 결과라고 생각했다.

162.

보육원을 나오고 몇 년이 지났을까. 고3 졸업 무렵, 엄마는 비밀을 말하셨다. 찜질방 외에 다른 거처가 필요했던 엄마였다. 그곳은 부산에 있는 절이었다. 그곳에 계신 분은 고운과 아람이 고등학교를 졸업할 때까지는 나오지 말라고 당부하셨다.

163.

어느 날, 엄마는 세 자매를 그곳으로 데리고 갔다. 돈도 지낼 곳도 없던 터라 엄마는 또 다른 누군가의 도움을 받고 있었다. 엄마는 자신이 지내는 곳이라며 먼저 좁은 계단을 올라갔다. 반짝이가 일렁거리는 유리문과 진한 갈색의 오래된 문을 열면 작은 방이 보였다. 한방으로 이루어져 커튼으로 나뉜 그곳은….

신당이었다.

엄마는 몸을 숨길 곳이 필요했던 모양이었다. 엄마의 어깨가 한껏 위축되었다. 세 자매도 엄마도 서로를 보았음에도 즐겁지 않았다. 도망자 같았다. 걱정이 앞섰다. 엄마는 애써 괜찮은 척, 신당에 있는 과일을 내주고 양파 물을 건네며 이야기를 꺼냈다. 아람과 고운은 그런 시간이 소중했다. 분위기가 가라앉아도 이 시간이 후회로 다가오지 않게, 엄마를 더 많이 보기 위해 엄마의 말에 맞장구쳐 주고 웃어주었다. 아람은 엄마를 바라보았지만 엄마의 시선은 언제나 미소였다. 아무리 아람이 엄마를 마주 보아도 엄마는 미소를 반복해서 불렀고 고운의 건강을 챙겼다. 미소는 불만이 있는 듯 고개만 숙이고 구부정하게 앉아 엄마의 부름을 외면했다. 엄마는 고운의 건강을 살폈다. 어디 아픈 데 없었는지 같은 물음에 고운은 습관적으로 괜찮다며 되려 엄마의 안부를 물었다. 엄마 역시 습관적으로 괜찮다며 웃어 보였다. 엄마의 눈은 움푹 들어가 근심과 걱정이 투영되었다.

같은 날, 신당의 분위기는 가라앉았다. 심해보다 더 어두웠으며 무거웠다. 아무도 말을 하지 않았다. 아람도 고운도 엄마도 미소를 살폈다. 엄마가 분위기를 전환하려 말을 꺼냈다. 미소의 답은 여전했다.

아니. 어. 그게 왜. 그래서.

대화가 뚝, 뚝 끊기는 짧은 대답과 계속 묻는 엄마. 이에 짜증내는 미소였다. 한쪽에는 고운의 보호대가 놓여 있었다. 나사로 보호대의 높이를 조절했기에 나사는 중요한 역할이었다. 고운의 보호대는 자신의 몸과 같았다. 그러나, 아람과 미소는 그 몸을 소중히 대하지 않았다. 고운도 그 보호대가 싫었다. 눈치 보며 껴야만 했으니까. 누군가의 도움으로 낄 수 있었으니까. 그렇게 함부로 다룬 보호대가 미소와 아람이 대충 해주던 보호대가 결국 나사가 빠져버렸다. 고운은 보호대를 낄 수 없었다. 엄마가 필요했다. 엄마를 만나 얘기를 나눠야 했다. 어두운 분위기를 애써 밝게 만들려 고운도 입을 열었다.

> 엄마…. 나 보호대 나사 빠져서…. 다시 맞춰야 해….
> 그래? 나사 사러 가야 하잖아.

고운은 그런 마음이 아니었을 것이다. 살살 미소의 눈치를 보는 엄마와 아람이, 자신이, 그런 상황 자체가 너무 불편하고 싫어서 말 한마디를 꺼냈을 뿐이다. 아무런 의도 없이 고운은 그랬다. 아람은 그런 고운을 느꼈다. 미소가 내뱉은, 미소가 생각하는 그런 의도가 아닌 것을.

엄마는 얇은 지갑과 얇은 외투를 걸쳤다. 추워 보였다. 엄마도 지갑도 가족도. 엄마는 고운의 보호대를 위한 나사를 위해 신당을 나갔다.[63] 어디에서 사는지도 모른 채, 가격이 얼마인지도 모른 채로 엄마는 어디로 발길을 돌렸을까. 곧이어 들려오는 미소의 말이 고운의 기억에 있다는 것을 미소는 알까.

> 야, 그 나사가 얼마나 비싼 줄 알고 그걸 엄마한테 말하는데? 그 나사 빠진 게 뭐라고. 없으면 못 끼나. 잘 끼지도 않으면서. 니 때문에 돈 더 쓰게 된다이가. 돈 안 모이면 니가 책임질 거가.

---

63 아람이 느끼기론, 엄마 그 공간이 답답해 잠시라도 피하고 싶은 듯, 짧은 외출(?)을 기다린 듯 보였다.

미소의 짜증스럽고 날카로운 목소리가 지금까지 엄마에게 내색하지 않았던 분노와 짜증이 고운에게 비수가 되었다. 고운은 억울했다. 두 눈에 눈물이 고였다. 흐를 수 없었다. 흐르면 안 됐다. 고운은 분했다. 매일 싸우던 아람과 미소 사이에서 눈치 보며 보호대 착용을 부탁하던 자신과 그들이 혹여 화풀이로 세게 조일까 하는 불안함, 보호대를 착용해도 변화가 없는 느낌과 옷이 젖은 채로 보호대를 착용하던 자신이, 배긴 옷으로 불편한 날들이, 보호대로 인해 먹고픈 음식을 자제했던 자신이, 보호대를 착용하지 않았을 때 찾아오는 먼 훗날의 자신과 보호대를 착용해도 전문의와는 다른 착용감, 이로 자신에 대한 불평과 미소와 아람을 향한 비난이 잠시 후, 또다시 자신에게로 찾아오는 죄책감에 휩싸인 자신이 빠르게 스쳐 지나갔다. 미소는 절대 모를, 알 수 없을 그 슬픔과 분노가 미소의 말 한마디에 더 증폭되었다. 고운은 참았다. 가늘게 떨리는 숨을 깊게 들이마시고 내시며 감정을 눌렀다. 참고 참다가 폭발하여 잠시 후 찾아오는 미안함에 스스로 죄책감에 빠져 속으로 앓다가 우울해지는 것보단 나았다. 고운은 이런 뫼비우스를 계속 달렸다. 반복되는 달음질에 고운은 참자고, 자신이 참으면 모든 게 좋게 흘러간다며 자신이 차라리 아프다 자책하는 게 더 마음이 편하다며 포기에 발을 담갔다. 그 결과, 모든 것이 괜찮게 되었다.

164.

고등학교를 졸업하고 대학교에 입학했다. 대학교에 입학하기 전, 등록금이 필요했다. 전해진 기간 안에 넣지 않으면 입학이 취소되었고 아람은 불안했다. 아람과 엄마는 디딤씨앗통장[64]을 꺼냈다. 정부에서 지원해 준다 해도 등록금을 낸 후, 서류가 통과되어야만 다시 입금이 되어 해지를 해야 했다. 통장을 들고 은행에 갔더니 대구에 있는 본점에 가라는 말을 듣고 급히 대구로 나갔다. 영업시간이 끝나가고 있었고 차는 막혔다. 바로 앞에 은행이 보였는데 차도에서 내릴 수 없었다. 점점 초조해졌다. 차에서 내리자마자, 은행을 향해 달렸다. …문은 열려 있었지만, 닫혀 있었다. 업무가 끝난 모양이었다. 관리인에게 사정했다.

대학 등록금 때문에 왔는데 도와주면 안 될까요?

관리인이 단호히 거절했다. 안 된다며 돌려보냈다. 그때, 또 다른 할머니가 끼어들었다. 그 할머니 역시 거절당했다. 수차례 할머니는 부탁해 보았지만, 들려오는 대답은 거절이었다. 할머니는 이내 포기하고 돌아섰다. 계속되는 거절을 지켜보던 아람과 엄마가 발을 돌리려던 참이었다. 관리인이 붙잡았다. 문을 닫고 있던 고리가 왼쪽으로 돌려졌다. 관리인이 활짝 열며 말했다.

---

64 신한은행에서 주최하는 통장으로 저소득층 아동이 성인이 될 때까지 지원하는 정부제도. 한 달에 넣은 금액만큼 정부가 지원해 주는 제도이다. 보육원에 있을 당시부터 계속 돈을 넣던 통장.

해주고 싶었는데 할머니가 계속 부추겨서요…. 들어가서 일 보세요.

관리인에게서 빛이 보였다. 감사 인사를 한 후, 급히 들어갔다. 아무도 없었다. 직원뿐이었다. 서둘러 일을 보았다. 등록금을 내야 기 때문에 깨야 하는 통장을 내밀었다. 직원은 정부에서 지원해 준 금액과 보육원에서 넣은 금액 + 추가로 엄마가 계속 넣어주던 금액을 보여주며 일주일 뒤에 입금될 거라며 명세표를 보여주었다.

800만 원….

통장에 처음 찍힌 큰 숫자였다. 큰불이 꺼졌다. 이젠 연기가 날릴 차례였다. 직원과 관리인에게 여러 번 허리 숙여 인사했다. 감사하다고. 정말로 고맙다며.

은행을 나오고 아람은 생각했다. 그 돈을 어떻게 분배하고 써야 할지 생각하고 있었다.

아람아. 나중에 2~3년 뒤에 언니랑 고운이도 해지할 거란 말이야. 그때 되면 아람 너보다 훨씬 많을지도 몰라. 엄마가 한 달에 5만 원이라도 넣어주고 있으니까. 그때 가서 고운이, 언니보고 질투하거나 미워하면 안 돼. 알았지. 아마 둘은 *1,000만 원* 조금 넘을지도 몰라. 아람이 네가 *800만 원* 넘으니까 그때 가면 둘 다 1,000만 원 넘을지도 모르거든? 그때 돼서 왜 나는 1,000만 원 아니냐고, 그때, 왜 안 말렸냐면서 엄마 원망하거나 둘, 질투하지 않기. 약속.

당연했다. 질투보다 아람은 아무렇지 않았다. 자신은 800만 원인 거고, 둘은 1,000만 원인 거다. 시기보단 '오…. 1,000만 원….'이 끝이었다. 돈에 대해 딱히 관심도 욕심도 없었기에 질투조차 나지 않았다. 단지, 보육원과 엄마 그리고 정부에서 지원해 주는 것만으로도 감사함이 존재했다.

그렇게 아람은 등록금을 예치했다. 아람은 그 돈을 부지런히 아꼈다. 이유 없이 아람은 돈을 쓰지 않았다. 고정적으로 나가는 것을 제외하곤 특히나 식비를 절대적으로 아꼈다. 통학버스, 토익 수업료 + 교재비, 학급비(?)[65] 등을 제외하곤 모든 참았다. 스쳐 지나가는 델리만쥬 냄새와 시원해 보이는 음료수까지 참았다. 자신보다 더 적게 쓰며 행복해하는 동기로 위안을 얻으며 눈을 감았다. 정말 먹고 싶은 게 있다면, 정해진 식비를 쪼갰다. 라면과 김밥, 음료수 그리고 디저트까지 모두 먹을 수 없으니까 무엇인갈 줄여야 했다. 더 저렴한 것, 더 작은 것을 찾아가며 먹고 싶은 걸 다 먹는 친구를 보며 애써 웃음을 보였다. 웃긴 건, 그렇게 아낀 돈이 바람처럼 흩어졌고 솜사탕처럼 눈 녹듯 사라졌다.

---

65 왜 내…?

165.

   반면 미소는 사회복지과에 합격했지만 입학하지 않았다. 사회복지 하면 미소는 보육원을 떠올렸고 그곳에서 받은 복지라곤, 아무것도 없었기에 미소는 그 생각만을 가지고 입학하지 않았다. 그렇게 미소는 종일 집에만 있었다. 햇볕을 쬐지도 자신을 돌보지도 않고 청소까지 미뤄졌다. 엄마가 없는 삶이었으니 고등학생이었던 쌍둥이와 갓 졸업한 20살 미소가 감당하기엔 너무 귀찮은 것이었다. 1년 몇 개월의 시간이 흐르고 엄마가 다시 집에 돌아왔다. 집에서 빈둥대는 미소에게 엄마는 바리스타를 권유했다. 미소는 거절했다. 단호하게.

   미소는 이모와 관련된 것을 모두 싫어했다. 모든 일의 시작이 이모라 생각했고 그녀와 같이 있는 엄마도 싫었다. 바리스타 또한 이모가 권유했기에 미소는 거절했다. 하지만 이번엔 그 이모가 아니었다. 엄마의 아는 친구였다. 그분이 카페를 하는데 가게를 내어 그 자리를 미소가 바리스타 자격증을 취득하면 그 건물을 사라는 것이었다. 미소는 단호히 거절했다. 엄마는 반복적으로 설득했다.

   문제는 돈이었다. 그렇게 뒤는 생각지도 않고 앞만 보고 직진한 것이다. 미소는 여전히 찜찜했다. 신뢰되지 않았다. 엄마만이 주는 정보만으로 정확하지 않아 선택하기 더 어려웠다. 게다가 미소가 하나하나 따진 것들을 엄마가 그분에게 묻고 답을 전달하는 데에 문제가 있어 엄마가 더 의심스러웠다. 며칠 동안 둘 사이에서 긴장감과 긴 대화가 이어졌다.

　미소는⋯. 며칠을 생각했다. 그렇다. 미소도 바리스타를 디딤씨 앗통장을 통해 따냈고, 그 돈으로 엄마는 카페를 차리길 원했다. 그것이 후회로 다가올지, 허무하고도 자율성이 없는 바리스타일지도 몰랐기에 미소는 엄마는 **한 번** 더 믿었다.

　며칠 후, 미소 몰래 엄마가 아람에게 다가왔다. 사실 아람은 미소와 엄마가 서로 대화를 나눌 때, 예상했다. 적중이었다. 아람은 모른 척, 엄마가 먼저 말하기 기다렸다.

　만약에 언니가 카페 차리게 되면, 전에 깼던 통장에서 300만 빌려주면 안 될까?

　아람은 장난스럽게 되물었다. 속에선 단호하게 '아니'가 일렁이고 있었다.

　엄마가 몸을 배배 꼬며 검지를 치켜 올려 애교 섞어 도와달라고 말했다. 아람도 장난스럽게 싫다고 대꾸했다. 진심 담긴 거절이었는데도 장난스러운 투는 상대에게 승낙으로 들린다. 아람은 이러한 습관을 고치지 못했다. 거절이 상대에게 상처일까 봐, 거절이 상대방의 화로 아람에게 돌아올까 무서움에 거절 못 하는 아람이었다. 살아가면서 꼭 필요한 거절이어도 정확한 대답 대신 모호한 대답으로 들려주니 상대방은 승낙으로 항상 받아들였다. 엄마도 그러했다. 아람의 장난스러운 줄까, 말까에 엄마는 아쉬워하다가도 반색했다. 모아두던 돈이 있다더니…. 그 구실이 아람이었나보다. 엄마는 아람이 단호하게 거절할 때까지 부탁할 듯 보였다. 거절해도 이 방법 저 방법을 써가며 미소 앞에 300만 원이 있어야 했다. 아람은 미소 앞에서 작아지는 엄마를 알고 있었다. 그런 엄마를 위해 아람은 300만 원을 입금했다. 순식간에 절반이 날아갔지만 뭐, 괜찮았다. **아무렇지도 않았다.** 정말로. 아무런 감정이 느껴지지 않았다. 어쩌면 못 돌려받을 수 있겠단 생각이 들었지만 엄마니까, 이모와 만나 둘러댈 변명이 나로 해결됐으니 그걸로 됐다며 위안했다.

그렇게 몇 개월이 흘렀다.

엄마, 그거 어떻게 됐어?

미소가 물었다. 아람은 직감했다. 그 짧은 질문 속에서도 사기였음을, 무언가 잘못됐음을 느낄 수 있었다. 미소는 엄마에게 으름장을 놓았다. 엄마는 그런 마음을 아는지 모르는지 천하태평하게 괜찮을 거라며 다독였다. 미소가 소리 질렀다. 아무렇지 않은 엄마의 태도에, 자신의 돈이 공중 분해될 생각에 미소는 내 돈! 내 도온! 하며 고함을 질러댔다. 미소의 소리에 엄마는 주춤했다.

몰라. 나 안 할래. 그냥 다시 300 줘.

미소가 쐐기 박듯 말했다. 엄마는 급 불안했는지 미소를 말렸다. 조금만 더 기다려 보자고, 연락되면 바로 말해보겠다고.

미소는 싫다고 고집을 부렸다. 큰일이었다. 곧이어 미소는 과거의 엄마를 끄집어내 자신의 화를 표현했다. 아람은 알고 있었다. 물론 미소도 알고 있었다. **사기**를 떠나서 서로의 300만 원을 돌려받지 못한다는 것을. 아람은 아무 말 없이 대화를 들었다. 애써 모른 척, 괜찮은 척 웃었다. 그 순간 엄마는 자리를 피하고 싶었기에, 숨고 싶은 마음을 알기에, 정말 아무렇지 않았기에, 내 돈이 아니었다며 스스로 다독였다. 내가 번 돈으로 넣은 것이 아니라 보육원에서, 퇴소 후엔 엄마가 달마다 5만 원씩 입금했기에 내 것이 아니라 생각했다. 그래야만 위안이 되었다.

반대로 미소는 달랐다. 매일 엄마와 다퉜다. 포기하지 않았다. 엄마에게 받아낼 생각이었다. 하지만, 미소도 알았다. 아무리 악을 써도, 엄마와 다투어도 돌려받지 못한다는 걸. 그렇게 다시 상처를 주고, 받았다….

점점 통장에 돈이 줄어들기 시작했다. **버는** 것 없이 **나가는** 것이 많았기에 당연했다. 800만 원에서 700만 원…. …400만 원…. 300만 원으로 앞자리가 한 달에 거쳐 바뀌어 갔다. 그러던 어느 날, 엄마 어깨가 아프기 시작했다. 오십견이 온 건지, 돈을 벌려고 무리한 전단지 아르바이트 후유증이 뒤늦게 찾아온 까닭인지 어깨가 닳았다. 팔을 위로 번쩍 들어 올리지 못할 만큼 엄마는 아팠고 주물러도 일시적이었다. 물리치료를 다녀도 주사를 맞아도 소용없었다. 수술이 답이었다. 보험금을 받으려면 먼저 수술비를 내고 청구해야 했기에 수술에 들어갈 돈을 구해야 했다. 엄마가 다시 아람에게도 왔다. 엄마는 인상을 구기며 아람에게 조심스레 요구했다. 아프냐는 아람의 질문에 엄마는 양팔을 올려보았다. 절반도 올라가지 않은 채, 엄마는 강아지처럼 신음소리를 내었다. 아람은 엄마가 안쓰러웠다. 미소에게 티 내지 못하고 이모에게 정작 필요한 도움은 받지 못해 숨기는 것이 아람의 모습이 보였다. 그랬기에 아람은 별 의심 없이 빌려주었다. 엄마 어깨가 몇 달간 아팠기에, 엄마가 아프지 않길 바라는 마음으로 흔쾌히 200만 원을 내주었다.

．

．

돌려받지 못했다. 보험 측에서는 가입한 지 얼마 되지 않아 돌려주지 못한다는 이유였고, 엄만 아무 **말** 없이 그날을 지나쳤다. 괜찮았다. 엄마만 아프지 않는다면, 괜찮았다. 아무렴….

통장에는 어느새, 200만 원 남짓 남아 있었다.
어느 날, 엄마가 다시 아람에게 돈을 요구했다. 이모 덕에 알게 된 다른 이모인데 급하게 돈이 필요하다는 것이었다. 엄마는 매일 누굴 만나 어떤 대화를 하는지 외출 후면 돈을 요구했다. 아람은 생각했다. 설마, 자신이 구해본다며, 아람이 디딤씨앗통장을 깼다며 잘 구슬려 보겠다고 먼저 입을 연 건 아닌지. 상상이었지만 설마였다. 급히 필요하다는 이모를 생각했다. 고등학교 졸업 후, 처음 만난 이모였다. 그 이모는 함께 졸업을 축하해 주셨던 이모였다. 졸업식이 끝나고 곧바로 고운과 함께 맛있는 식당으로 데려가 밥을 대접했다. 누가 사 주는지 알 수 없어, 혹여나 엄마가 나서지 않을까 하는 생각에 먹고 싶은 음식보다는 저렴한 음식을 골라 먹었지만, 계산은 이모가 해주셨다. 누군가의 기쁨을 함께하고 진심으로 축하해 주는 것은 감사한 일이었다. 새로 알게 된 이모께서도 환하게 웃으며 축하하셨기에 거절하기가 곤란했다. 아람은 고개를 끄덕였다. 200만 원을…. 빌려줬다. 못 돌려받겠지…. 하면서도 엄마니까 한 번만…. 진짜 **따악** 한 번만 더 믿어보자는 것이 어느새, 통장을 텅장으로 만들었다. 그 이모는 지금까지와는 달랐다. 조금씩 갚기를 반복하다 보니 남은 일부분을 돌려받지 못했지만, 아람도 엄마에게 계속 추궁하지 못하고 그만뒀다.

166.

아람은 대학을 다니는 동안 자신의 몰랐던 점을 알았다. 저도 모르게 스트레스를 받았는지 고운과 미소, 엄마가 말하길, 너무 예민해져 짜증이 많아졌다며 다른 길을 알아보라며 설득했다. 미소가 먼저 간호나 보건 쪽에 관심이 많으니 고용센터에서 조무사를 알아보라며 제안했다. 솔깃했다. 도전보다는 갈망하던 간호였다. 미소 말대로 인터넷을 뒤졌다. 여러 가지 정부 지원제도가 있었고, 지나가면서 스쳤던 학원이 보였다. 아람은 바로 고용센터를 찾았다. 몇 개월의 교육을 받아야 했다. 무엇보다 먼저 대학을 자퇴해야 했다. 아람은 한없이 작아졌다. 몸도 마음도 한껏 움츠러들었다. 용기 낸 대학은 결국 발을 돌렸고, 자퇴를 위해 한 번 더 향한 대학은 고지였다. 전화를 통해서도, 만남을 통해서도 자신의 생각을 말하는 것은 엄청난 용기였다. 아람은 대학을 관뒀다. 고용센터에서의 훈련은 끝으로 다다랐다. 아람은 수급자였기에 취업성공패키지 1유형을 지원받았다. 그곳에서 하는 말이, 수급자 중에서 1유형으로 지원하는 건 처음이라고 잘해보라며 격려했다. 후줄근하게 교육을 받아도 다독이며 꾸미라며 독려했고 위안을 줬다. 그렇게 간호학원을 다녔다.

즐거웠다. 매일 신났고 행복했으며 들떴다. 보는 언니와 엄마까지도 달라진 아람을 보며 좋아할 정도로 아람은 학원을 재밌게 즐겁게 다녔다. 실습도 아람은 신세계였다. 상상했던 것들이 바로 눈앞에 펼쳐졌다. 1년을 웃으며 보냈다. 수업도 실습도 막바지에 한 심폐소생술도 재밌었다. 함께 배우는 다른 학원생분들과 웃고 대화하며 1년을 보냈다. 오죽했으면 원장님까지도 처음과 다르게 많이 밝아졌다며 엉덩이를 토닥일 정도였다. 아람조차도 알고 있었다. 좋아하는 일을 한다는 것은 축복이자 기쁨이며 감사였다.

그런 나날을 보내던 어느 날, 친구에게서 연락이 왔다. 고등학교를 졸업하고 처음 온 연락이었다. 아람은 반가움에 인사를 했지만, 그 친구는 목적이 명료했다. 매일, 또는 사흘에 한 번씩 '뭐 해?' '잘 지내?' '오랜만이야.'라며 연락을 보내왔다. 한참 실습으로 피곤할 때라, '안녕?' '오랜만이다.' '나야, 잘 지내지.'라며 단답으로 대화를 끝내왔다.

마침내 그가 목적을 밝혔다.

167.

저기…. 혹시 돈 좀 빌려줄 수 있을까?

아람은 실망했다. 고등학생 때, 느꼈던 그 냄새가 아니었다. 학생 때에 아람은 그 친구가 안타까웠다. 아람도 엄마가 교도소에 수감되어 세 자매끼리 끼니를 해결해야 했기에 잘 챙겨 먹지 못하는 그 친구가 안쓰러웠다. 당시 아람은 고운과 같이 아동센터 가는 길에 다음 날에 먹을 990원 하는 냉동 볶음밥을 사서 먹었다. 그때, 그 밥을 사면서 아람은 개인이 모은 용돈으로 1,000원 하는 참치 캔이나 햄 캔을 사서 그 친구에게 주곤 했었다. 생리대[66] 가 필요하면

---

66 현재는 국민행복카드로 지원받고 있지만 당시엔 생계비로 미소와 나눴기에 아꼈다.

여러 개를 손에 쥤었는데 그런 호의가 돈으로 보였나 보다. 1,000원의 참치 캔도, 통조림 햄도, 생리대도 결코 단순한 것이 아니었다. 하지만 친구는 아람의 사정을 알지 못했다. 엄격하다던 아버지와 밥을 제때 챙겨 먹지도 주지도 않는 어머니가 아람에게는 울컥한 점이었다.

그런 친구에게서 돈을 빌려달라고 연락이 왔다. 그때, 도와주던 까닭인지 돈이 많아 보였는지 100만 원을 빌려달라며 문자가 왔다.[67]

100만 원???

응…. 등록금 내야 하는데 낼 돈이 없어….

어…. 빌려줄 수 있어?

부모님이 지원 안 해주셔?

…학자금은? 정부에서 지원해 주잖아.

아…. 그거, 성적 안 좋으면 지원 안 해줘.

아 진짜?

빌려줄 수 있어?

…돈을 엄마가 관리해서 어려울 것 같은데.

---

67 바보…. 무슨 등록금이 100만 원 하냐…. ㅠㅠ

> 엄마한테 교재 산다고 말하고 빌려주면 되잖아.

>> 어? 왜 내가 거짓말해야 하는데?

> 빌려주면 안 돼? 지금 급한데.

>> 잠깐만.

> 어.

그렇게 연락을 끊으려던 참이었다. 그리고 이때, 눈치챘어야 했다. 방학이라는 걸, 등록금 낼 기간이 아니라는 걸. 끊임없이 그녀에게 연락이 왔다.

> 빌려줄 수 있어?

>> 그럼 한 학기는 어떻게 다녔어? 대학?

> 아…. 그거는 아빠가 대줬는데 이번에 성적 못 나와서 이젠 안 대준대. 나보고 알아서 하래.

>> 어머니는?

> 엄마도…. 아빠한테 용돈 받아서 생활하는 거라서 나보고 알바하래. 알바하기 싫은데.

>> 알바하면 되지.

힘드니까 그렇지. 전에도 이런 적 있어서
알바해 봤는데 하루 만에 잘렸어.

그동안 모아둔 돈 없어?

그거, 운전면허에 다 썼지.

면허 땄어?

아니, 떨어졌어.

아….

두 번이나 떨어졌다.

다른 애들은?

당연 연락해 봤지. 한 명은 연락 안 되고,
다른 애는 안 된다 하고, 돈 없대서
연락할 사람이 니밖에 없는 거야.

아…. 나도 돈 관리는 엄마가 해서….
어려울 것 같아. 미안.

한 번만 부탁해 보면 안 돼?
엄마한테.

싫은데.

니가 운전면허 따고 싶은데 돈 필요하다고,
그거 받아서 빌려주면 되잖아.

응…? 뭐라고?

한 번만. 나 진짜 급하단 말이야.
이번에 대학 등록금 못 내면 아빠한테 죽는다.

> 얼마 필요한데?

100만 원 정도…. 빌려줄 수 있어?

> …곤란한데….

그럼 용돈은 안 받아? 엄마가 다 관리하면 니 필요한 건 어떻게 사?

> 그럴 땐 말하지.

이번에 필요한데 써야 할 돈이 있다고 미리 받아서 나 주면 안 돼…?

> …? 거짓말로 돈 받아서 니 빌려주라고?

어. 제발 한 번만.
이번에 돈 못 내면 아빠한테 죽는단 말이야…. 집도 쫓겨날 거라는데 잘 곳이 없어.

아람은 생각에 잠겼다. 물론 엄마가 관리한다는 것은 거짓이었다. 이렇게 말을 해야 돈을 안 빌려 갈 것 같았다. 하지만 친구는 끈질겼다. 같은 고등학교를 나오고 하교도 같이 하던 친구였기에 많은 대화를 한 친구였다. 친구 집은 아빠가 엄해 친구의 행동에 언제나 매를 들었고 늘 동생과 비교하여 가부장적이었다. 엄마 또한 집에 마땅한 찬이 없으니 밥을 잘 하지 않아 친구도 끼니를 거르기 일쑤였다.

이를 생각하니 친구가 안쓰러웠다. 맞고 자라는 친구가, 꿋꿋이 살아가려는 모습이.

> 보냈다.

고마워. 진짜.

근데….

> ?

혹시 더 빌려줄 수 있어?

아람은 걱정되었다. 엄한 아빠에게서 혹여 맞지는 않을까, 집에서 쫓겨 나오지 않을까. 괜한 오지랖이 결국 손을 벌렸다. 아람은 실습을 하고 있었으므로 취업 생각에 친구에게 돈을 빌려주었다. 통장에 있는 돈을 빌려주며 천천히 갚으라며 다독였다. 한 번, 등록금을 내본 적이 있었기에 100만 원으로 가능한 부분이 아니었고 걱정이 되었다. 만약이.

그. 런. 데. 미소와 엄마가 디딤씨앗통장에 남은 돈이 얼마냐며 어떻게 관리하냐며 물었다. 큰일이었다. 일단, 돈을 빌려주기 전의 금액을 말했고 얼버무렸다. 급히 친구에게 연락했다.

…? 답이 없었다. 문자와 연락을 여러 번 시도하다 전화 걸었다.

실습 당시 짧은 점심시간이었기에 전화를 피하려는 듯한 친구에게 급히 용건을 말하고 끊었다. 갚겠지, 갚을 거야 생각하며 매일 연락했다. 그러던 끝에 은행 알람이 울렸다.

김@@ 님께서 1,000원을 입금하였습니다.

그렇다. 친구는 매일도 아니고 매주도 아닌, 띄엄띄엄 갚았다. 500원, 2,000원 간혹 10,000원, 무슨 버스비를 내는 듯, 찔끔씩 갚아나갔다. 연락이 안 되는 것보다 나았다. 그러다, 점점 연락이 끊기기 시작했다. 문자를 보내도 읽지도 않고 하루가 지나서야 읽더니 아예 연락을 받지도, 하지도 않았다. 집으로 찾아간 적도 있었다. 집까지 가는 시간이 돈이었기에 더욱이 받을 작정으로 달렸지만, 얻는 소득은 없었다. 왜인지 모르겠으나, 친구 집에 갔을 때에는 그 친구의 중, 고등학교 동창이 있었고 왜 때문인지 아람도 모르는 사이에, 그 친구가 경찰에 신고한 모양이었다. 아람은 돈을 갚으라며 말을 한 것뿐이었고, 계속해서 자리를 피하는 그 친구에게 설득을 하려던 참이었다. 반면에 동창들을 그 상황을 아는지 모르는지 그 친구에게 장난식으로 놀리는 듯했다. 빈번히 고등학교에서 발생한 일이었다. 그 친구는 재빨리 상황을 피하고 싶어 했다. 어머니까지 불러 아람을 보내려 했고 아람이 그 지역에서 빠지길 바라는 모양이었다. 아무 소득 없이 갈 수 없었다. 경찰이 곧 그 자리에 도착했고 상황을 파악했다. 경찰은 그 친구가 무서워 신고했다며 귀가조치 시켰고 아람은 아무런 소득 없이 돌아갔다.

168.

 집에 도착하자마자, 아람은 메신저로 그 친구에게 상황을 설명하라며 재촉했고 그 친구는 한참 뒤늦게 답했다. 아람보다는 같이 있던 동창들이 문제였던 모양이었다. 통화가 가능하냐며 물었다. 아람과 그 친구는 일주일에 서너 번, 길게 오랫동안 통화했다. 아무런 소득이 없는 통화. 실없는 통화. 매일 이야기는 다른 길로 샜다. 한 달에 50,000원. 서로 협상 본 금액이었다. 그 친구도 수락했고 그렇게 한 두어 달은 지켜졌다. 날이 갈수록 다른 말을 해댔고 누군가 자신에게 빌려 간 돈이 있는데 그 사람마저 연락이 안 된다며 아람에게 구구절절 매달렸다. 아람은 더 이상 기다릴 수 없었다. 자잘하게 받은 금액이 더 쪼잔해 보였고 갚은 것 같지 않았다. 너무 질긴 논쟁 같았다. 자갈처럼 조그마한 돈들을 합쳐보니 90만 원가량 남아 있었다. 거의 1년간의 사투가 벌어졌다. 더 이상 기다릴 수도, 지체할 수도 없었다. 아람은 결심했다. 친구가 가장 두려워하는, 아버지에게 편지를 보내기로.

 먼저 주소를 알아야 했다. 그 친구와 중학생 때부터 친구였던, 아람의 고등학교 친구이기도 한 하림에게 연락했다. 고등학생 1학년 후반까지 의지했던 친구였다. 엄마의 교도소 비밀[68]을 지켜주고 2학기 후반에서는 이유도 모른 채, 아람을 피했지만 그는 끝까지 비

---

68 이때, 친구들과 놀기로 한 약속을 면회로 취소했어야 했는데 다른 친구들에게 다른 말로 둘러댔다.

밀을 지켜주었다.

　하림은 알고 있었다. 아람에게 돈을 빌린 친구의 집안 사정과 주소를. 아람보다 더 자세히, 어쩌면 더 깊이 알고 있을지도 모른다. 당연하다. 하림은 그 친구와 중학생 때부터 우정을 나누었으니까. 어느새, 하림은 단체 대화방을 만들었다. 셋이서 대화를 나누다 보니 대화 내용이 이상했다. 하림이가 그 친구의 이야기만을 듣는 느낌이었다. 어쩌면 당연한 우정이지만, 아람은 하림에게서 실망했다. 2:1로 말다툼을 해야 하는 상황이었다. 그중에서도 하림은 중재하는 듯 보였고, 아람은 감정적이었다. 친구는 상황을 피했고 편지를 보낸다는 아람에게 공격적으로 그러지 말라며 아우성쳤다. 그런 대화를 오가다 충격적인 사실이 밝혀졌다.

　하림이 먼저 말했다.

> 어? 니 대학 휴학했잖아.

> …? 뭐라고?

> 아….

> 헐, 미친, 니 거짓말한 거임? 아람한테?

> 야, 등록금 낸다고 빌려 간 거 아니야?

그 친구는 답이 없었다. 순식간에 판이 뒤집혔다.

> 야, 말해봐라. 등록금 낸다며.

뭐. 어쩌라고.

> 아니, 그렇게 나올 행동이야? 어디다 썼는데.

내 필요한 데 썼다. 이제 내 돈인데
내 맘대로 못 쓰나. **그거 얼마 한다고.**

> 등록금 때문에 빌려 갔는데
> 다른 데에 썼다는 거에 화가 나는 거다.
> 어디에 썼냐고.

아, 필요한 데 썼다고.
그런 것까지 다 허락받아야 하나?

그때, 하림이 답했다.

니 얼마 전에 엄마한테
목걸이 안 해줬나? 생일선물로.

아람의 화가 점점 뜨거워졌다. 속에서 뜨거운 무언가가 아람의 머리끝까지 올라옴을 느꼈다. 아람의 엄마도 가지고 싶어 하는 목걸이. 금으로 도색되지 않은, 순금 목걸이. 언젠가 엄마 목에 반짝이는 금을 해주겠다며 마음먹은 그 목걸이. 아람조차 엄마에게 해주지 못한 그 금이 다른 이의 엄마에게 가 있다니…. 믿을 수 없었다.

> 미친년….

아람은 순간 욕이 나왔다.

> 왜 거짓말하는데.

> 아니…. 곧 엄마 생일인데 돈이 없어서….

> …….

> 아, 맞다. 니 얼마 전에 운전면허 등록 안 했나?

하림이다.

> 그거는…. 아빠가 따라서 등록한 건데….

> 떨어졌다며.

> 어. 근데 아빠가 붙을 때까지 하라는데 돈이 없는 걸 어떡해.

> 면허는 결국 못 땄잖아.

> 나도 어쩔 수 없었다. 안 따면 아빠한테 혼나는데 어쩌라고. 그리고 엄마가 맛있는 거 먹고 싶어 하는데 어쩌라고.

> 생일이잖아. 이제 내 돈이니까 내 맘대로 해도 되지.

> 와…. 할 말이 없다.

 점점 사실이 드러났다. 빌려준 돈의 행방이 여러 곳으로 휙휙 흩어졌다. 충격이었다. 믿을 만한 친구였는데, 돈은 잘 갚지 않아도 괜찮은 친구였는데 아람이 알던 그 아이가 아니었다. 아람은 마음먹었다. 친구의 아버지께 편지를 보내도록.

> 됐다. 편지 보낼 거다.

> 보내지 마라고. 진짜.
> 나 그럼 죽는다고.

> 그래서. 어쩌라고.

> 하지 마라고.
> 집에서 쫓겨난다고. 진짜.

 아람은 하림에게 전화했다. 주소를 알아야 했다. 상황이 바뀌자, 편지를 말리던 하림이 주소를 알려주었다. 그러곤 파이팅하라며 전화를 끊었다.

> 야, 진짜 보내지 마라. 제발. 야.
> 보내면 내가 먼저 봐서 버릴 거다.

> 언제 보낼 건데.
> 뭐라고 쓸 건데.
> 니 우리 집 주소 아냐.

아람은 무시했다. 편지를 써 내려갔다. 인사부터 사건의 경로까지. 꾸욱 눌러 담아 바로 다음 날, 편지를 보냈다.

169.

얼마 뒤, 계좌번호로 거짓말같이 모든 금액이 입금되었다. 편지에 적힌 금액 그대로 핸드폰 화면에 비쳤다. 아버님이 먼저 읽었구나. 아람은 생각했다. 아람은 감사하다고 허공에 대고 여러 번 외쳤다. 그러나 왠지 후련하지 않았다. 받으면 속이 뻥 뚫릴 줄 알았는데 오히려 더부룩해졌다. 시간이 지나면 해소되겠지 생각하며 핸드폰을 들여다보니 모르는 번호로 부재중 전화와 문자가 와 있었다.

세정이 아빠입니다. 혹시 지금 세정이와 같이 있나요?

메시지였다. 시간을 보니 이른 새벽이었다. 편지를 아버님이 먼저 본 걸 눈치챈, 친구가 집을 나간 모양이었다. 아람은 정중히 없다고 답했다.

하림에게 연락했다. 고맙다고. 하림이 말했다. 아니라고.

아람은 다시는 누구에게도 돈을 빌려주지 않겠노라 다짐했다. 아람에게 100만 원이라는 금액은 꿈같은, 어마한 금액이지만 그것이 상대에게는 100원이라는 금액에 불과할 때, 느낀 허망함을 잊지 않도록 평생 기억할 것이다.

찬찬히 돌이켜 보면 아람에게 돈은 **썰물과 밀물**처럼 들어오다 나가고 또 들어오면 자꾸만 다른 바다로 흘러갔다. 돌아오지 않는 무인도에 가는 듯, 인사도 없이 바람을 타고 출렁출렁….

그렇게 간호학원을 졸업했다. 1년 동안 학원을 결석 없이 다니면 출석한 만큼 정부에서 달마다 지원금이 나왔다. **11만 6,000원**의 지원금을 아람은 다달이 모았다. 취업이 힘들 때를 대비하여 쓰지 않고 목돈처럼 굴렸다. 그러다 보니 이자가 한 달에 1,000원씩 쌓였고 1년이 다 되자 100만 원이 넘어 있었다. 어? 입꼬리가 실실 올라갔다. 스스로 번 돈은 아니었지만 뿌듯했다. 월급을 받는다는 건, 이런 기분일까.

설레었다.

170.

 상상한 만큼 취업은 쉽지 않았다. 공고는 계속 올라오고 이력서를 매일 하루 종일 붙잡고 고쳐보아도 연락은 오지 않았다. 서류에서도, 면접에서도 불러주는 곳이 없었다. 간사하게도 인간은 급할수록 뭐든 하겠다며 자만에 취하다 현실에 부딪히면 자신을 되돌아보기는커녕, 오히려 탓할 곳을 찾아 투사한다.

 일자리를 찾는다는 건, 여간 쉬운 일이 아니었다. 이력서와 자기소개서, 반듯한 사진까지 준비해야 했고 발 빠르게 돌아다녀야 했다. 다양한 구인/구직 사이트를 뒤져가며 여러 개의 이력서를 쓰고 면접을 보니 금세 12월이 다가왔다.

 그렇게 어렵게 구한 첫 일자리가 교차로를 보고 찾아간 치과였다. 비록 점심을 개인이 해결하고 생각보다 적은 급여에 갈팡질팡했지만, 집 안에서 묘하게 눈치가 보였다. 아람은 160만 원으로 1년마다 일정한 금액을 올려주는 병원에서 출발점을 잡았다.

 취업 후, 아람은 자신감이 없었다. 치과에서도 용기가 없어 어떤 것인지, 어떤 용도인지 물어보지 못했다. 왜인지 스스로가 작아졌다. 자꾸 움츠러졌다. 웃으려 해도 웃음이 잘 나오지 않았고 그만둘까라는 생각만이 하루 종일 가득 찼다. 일일이 말하지 않아도 잘하겠지, 라는 믿음으로 기다려 보는 엄마의 마음은 이미 타들어 가고 있었다.

 아람도 타들어 갔다. 이론과는 다른 현실을 마주하자, 눈물이 났다. 상상했던 이상은 현실과 달랐다. 애프터에서 비포로 바뀐 것처럼.

 취업한 그 시기에 계절이 바뀌었기에 시간이 1년이 흐른 것처럼 여겨졌다. 앞으로 맞닥뜨려야 할 현실을 마주하며 생각하니 앞이 캄캄했다. 두려움이 호기심을 이겼고 앞장서 못 하겠다고 요동쳤다. 꾹, 참고 다녀보자 마음을 다잡아도 이미 마음속은 단독으로 달리고 있었다. 이유 없이 병원의 단점을 찾아내거나 찾으려 애썼고 그만둔다면 어떤 말로 엄마에게 전해야 할지 그 궁리만 하고 있었다.

 결국, 5일 다니다 그만뒀다. 원장님께도 엄마에게도 첫걸음마를 내딛듯 어렵게 입을 열었다. 이미 예상했다는 듯이 익숙하게 작별을 고하는 원장님과 그럴 것 같았다는 듯이 푹, 푹 내쉬는 엄마의 숨소리에 집 안의 공기가 더 차가워졌다. 그러다 또다시 그해 12월 말, 피부과로 취업이 됐다. 거리가 꽤 멀었지만, 얼른 돈 벌고 싶다는 생각에 무지하게도 또 깊게 생각하지 않고 쉽게 선택했다. 피부과에서의 첫날, 아람은 앞이 깜깜했다. 이론에서도 배우지 못한 전혀 관심도 없는 미용 세계에 발을 디딘 것이다.

171.

피부과는 생각했던 것과 딴판이었다. 미용 위주의 피부과라니…. 아람이 우왕좌왕할 때, 여기저기서 피식 소리가 들려왔다. 작은 전화기로 시술에 대해 이해하지 못하면 들리는 작은 숨소리가 수화기 너머로, 방문 너머로 울렸다. 아람은…. 4일 만에 또 그만뒀다. 것도 **비밀**로, 고운과 단 둘이서.

퇴사 같지 않은 퇴사를 마음먹은 날, 퇴근 후에 인사담당자께 문자를 보냈다. 고민 끝에 보낸 메시지의 답장은 무수히 많은 사람들에게 보낸 답장처럼 간단했다. 이렇게 쉽게 아람은 다시 직장을 구해야 했다. 더군다나 엄마와 미소는 피부과를 잘 다니고 있다고 생각할 테니 다음 달, 월급이 나오기 전에 두 사람이 눈치채기 전에 얼른 다른 직장을 구해야 했다. 시간이 없었다. 갈 곳도 없었다. 날씨는 영하권이었다. 눈이 쌓였고 바람은 일었고 몸은 방황했다. 월요일과 수요일은 엄마와 고운이 재활치료를 받으러 가는 날이라 5시간가량 집에 있을 수 있었다. 시간을 보며 쫓기듯 집을 나와 퇴근 시간이 지나기만을 기다렸다. 오후 6시 30분이 퇴근 시간이라 집에 도착하면 7시 10분쯤이었다. 그때까지 밖을 돌아다니고 같은 곳을 배회하며 기다렸다. 바람은 차고 손과 다리는 시렸고 마음은 초조했다. 7시가 되면 집 문 앞에 서 있다 3분… 5분… 7분…이 되면 그제야 이제 막 퇴근한 듯 모습을 드러냈다. 혹여 알고 있는데 모른 척하지는 않을까 두려웠지만, 내일은 어디에 있어야 할지, 뭘

하며 시간을 보내야 할지 머리가 복잡했다. 밖에 있기에는 너무 추웠기에 다른 곳이 필요했다.

172.

때마침 바로 옆집이 한참 동안 비어 있었다. 전에 엄마를 통해 우연히 비밀번호를 알게 된 그 집. 이사 간 분이 기존 번호를 바꾸지 않았는지 쉽게 문이 열렸고 찬 바닥에 앉아 하염없이 기다렸다. 방음이 잘되지 않았던 지라 바로 옆에서 가족이 하하 호호 웃으며 떠드는 음성이 들렸다.

그렇게 며칠을 보내니, 이젠 알려야 할 것 같았다. 12월이 끝나갈 무렵, 사실은 며칠 전에 그만뒀다고 사실을 알렸다. 반응은 역시 차가웠다. 예상한 그대로 싸늘했다. 무엇보다 아람에게서 느끼는 실망감과 더불어 배신감마저 들어 고백 이후로 집이 고요해졌다. 엄마와 미소, 고운만이 대화를 했고 마치 아람이 없는 사람인 양 생활했다. 무의식 속에 공존하는 '무시'라는 공기가 맴돌았지만, 충분히 이해했다. 그만큼 아람은 후회스러웠고 그렇기에 엄마의 차가운 행동이 납득됐다. 다 같이 먹는 저녁도 벽이 세워진 듯, 멀리 있는 반찬보단 가까이 있는 찬을 먹으며 하루하루를 보냈다. 피부과마저도 관두고 나서 며칠 동안은 일찍 일어나 부지런하게 움직였다. 늦잠마저 잔다면 엄마가 아람에게서 느낄 한심함이 배가 될 것 같았다. 그러나, 점점 아람은 무기력해졌다. 힘이 빠졌다. 무거운 분위기를 날리고자 먼저 대화를 시작하고 질문에 답을 해줘도 들려오는 답은 없었다. 못 들은 건지, 안 들은 건지 알 수 없었지만 이해할 수 있었다. 계속되는 묵묵부답에도.

 아람은 시간이 지날수록 못됐게도 점점 엄마를 원망했다. 6살 때부터 원에서 나가기까지. 아니, 엄마만을 기다렸던 그 시간에 엄만 끝까지 지금까지도 아무 말도 하지 않는다. 질문을 회피하고 대답을 다른 길로 피하며 무마해 버린다. 그런 엄마를 떠올리자 아람은 엄마의 태도가 못마땅했다. 이해할 수 있음에도 원망스러웠다. 한없이 미웠다. 자신도 말하지 않았던 그 사실들을 시간이 지나면서 미소를 통해, 그리고 개인의 생각으로 인해 드문드문 알게 된 사실을 엄마는 알고 있을까.

 다시 게을러졌다. 늦잠을 자고 이력서 대신 글을 적었다. 눈치가 보이는 생활이었다. 자신감은 점점 추락했고 자존감마저 뚝뚝 떨어졌다. 뭘 해도 엄마 눈에는 눈엣가시로 여겨질 것 같았다. 아람을 보며 쉬던 한숨과 실망으로 바라보던 눈과 그러다 고개를 돌려 버린 엄마. 다시 시작할 수 있을까. 두려움이 밀물처럼 몰려왔다.

 당시, 미소도 친구의 추천으로 간호학원을 다니고 있었다. 실습을 마치고 이론을 배우고 있었는데 미소 역시 그렇게 못 버티겠냐며, 당장 돈이 급하면 뭐라도 한다며 그만둔 아람을 보며 엄마보다 더 나무랐다. 엄만 행동으로 실망감을 보여줬다면 미소는 거친 말로 내비쳤다. 엄마보다 더 큰 성을 내며.

미소는 언제나 뭐든 쉽게 생각했다. 가볍고 아무것도 아니라는 듯이. 그렇기에 먼저 사회에 발을 디딘 아람을 알 수 없었다. 사회의 경험이라곤 학교생활뿐이었다. 아르바이트도 사회생활도 없이 뛰어든 사회는 21살과 22살의 아람에게는 버거웠다. 미소는 학원을 갔다 오면 언제나 아람에게 물었다.

구하는 데 있나.

매일 봐도 매일 같은 공고였기에 대답은 한결같았다. 이어지는 미소의 잔소리도 여전했다. 아람은 매일 지원한 곳을 또 지원하고 온갖 취업 정보를 찾아보며 뒤졌다.

173.

어느 오후였다. 고운과 다투고 화해도 못 한 채, 고운이 재활을 받으러 병원에 간 오후에 아람 혼자 집 안에 있던 그날. 같은 날, 두 곳에서 연락이 왔다. 마침 마지막 한 군데의 최종연락을 기다리고 있을 때였다. 심지어 이미 면접까지 보고 간절히 연락을 기다린 그날이었다. 날이 갈수록 불안했지만, 당일까지 희망을 버리지 않앉다. 노트북 화면을 보고 핸드폰 화면을 도독 두들기며 혹여 놓치진 않았는지 확인하면서.

그때, 핸드폰 진동음이 **웅, 웅** 울렸다. 책상이 진동으로 같이 흔들렸다. 바로 받기에는 너무 무례(?)인 것 같아 한두 번 울린 뒤, 조심히 받았다.

여보세요.

들려오는 대답은 병원이 아니었다.

안녕하세요. 여기 서울지방검찰청 국제현입니다. 혹시 최근에 중고나라에 가입한 적 있으신가요?

상대방의 웅얼거리며 눌리는 듯한 목소리.

어? 아람은 저도 모르게 받아버렸다. 평소 같았다면 뭐야 하며 받지 않거나 끊었겠지만, 병원이 아닌 걸 자각하면서도 아람은 대답을 이어갔다.

네.

당시 아람은 고교 시절 풀었던 수능특강 교재를 구매하고 싶어

가입한 적이 있었다. 아직 해결되지 않았던지라 통화가 계속 이어졌다.

*최근에 중고나라에서 **이상진**[69]이라는 사람이 고객님 아이디로….*

그러면서 **이상진**이라는 사람을 아냐고 물었다. 당근 모른다 답하니, 차근히 그들은 계획한 대로 진행했다. 자신들은 아람의 개인정보가 연루되어 있으니 도와주겠다면서 카카오톡으로 친구를 추가하라며 자신의 아이디를 알려주었다. 그 후, 자신들이 도움을 주려면 계좌가 필요한데 **하나, 우리, 신한, 신협** 중에서 보유하고 있는 은행이 있냐 물었다. 간호학원을 다니면서 내일배움카드를 사용하고 있었기에 신한은행이 있다고 답했고 혹시 얼마가 있냐는 질문에도 바보같이 순순히 알려주었다. 그들의 목소리는 침착했지만 들떠 있었다. 어부가 물고기를 잡은 낚싯대처럼 신나게 흔들렸다. 그 카드에는 학원에 다닐 때 정부에서 지원받았던 금액이 고스란히 남아 있었다. 100만 원 초반대였지만 한참 취업이 되지 않았을 때, 눈칫밥을 먹어야 했을 때 조금 위안이 되었던 소중한 돈이었다.

그렇게 그들은 티○이라는 어플이 있는지 물었고 해피머니라는 상품을 20장 구매하라며 전화를 끊지 않았다. 그러더니, **일렬번호**

---

69 고운에게도 온 적이 있었는데 그 사람도 '이상진'이 도용했다고 한다.

를 복사해서 채팅방으로 전하라는 것이었다. 바보 같게도 아람은 **일렬번호**가 무엇인지, 어떤 용도로 쓰이는지 전혀 몰랐다. 문화나 도서 상품권만 사용해 보았지, **해피머니**라는 상품권 자체도 처음 구매해 보는 것이었고 그것이 어떤 용도에 사용되는지 아무런 지식이 없었다. **일렬번호**를 복사하면서도 의문이 들었지만, 순순히 전했다. 그들의 입꼬리는 더 올라가 있었다. 이제는 농협이나 대구은행에 돈이 있냐고 물었다. 대구은행은 카드를 정리해 놓은 상태였기에 금액이 없었고 농협도 100만 원 중반 가까이 있었다.

그 돈은, 대학 등록금을 위해 앞당겨 해지한 디딤씨앗통장의 남은 금액이었다. 더군다나 이모와 친구에게 돈을 빌려주고, 어렵게 일부의 돈을 받은 금액이었다.

그들은 또다시 **해피머니** 상품권 20장을 사서 일렬번호를 복사해 보내랬다. 구매하자마자 상품권에 대해서 문자가 왔었는데 안타깝게도 아람은 단순히 사용법이라 생각하고 바보같이 **일렬번호**를 줘 버렸다. 더 멍청한 건, 상품 상세설명에는 아주 커다랗고 진한 글씨로 **사칭범**을 조심하라고 적혀 있었다. 평소에도 그런 글은 쭈욱 내렸기에 그게 독이 되어 돌아왔다. 게다가 문자로도 제일 첫 문장에 그렇게 조심하고, 일렬번호는 **함부로** 보여주지 말라며 일렀는데 보이지 않았나 보다.

1시간가량 통화했을 때, 아람은 뭔가 잘못됐음을 느꼈다.

인터넷에서는 이 범인을 잡기 위해서 시간을 끌어 경찰서로 가던데, 생각하면서도 이미 써버린 돈은 어쩌지 안절부절못했다. 그들은 다시 말했다. T월드라는 어플이 핸드폰에 깔려 있는데 가입한 적 있냐고.

당연, 없었다.

아람은 인터넷, 카카오톡, 전화, 문자, 카메라, 갤러리 이런 기본적인 것만 두드렸지, 원체 깔린 앱들은 혹시나 잘못 누르지 않을까 하는 마음에 손대지 않았다. 그들의 말을 따른 아람은 네이버로 쉽게 연동하고 가입했다. 그들은 대담했다. 아무렇지 않게 **소액결제** 결제 가능한 금액이 50으로 되어 있을 테니 100으로 올리랬다. 문자로 인증번호가 오면 그걸 자신들에게 불러달라며 통화를 이어갔다. 아무리 생각해도 **소액결제**는 아닌 것 같았다. 돈을 빌려준 친구도 **소액결제**로 계속 독촉에 시달리고 있었기에, 그걸 두 눈으로 봤기에 이것만은 하면 안 될 것 같았다. 경찰서로 향해야 했다. 경찰서를 향해 가면서도 걱정되었다. 어떻게 이어가야 할지 몰랐고 가서도 어떻게 말을 해야 할지 어려웠다. 게다가 계속 통화를 이어가다가는 더 큰 돈을 잃을 것 같았고 인증번호마저도 알려주면 안 될 것 같아 안 왔다고 말하며 전화를 뚝, 끊었다. 그 길로 바로 경찰서로 향했고 뜯을 만큼 뜯어냈는지 그들은 더 이상 전화 오지 않았다. 경찰서에 도착해서도 갈팡거렸다. 하필이면 고운과 싸운 날이었기에 전화 걸기가 난감했다. 통화를 할 때에도 미소도 간호학원에 있었고 엄만, 고운과 같이 재활 받으러 대구에 나가 있었다. 아람은 용기를 내야 했다. 싸울 때마다 먼저 다가와 준 고운을 떠올리며 아람은 고운에게 전화를 걸었다. 따듯하지도 차갑지도 않은 고운의 목소리를 듣자 눈물이 났다. 울컥함이 올라와 목이 메였다. 차근히 앞 상황을 설명하고 경찰서에 있다 하니, 그대로 전하라며 말이 끝났다. 어떻게 들어가냐 고집부리는 아람에게 고운은 엄했다. 그럼 어떡하냐며, 계속 밖에 있을 거냐고, 말하려고 경찰서 간 거 아니냐며 날을 세웠다. 아람에게는 적어도 날카로웠다. 공감보단 답답함의 해결책을 내놓는 것 같았다.

집으로 돌아가기엔 그마저도 후회로 남을 것 같아 용기 내 경찰서 문을 열었다. 무슨 일이냐고 묻던 경찰관께 보이스피싱을 당한 것 같다고 말하니, 앉아 있던 모든 경찰들이 우르르 몰려와 차례대로 물었다. 통화를 하면서도 미심쩍어 녹음을 한 아람은 경찰관과 함께 통화녹음을 들으며 사건 경위를 조사했다. 녹음기와 묻고 답하며 한 명의 경찰은 무언갈 치는 듯했고 다른 한 분은 사칭한 그 사람을 찾는 것 같았다.

직감이랄까. 아람은 알고 있었다. 찾지 못할 거란 걸. 경찰관께서도 **일렬번호**를 알려주면 안 된다고, 그럼 끝이라고 하셨다. 동시에 경찰관은 조사가 어떻게 진행되는지 우편으로 올 거라며 집에서 기다리라고 하셨다. 그날, 아람은 소리 없이 울었다. 갑작스럽게 돈을 잃었다는 억울함일까. 이불을 뒤집어쓴 채, 들키지 않으려 훌쩍이는 소리를 줄이며 눈물을 흘렸다.

…다행이다. 소액결제만은 막을 수 있어서.

174.

그렇게 1월을 보내고 이력서를 넣은 한 병원에서 연락이 왔다. 집 앞에서 5분 거리인 병원. 길 가다가 한 번쯤은 일해보고 싶었던 그곳에서.

깔끔한 복장을 하고 전달받은 시간대에 병원에 도착하니, 환자가 가아아아득 차 있었다. 직원들이 바쁘게 움직였고 공간이 비워질수록 그만큼 채워졌다. 면접을 기다리면서 예상 질문과 답변을 수도 없이 외우다가도 월급도 일도 직원들도 궁금해졌다. 그렇게 시간이 지체되고 있을 때, 더 늦어질 것 같은지 진료를 보던 중간에 진료실로 들어가 면접을 보았다.

속전속결로 보듯 일하는 방식과 월급, 언제부터 할 수 있는지, 마지막으로 질문은 있는지가 끝이었다. 대기는 30분 한 듯한데 면접은 5분도 채 되지 않았다. 아람은 이 병원에 가야 했다. 내일부터 할 수 있다고 말해야 했다. 다음 주 월요일이 첫 출근 날이다!!

이 기쁜 소식을 아람은 얼른 전하고 싶었다. 아람도 월급을 받으며 재밌게 일을 하고 싶었다. 이론을 즐겁게 배운 것처럼 실전이 설레었다.

다음 주, 아람은 오랜만에 알람을 맞추며 일어났다. 병원에 가니, 한 직원이 탈의실로 이동했고 누군가 입다가 던져둔, 구겨진 유니폼을 건넸다. 유니폼이 바뀐 건지 디자인이 달랐다. 그렇게 환복 후, 본격적으로 일을 배웠다. 직원 대비, 휴식실은 너무 좁고 복잡했다. 원장님이 세 분이셨기에 각 방에 갓 내린 뜨거운 아메리카노를 책상 위에 올렸다. 원장님별로 선호하는 양과 컵이 달랐기에 세 분의 원장님 성향을 알아야 했다.

일은 그런대로 괜찮았다. 종일 서 있던 탓에 다리가 아프기도 했지만 직원이 하는 말과 행동을 유심히 관찰하며 병원이 어떻게 돌아가는지 봐두었다. 그렇게 보조를 서다가 실전에 들어가게 되었다. 심장이 막 쿵쾅쿵쾅 뛰었지만, 옆에서 보조를 봐주시는 덕분에 실수하더라도 바로잡으며 긴장 속에서 할 수 있었다. 그간 고비였던 일주일을 버티고 이주일이 지나고 삼 주 가까이 되자, 한 원장님께서 물었다.

할 만해요?

아람은 뭐지? 싶었지만 괜찮다고 답했다. 그 이유야 뒤늦게 알았지만.

 원장님이 세 분, 즉 진료실이 3개였기에 원장님의 성향을 맞춰야 했다. 제각기 달랐고 환자의 수도, 대응하는 법도 천지 차이였다. 괜찮았다. 문제는 아람이 그곳에 적응하지 못했다. 말이 없는 탓인지, 소심한 탓인지 일 외엔 직원들과 말을 섞지 않았다. 휴게실은 한없이 좁았고 의자는 턱없이 부족해 서 있어야만 했다. 매일 생각했다. 매일 고민했다. 해낼 수 있을까, 견딜 수 있을까. 그렇게 한 달을 넘기고 있을 때쯤, 아람은 진료실을 나와 검사실의 일을 배우기 시작했다. 어린아이도 오는 병원인지라 직원이 어린아이 역을 맡으며 함께 도와주었다. 검사 시에 기본적으로 내뱉는 말이 쉽게 나오지 않았다. 단순히 입을 열면 되는데 그것조차 쉽지 않았다. 검사실 옆, 진료실을 나온 환자들에게 안약을 넣어 적외선 치료를 보조하는 직원이 보였다. 하루 종일 서 있다가 틈이 나면 의자에 앉는, 그런 직원.

 그렇게 한 달이 지났다. 통장에 원장 성함과 함께 **152만 원**이 찍혔다.

175.

왜였을까.

전혀, 뿌듯하지도 기쁘지도 않았다. 아무 감정이 느껴지지 않았다. 보이스피싱으로 모아둔 돈을 모두 잃었기에 아람에겐 아무것도 없었다. 때문에 싫어도 기쁜 척, 신난 척 다녀야 했다. 첫 월급 152만 원. 아람은 그중 50만 원을 엄마에게 건넸다. 당연하게도 엄마는 일을 시작하면 그중 50만 원은 생활비로 줘야 하는 듯, 바라는 듯했고 아람은 그렇게 했다. 돈을 봐도 좋지도 싫지도 않았기에 50만 원을 드렸다. 아무 감정 없는 돈이었는데도 막상 50만 원을 주니 아까웠다. 50만 원을 제하면 아람에게 남는 돈은 공중으로 흩어져 얼마 남지 않았다.

그렇게 두 달 무렵이었다. 아람은 점점 지쳐갔다. 종일 아무 말 없이 일했고 직원들도 무기력한 아람을 느꼈던 걸까. 혹은 아무런 감정을 내비치지 못해 의욕이 없다고 생각한 걸까. 진료실에서, 검사실에서 쫓겨나, 진료실을 나온 환자들을 보조하는 역할[70]로 바뀌었다.

아람은 삼 주 무렵을 그렇게 일했다. 환자를 보는 것도, 하루 종일 서 있는 것도, 의미 없이 시간을 보내는 듯했다. 그 시간에 다른 일을 하는 것이 더 도움이 될 것 같았다. 관두기란 쉽지 않았다. 앞서 그 이전의 병원도 한 번 관뒀기에 엄마를 실망시킬 수 없었고 무엇보다 원장님께 말할 용기가 없었다. 게다가 같이 입사한 직원도 먼저 그만두는 바람에 더 자신이 없었다. 아람은 스스로가 한없이

---

70 그 전의 선생님은 그만둔 상태.

작게 보였다. 어쩌면 만든 건지도 모른다.

아람은 용기를 내었다. 3월 31일. 아람은 원장실을 찾아갔다. 원장님은 이미 조금은 예측하고 있는 듯했다. 그만두겠다고 말했다. 원장은 웃으며 힘들지, 하며 알겠다고 수고했다며 돌려보냈다. 마음에 담아둔 무언가가 점점 풀리는 게 느껴졌다. 큰 덩어리가 점점 물에 희석되는 것 같았다. 그런 마음에 비해 아람은 무거운 발걸음으로 집을 향했다. 엄마를 어떻게 마주할지, 또 취업을 어떻게 할지 막막했다. 집 문을 열고 들어갔다.

176.

엄마가…. 반겼다.

  힘들면 말하지. 왜 혼자 꾹꾹 눌러 담아.

아람이 없는 사이, 간간이 고운이 미소와 엄마에게 말을 한 모양이었다. 이런저런 일이 있었다고. 아람은 엄마를 살폈다. 속상함보단 걱정이 묻어나 있었다.

그렇게 다시 새로운 직장을 구해야 했다. 구인 구직 사이트에 들어가 공고를 확인하고 이력서를 수정하며 지원했다. 1년 늦게 시작한 미소도 어느덧, 취업준비로 마음이 급했다. 학원 다녔을 적엔 몰랐던 아람의 마음을 미소 자신이 겪자 태도가 변했으며 엄마도 묘하게 달랐다. 앞서 일자리를 구하던 아람에게는 한숨이었다면 미소에게는 쉽지 않다며, 그래도 잘 이겨낼 거라며 다독였다. 고운은 알고 있었다. 모든 걸 지켜보았으니까. 아람은 엄마의 그러한 태도를 자신의 잘못에 대한 대가라 받아들였다. 여러 번 부딪힌 아람과 처음인 미소를 대하는 행동은 다를 수밖에 없다며 엄마를 이해했다.

그러던 어느 날, 미소가 아람이 다녔던 병원에 다니게 되었다. 미소도 급했던 모양인지라 온갖 곳에 지원한 것이었다. 어떻게든 되겠지란 생각으로 미소는 그 병원에 출근했다. 그렇게 아람이 힘들어하는 모습을 보고도 미소는 '어쩌라고'라는 마인드를 유지했다. 무시하라며 그게 답이라며 매일 말했다. 그러던 그녀가 하루 만에 안 다닌다며 원장님께 말했단다. 퇴근 후에는 아람 말이 맞았다고, 왜 힘들어했는지 왜 퇴근하면 우울해했는지 알 것 같다고, 아무도 안 가르쳐 준다며 있었던 일을 설명했다. 아람이 다녔을 때, 그 병원은 신입사원에 대해 정이 없는 것 같았다. 매일, 매주, 매달 바뀌는 사원에, 끝없는 가르침에 지친 모양이었다.

아람은 쉬이 공감할 수 없었다. 그들에게 '어쩌라고'라는 마인드를 당차게 보여주었을지 의문이었고 미소 역시 배우려고 했을까? 생각이 들었다. 아람은 미소의 당찬 모습보단 주눅 든 모습이 직원들에게 보이진 않았나 하는 생각이 머리를 떠나지 않았다. 더 우스운 것은, 엄마조차도 그런 미소에게 웃으며 "잘했다."며 대수롭지 않게 넘겼다. 고운은 아람을 바라보았고 아람은 아무렇지 않게 고운을 바라보았다. 미소는 계속 하루에 대해 열띤 대화를 이어나갔고 엄마 역시 공감하며 고개를 끄덕였다.

환자도 많은데 친절하면 덧나냐며, 누군 일하고 누군 뒤에서 팔짱끼며 대화나 하고 밥도 별로라며 연신 떠들었다. 엄마도 미소의 말에 맞장구쳤다. 아람은 슬프고 외로웠다. 동상이몽 같은, 대상에 따라 다른 반응이 아람에게는 상처였고 말할 수 없는 **찌질함**이었다.

177.

점점 봄이 물러가던 참이었다.

나 대구도 알아보고 있는데 같이 알아볼래?

미소가 아람에게 물었다. 대구나 지금이나 받는 월급에서 나가는 돈이 비슷하다며 먼저 제안했다. 아람은 싫었다. 굳이 타 지역까지 가, 일하고 싶진 않았다. 아람의 거절에 미소는 홀로 대구에 가기로 결정했다. 미소가 엄마에게 자신의 계획을 말했다. 엄마는 너무 이르다면서 집을 구하더라도 그쪽 지역에 직장부터 얻은 다음에 집을 봐도 늦지 않는다며 미소를 말렸다. 반면, 미소는 집이 있어야 왔다 갔다 하며 직장을 구할 수 있지 않겠냐며 고집을 부렸다. 더 대화를 이어갈 수 없었다. 한 번 더 고집을 꺾었다간 싸울 판이었다.

  그렇게 급히 미소와 엄마는 대구로 나가 집을 구했다. 집은 일주일 내로 구해졌다. 보증금과 계약금을 내야 했고, 엄마는 따로 모아둔 돈을 보태었다. 그렇게 미소는 급하게 용달차를 불러 작게 이사를 했고 큰 짐, 작은 짐까지 다 챙겨갔다. 대구로 간 미소는 곧바로 일자리를 알아보았다. 더 많은 일자리에 미소는 쉽게 구해질 거라, 생각했지만 더 쉽지 않았다. 엄마 말이, 엄마보다 먼저 말렸던 친구들의 말이 후회로 다가온 순간이었다. 흔들렸다. 미소는 다시 아람을 설득했다. 아람은 가기 싫었다. 고운과 엄마와 있는 시간이 좋았고 편안했다. 그러나 취업이 잘되지 않은 건 사실이었다. 언제까지 구하기만 할 거냐는 미소의 말에 아람은 좋은 척, 대구로 향했다. 아람은 작게 짐을 꾸려 대구로 떠났고, 그날 고운은 울었다. 어떤 눈물인지 모른다. 서러움인지, 이별인지. 대구로 도착한 아람은 미소와 함께 편의점 음식으로 끼니를 때웠다. 김치와 통조림 햄을 가져왔음에도 취업 전이라 가스를 아낀다고, 비상식이라며 먹지 않았다.

  이상한 소리가 들렸다. 가는 다리가 벽을 기는 소리. 뭐지? 고개를 들었더니 벌레였다. 고개를 들자 벌레는 귀신같이 움직임을 멈추었다. 겁먹은 아람과 다르게 미소는 단단한 무언인가 집어 성큼

성큼 걸어갔다.

!!!!!

미소가 죽였다. 우지끈 소리가 났다. 벌레가 산산조각이 나 벽면과 바닥에 으스러졌다. 앞으로의 앞날이 두려웠다.

전혀 방음이 되지 않던 방이었지만, 미소는 아람을 많이 배려했다. 그것이 느껴졌다. 오고 싶지 않은데 온 고마움인지, 아람이 미소에 대해 남아 있는 눈치인지 알 수 없지만, 미소는 아람을 편하게 해주려고 애썼다. 매일 아침, 눈을 뜨고 공고를 확인하며 지원을 반복했다. 일주일이 지났을까. 미소가 말했다.

우리 다시 갈래? 대구도 똑같은 것 같아서….

원망이 밀려왔다. 짜증도 밀려왔다. 표현할 수 없었다. 괜찮은 척, 아무렇지 않은 척 아람은 힘듦을 말하는 미소에게 공감해 줘야 했다. 무덤덤하게 공감했다. 그러든지 말든지.

아람은 이 사실을 고운에게 알렸다. 고운은 당일만 울고 다음 날부터는 괜찮아진 모양이었다. 엄마와 매일 평화로운 나날을 보내고 있었다. 매일 싸우던 미소와 아람이 없으니 집 분위기가 편안했다. 그러던 그녀에게 언니가 돌아온다니….

고운에게는 짜증 나는 일이었다. 그렇게 만류하던 일을 저지르고는 엄마가 **개인**으로 모아둔 **비상금**을 털어서 도와줬더니, 다시 돌아온다니. 잘할 수 있다면서 보육원에 있는 것 같다며 다시 오고 싶다니…. 믿기지 않았다. 미소는 엄마와 통화했다. 울면서 말했다.

너무 힘들다, 보육원에 있는 것 같다, 무섭다.

엄마는 묵묵히 들었고 끝내 입을 열었다.

그래. 그럼 들어와.

맥없는, 예상한 듯한 목소리였다. 바로 옆에 있을 고운의 얼굴이 떠올랐다. 팔다리를 동동거리며 짜증 부리는 고운의 모습이 떠오르자, 아람은 앞이 막막했다.

곧바로 다음 날, 이동했다. 가는 동안 미소는 불안했다. 계속 같은 뜻의 질문을 돌려 물었다. 잘한 선택이겠지, 가는 게 맞겠지, 엄마랑 고운이 싫어하진 않겠지.

집이 조용했다. 고운은 소파에 앉아 TV를 보고 있었고 엄마는 외출로 없었다. 두 사람의 싸우는 소리가 들렸다. 서로 같은 말을 반복하며 받아들여지지 않았고 미소는 보라는 듯, 들으라는 듯, 마지막 한 패라는 듯 말을 쏘아붙였다.

나도 힘들다고. 보육원에 있는 것처럼 나도 힘들었다고.
그 짧은 일주일이 나한테는 1년 같았다고. 힘든데 어쩌라고. 그럼 내가 죽으면 되겠네! 내가 없어지면 되네? 어?

미소는 두 손으로 목을 감싸 조였다. 아람은 그 소리에 놀라 그런 미소를 막았고 미소는 말리지 말라며 다시 한번, 목을 감쌌다. 아람은 이상했다. 왜 자신이 미소를 말리는지 모르겠다. 엄마조차도 미소에게 아무 말 하지 않았다. 그런데도 아람은 미소의 두 손을 감싸 주었다. 저도 모르게.

아주 뒤늦게 안 사실이지만, 엄마의 **비상금**은 아람이 일한 임금 중 일부였고 그 모든 금액을 미소에게 쓴 것이다. 아람은 스스로 이해할 수 없었다. 지금까지의 상황이 받아들여지지 않았다. 가만히 있는 엄마도, 그런 미소를 위로하던 아람 스스로도 이상했다. 모든 게 불편했다. 고운만이 그런 아람을 이해할 뿐이었다. 자신이 겪지 않아도 분위기로, 흘러가는 상황으로 고운은 아람이 겪는 모든 감정을 알고 있었다.

점점 여름이 다가왔다. 7월…. 8월…. 9월이 오기 전, 취업을 해야 했다. 작년에 코로나가 터졌다 해도 지금쯤이면 1년에 다다랐을 직원이어야 했다. 서둘러야 했다.

뜨거운 여름, 아람은 드디어 입사했다.

그렇게 어른이 되었다

178.

  2013년 5월. 세 자매는 보육원을 퇴소했다. 어른들은 말렸고 미소는 고집을 부렸다. 아람과 고운은 모호했다. 나가는 게 맞는 걸까. 왜 이별은 갑작스레 찾아오는 걸까. 왜였을까. 나가고 싶은 마음이 그때는 이상하리만큼 들지 않았다. 지금까지의 선택이 타인의 선택이었으니 매번 다가오는 선택은 자신의 의지가 아니라 타인의 생각을 따랐다. 그에 대한 결과였다.

  어른들은 적극적으로 말렸다. 고운과 아람은 어찌할 바를 몰랐고 미소는 잽싸게 자신의 짐을 꾸렸다. 주저하는 쌍둥이와 미소는 어른들의 만류에도 갑작스레 찾아온 엄마와 보육원을 나갔다. 그렇게 만류하던 선생과 원장의 이유는 알 수 없었다.

  세 자매가 첫 스타트인 듯, 보육원은 흔들렸다. 퇴소 후, 얼마 지나지 않아 그곳이 불법 국유지로 빚이 있다는 언론이 퍼지고 헛소문일지 사실일지 모르는 이야기가 들렸다.[71] 모두가 이 보육원을 퇴소하려는 분위기가 조성되었고 원장이 바뀌어 통금과 통제로 체계가 점점 엉망이었다.

  그들이 편지를 뜯어본 까닭은 금전적인 문제를 이미 꿰뚫어 세

---

71 변상금 문제는 해결되었지만, 왜 마음 한편은 복잡할까.

자매의 앞길을 미리 보호하기 위해서였을까. 이로 인해 지원금 보다는 보호의 목적으로 만류했던 걸까.

정확한 사실을 몰라 조심스레 유추하지만, 부디 어른의 노련한 지혜와 선견지명이기를….

179.

만약, 엄마께서 다른 선택을 했다면 어땠을까.
이모가 옆집으로 이사 오지 않았다면….
이모와 가깝게 지내지 않았다면…. 이 일은 일어났을까.
아빠께서 좀 더 일찍 눈치챘더라면 여기까지 왔을까?

이모가 정말 엄마에게 고의로 다가온 건지, 선의로 손을 내민 건지 생각만 하다 단란했던 과거가 그리워지고, 엄마, 아빠와 함께하는 평범한 가정을 그리며 또 이내 이모를 탓하다 엄마를 보았다. 알고 싶어도 엄마에게는 피하고 싶은 과거이기에 답을 회피하는 엄마.

그런 엄마를 원망하지도 미워하지도 않고 살아간다. 엄마를 향한 감정이 좋지도 싫지도 않지만, 사실 미워하지 않는다면 거짓말이겠지.

엄마를 향한 마음이 엄마의 마지막에 후회로 다가올 것을 알기에, 그 후회가 짙게 남기에 여전히 풀리지 않는 수수께끼이지만 타인을 탓하면 곧 원망으로 이어지다 미워지기에, 그리워해도 되돌아갈 수 없으니 애써 엄마를 사랑해 보려 한다.

엄마도 아빠도 부모가 처음이니까.
그땐, 나름의 사정이 있었겠지. 각자의 선택이 최선이었겠지.

하지만… 엄마에게, 아빠에게 고민을 털어놓을 수 없다는 것이 서글프다. 어른의 노련한 지혜로 문제를 해결할 수 없는 것이 스스로 찾으라는 신의 뜻인지, 어느 난관에 부딪히거나 넘어질 때, 손을 먼저 내밀었으면 하는 생각이 떠나지 않는다. 힘없이 영혼 없이 다시 일어설 수 있다고, 분명 '나'는 해낼 거라고 믿는단 말이 아니라 응어리진 이 답답함을 풀 수 있는 슬기로움을 주기를 바란다면….

욕심이겠지.

180.

한 번 응석 부려본 결과는 후회였다. 하염없이 미안하다는 말만 되뇌고 도움이 못 되어서, 마음을 알지 못해 미안하다며 고개를 떨구었다. 응석이 후회와 되려 미안함으로 밀려왔다. 엄마의 어린 시절을 알면서도 엄마에게 위로와 조언을 원한다는 것이 엄마를 향한 배려가 아니라 아픔을 공격한다는 생각이 들었다. 엄마에게 상처를 준 듯 지워지지 않을 것 같은 생각에 엄마를 보며 어떤 마음을 가져야 하는지, 현재 어떤 마음인지 알지 못하겠다.

남아 있는 조금의 응석이 엄마를 향한 원망일까, 미움일까.

181.

어릴 적의 기억이 없는 두 아이에게서 미소는 간직하고 있는 옛 추억이 고픈 걸까. 미소는 아직 아빠의 손을 잡고 집 앞 횡단보도를 건너며 유치원에 간 기억을, 아빠 앞에서 유치원으로부터 배운 동요를 부르던 기억을, 장난감을 사 주며 같이 놀아주던 아빠를, 어린 자신을 씻어주다 순수한 질문으로 충격을 받은 아빠를 간직하고 있었다. 이것이 고운과 아람에게는 없는 소중한 기억들을 미소는 지니고 있기에 아빠에 대한 생각과 마음이 다르게 비치는 것일지도 모른다.

182.

그간 이해하지 못했던 미소의 행동들은 그녀의 마음을 헤아릴수록 당시의 언행들을 받아들일 수 있었다. 같은 곳에서의 같은 생활이더라도 서로가 처한 감정이나 상황에 따라서 개인이 가지고 기억하는 감정이 다르다는 것이 서로에게 얼마나 큰 영향을 끼치는지 알게 되었다.

183.

누군가에게는 평범한 오늘이 또 다른 누군가에게는 평범하지 않은 오늘인 것처럼 평범하지만 평범하다고 말하지 못한 오늘들로부터 **그렇게** 성장하는 법을 배웠다.

글을 마치며

　평범한 가정을 꾸리며 행복하게 웃는 가정을 볼 때면, 내심 부러웠다. 엄마와 아빠, 그리고 친척들까지 내게는 그들의 걱정거리는 보이지 않고 오직 화목한 웃음만이 보일 뿐이었으니까. 또 다른 과거를 보냈다면 그 웃음을 나도 지을 수 있지 않았을까.

　이내 한탄으로 끝나 반복되는 굴레를 벗어나기까지 오랜 시간이 걸렸다. 타인을 향한 원망이 점점 스스로에게 미움과 자책, 죄책감으로 번졌으니까.

　사람은 타인의 우울을 미처 알지 못하고 겉으로 보이는 행복에 집중한다. 하지만, 웃음 속에 울음이 있고 울음 안에 웃음이 있듯이 각자 인생에도 타인이 부러워하고 동경하는 행복이 알지 못할 뿐, 숨어 있지 않을까.

　행복을 들으면 자연스레 미소가 지어지듯, 타인의 행복을 빼앗기보다 웃음이 번져 모두 행복해짐을 느끼기를.

타인의 어두운 과거나 현재로 자신의 삶을 위로받는 사회에서 이러한 삶을 살았던 혹은 살고 있는 사람도 있구나 생각하며, 조금이라도 지친 삶에 위안이 되었기를 바랍니다.

P. S. 고운아, 모든 건 네 탓이 아니야.
원인도 결과도 너로 인한 게 아니야.
너는 언제나 최선을 다해 최고의 노력을 다했어.
주변이 너의 최선을 알아주지 못할 뿐, 이미 너는 최고인걸.
그러니, 스스로를 자책하지 않았으면 해.

나는 왜
　나를
사랑하지
않았을까

초판 1쇄 발행 2025. 4. 11.

지은이 고울 연
펴낸이 김병호
펴낸곳 주식회사 바른북스

편집진행 김재영
디자인 김효나

등록 2019년 4월 3일 제2019-000040호
주소 서울시 성동구 연무장5길 9-16, 301호 (성수동2가, 블루스톤타워)
대표전화 070-7857-9719 | **경영지원** 02-3409-9719 | **팩스** 070-7610-9820

•바른북스는 여러분의 다양한 아이디어와 원고 투고를 설레는 마음으로 기다리고 있습니다.
이메일 barunbooks21@naver.com | **원고투고** barunbooks21@naver.com
홈페이지 www.barunbooks.com | **공식 블로그** blog.naver.com/barunbooks7
공식 포스트 post.naver.com/barunbooks7 | **페이스북** facebook.com/barunbooks7

ⓒ 고울 연, 2025
ISBN 979-11-7263-310-3 03810

•파본이나 잘못된 책은 구입하신 곳에서 교환해드립니다.
•이 책은 저작권법에 따라 보호를 받는 저작물이므로 무단전재 및 복제를 금지하며,
이 책 내용의 전부 및 일부를 이용하려면 반드시 저작권자와 도서출판 바른북스의 서면동의를 받아야 합니다.